智性批评与文学之心

刘艳 著

中国书籍出版社
China Book Press

图书在版编目（CIP）数据

智性批评与文学之心 / 刘艳著 . -- 北京 : 中国书籍出版社 , 2020.12

ISBN 978-7-5068-8325-2

Ⅰ . ①智… Ⅱ . ①刘… Ⅲ . ①中国文学—文学评论—文集 Ⅳ . ① I206-53

中国版本图书馆 CIP 数据核字 (2021) 第 002668 号

智性批评与文学之心

刘　艳　著

图书策划　成晓春　崔付建
责任编辑　武　斌
责任印制　孙马飞　马　芝
出版发行　中国书籍出版社
地　　址　北京市丰台区三路居路 97 号（邮编：100073）
电　　话　（010）52257143（总编室）（010）52257140（发行部）
电子邮箱　eo@chinabp.com.cn
经　　销　全国新华书店
印　　刷　阳谷毕升印务有限公司
开　　本　650 毫米 ×940 毫米　1/16
字　　数　275 千字
印　　张　18.5
版　　次　2021 年 2 月第 1 版　　2021 年 2 月第 1 次印刷
书　　号　ISBN 978-7-5068-8325-2
定　　价　56.00 元

目录

【第一章　理论与批评】

【第二章　智性批评与文学之心】

第一章

理论与批评

第一节　文本细读：回到文学本体

艾略特、瑞恰慈、燕卜逊、兰色姆、韦勒克、沃伦、布鲁克斯等新批评大师的要言大义，伴随着20世纪80年代翻译的热潮，进入了中国。其经典著作，几乎都有中译本，但这种由于其本身种种原因而在20世纪50年代的欧美就已经开始式微的批评方法，对于喜欢追逐新潮的中国文学批评来说，显然有点违和感，在中国批评界即便为人熟知，也没有受到足够的重视和真正的大行其道。20世纪80年代，可谓“批评的黄金时代”，用陈晓明的话说，那是一个批评话语自成体系、龙飞凤舞的时代，“理论批评摆脱了文本的束缚，终于获得了无边的自由，理论批评的想象力空前激发”[①]。批评家对创作所能够产生的作用，也的确不是今天的评论家所能够企及的。几篇评论，可以捧热一部作品或者捧红一个作家。写作与批评都在追逐新潮与时髦、理论的自我激发与生成的道路上高歌猛进过。但文本和文本细读，并没有真正受到文学批评足够的重视，即便作了文本的分析，理念先行、理论生发，概念术语的套用和自我生成，被目为时髦。一种理论乃至一个术

① 陈晓明：《理论批评：回归汉语文学本体》，《文学评论》2015年第3期。

语，都会受到追捧，立即产生辐射效应、明星效应……时下的中国文学，虽然承受着影视和各种新媒体形式的挤压，创作繁荣、批评的热力却有增无减。今天的文学书写和文学批评从业者，多是受过良好大学教育、乃至写作科班出身的年轻人，他们在文学写作、文学批评当中，急切地自我实现着，写作与批评所承载的担子，实在不轻，里面不止装着文学。

一派繁荣景象当中，我们的文学理论与批评却似乎离文学越来越远。先已成名、盛名的批评家们开始反思这一切，他们几乎众口同声地又强调文本和“文本细读”的重要性。据说陈晓明是足足用了八年时间，完成了专著《众妙之门——重建文本细读的批评方法》[①]，他把文本细读提高到中国当代文学批评亟需完成的“补课”任务的高度：“中国当代文学理论与批评一直未能完成文本细读的补课任务，以至于我们今天的理论批评（或推而广之——文学研究）还是观念性的论述占据主导地位。中国传统的鉴赏批评向现代观念性批评转型，完成得彻底而激进。因为现代的历史语境，迫切需要解决观念性的问题”。程光炜自言也用了三四年的时间，在作“一些最近三十年重要小说家作品细读的文章”。陈思和则以《文本细读的几个前提》等一系列的思考，对文本细读的重要性和可能的方法加以阐发，很有启发意义。

文本细读，很有必要而且非常重要，已无疑问。但是，重视文本细读，就能够真正回到文本、回到文学本身吗？我心里是有很大疑问的。且不说读后感式批评、印象批评，依然不绝于缕，加之也许是观念性批评浸淫时间已久，理念先行的惯性思维太过

① 陈晓明：《众妙之门——重建文本细读的批评方法》，北京大学出版社，2015 年 8 月第 1 版，2016 年 6 月第 2 版。

强大，时下各路文学批评尤其针对当下写作的即时性文学批评，观念性批评浸淫导致的弊端依然清晰可见。很多文本细读的文章，批评者也有可能在理论尤其观念的路径上愈行愈远……一篇看似很认真细致的文本细读的文章，读来也会让人觉得困惑，疑惑它是不是一篇社会学的或者政治经济学的论文。很多批评者，又常常先设定了自己所偏好的理论框架，在文本细读当中，摘取文本里面符合他理论框架的内容，一一去填塞。我们的年轻人，也许是通过写作和批评来实现自我的目的太过急切，甚至来不及细细读完作品，就开展起了无比细致的“文本细读”，虽然其情也真、其意也切，但这种并没有细读过文本的“文本细读”文章，是否有益作家的写作、有益读者的阅读，不免让人打个大大的问号。

文本细读，要回到文学的本体，这并不是一件容易的事情。在我看来，写作与批评，都要先回到文学的“叙述”上面来。以前曾参加某个省作协的年轻作家的写作训练营，年轻作家们脸上洋溢着写作的热情，纸上呈现着他们写作的成果，但文学名刊的编辑们还是忍不住提请大家注意其写作文学性层面尚需加强，比如叙述里细节的重要性，提醒要以细节来打动人心……我跟大家提到了萧红的《呼兰河传》，“我的人物比我高”（萧红语），几乎是这部小说文学叙述的精髓所在。读它，如果你只看到了它是萧红回忆童年与书写故乡呼兰小城的华美篇章，只看到了呼兰河小城的自然风光、四季更替、民情风俗等，只看到了孩童清澈的眼睛、一幅乡村中国的风景画与作家对故乡的缱绻情怀，那么，实在是太浅显地看萧红了。掀开这美丽与温情的面纱，在哀婉风景物事的背后，萧红竟然可以在不伤及文学性和艺术性表达的同时，依然寄寓和做着她对国民性的思考、反思以及对边地民众惰性生存的沉思，思考和反思的深度与力度，足以撼动人心，而且鲜有人能及。谁能否认呢？风俗史的绮丽地貌下面，暗寓和潜流的是作家对滞重历史和人性的深刻思考，她也终于能够在继鲁迅的足迹之后，摹写出了代表“民族的生活方式”的社会风俗画卷（钱理群语）。但所有反思和思考，不是在类乎《生死场》那样的书写方式中完成的，文字一点也不峻切，“它是一篇叙事诗，一幅多彩的风土画，一串凄婉的歌谣”[①]。小说的文学叙述，蕴含着读解不尽的丰富性。萧红能够在丰盈、动人的文学书写里面，依然时刻不忘“对着人类的愚昧”写作；萧红心怀一颗寂寥的北国女儿心，对人性的省察和反思，依然是那么的力透纸背，却又不显于形。能够形成这样劲道的张力和繁富意蕴，恐怕也只有到《呼兰河传》所作的文学“叙述”里面，才能寻找到答案。

萧红曾经跟聂绀弩讲过，鲁迅是“从高处去悲悯他的人物”，而她自言她的写作是“我的人物比我高”[②]——读《呼兰河传》的时候，我脑海里不断浮现萧红的这句话，是啊，“我的人物比我高”。她的《呼兰河传》的叙述，文学性那么的浓重，却并不仅仅从语言文字的美感来看和解读，她是在小说文学的叙述里不动声色地做到了“我的人物比我高”，在不适合用成人的视角叙述时，她用了儿童的视角和眼光；在写乡民的惰性生存的时候，她放弃了从上而下的悲悯眼光，她把自己的姿态放低，低到和人物一样的眼光、道德观和价值判断，甚至比她的人物还要低，正是由于低到尘埃里，她才能为我们绽放出了文学美丽的花朵，成

① 茅盾为《呼兰河传》所作的序，《萧红全集·上卷》，哈尔滨出版社，1998，第108页。

② 萧红语，参见聂绀弩：《回忆我和萧红的一次谈话》，载季红真编选《萧萧落红》，人民文学出版社，2001，第6页。

就了“将成为此后世世代代都有人阅读的经典之作”（夏志清语）。她用很多的文学叙述，诠释了“我的人物比我高”……在小团圆媳妇婆婆的大段的近乎内心独白般的叙述中，萧红把自己的姿态放低，用的是婆婆这个人物的限制性视角。“有一次，她的儿子踏死了一个小鸡子，她打了她儿子三天三夜”，紧跟着便用婆婆的视角进行叙述：“她说：‘我为什么不打他呢？一个鸡子就是三块豆腐，鸡子是鸡蛋变的呀！要想变一个鸡子，就非一个鸡蛋不行，半个鸡蛋行吗？不但半个鸡蛋不行，就是差一点也不行，坏鸡蛋不行，陈鸡蛋不行。一个鸡要一个鸡蛋，那么一个鸡不就是三块豆腐是什么呢？眼睁睁地把三块豆腐放在脚底踩了，这该多大的罪，不打他，那儿能够不打呢？我越想越生气，我想起来就打，无管黑夜白日，我打了他三天，后来打出一场病来，半夜三更的，睡好好的说哭就哭。可是我也没有当他是一回事，我就拿饭勺子敲着门框，给他叫了叫魂，没理他也就好了。’”[①] 连亲生儿子踏死一个小鸡仔，都要痛打儿子三天三夜的婆婆，鲜活得跃然纸上，她虐待小团圆媳妇，实在再正常、平常不过了，这个人物可恨之外更加可悲。在呼兰河这里，乡民的命轻贱到不如一个小鸡仔，不需要作家再费什么口舌，再清楚不过、再生动入骨不过这样的叙述，看过了不忘，甚至想起来，心里还常常伴有那么一点隐痛。

举这样实际的例子，无非是要说明，写作，作家要把自己的姿态放低，不要时时刻刻用从上而下“悲悯”的视角，抑或无所不知近乎“神”的视角来叙述，才会贡献文学的叙述，小说叙述

---

① 萧红：《呼兰河传》，载林贤治编注《萧红十年集》（下），人民文学出版社，2009，第 751 页。

才会有着打动人心的效果。文学批评，也大可不必采取高高凌驾于作家、作品文本之上的姿态，一旦从上而下“悲悯”或“俯视”地对待文本，难免就为理论先行、观念性批评提供了水分、土壤和空气。很难想象一个对文学没有敬畏之心、不能心怀有爱的评论家，能够在文本细读时真正地进入文本，能够作出好的文本细读的文章。陈思和先生强调文本细读的第一个前提是要相信“文本是真实的”。文本当然都是虚构的（哪怕是“非虚构”文本，依然会有虚构的质素），之所以要我们相信文本是真实的，相信它所提供的艺术真实性，实际上与我们希望评论家能够放下姿态，真正地进入文本、去努力贴近文本的文学叙述，应该是方向一致或者说有点殊途同归的味道。

什么样的人，更能在文本细读中回到文学本体呢？应该大致有两类人，一类人是这样的一些评论家，他们能够回到作品文本，立足文本，在文本细读中发现文本当中的文学性生成的要素，结合自己已有的理论素养，通过自己对文本的文学解读，从中甚至还能够提炼出一些理论要素，进而概括出对创作有益、有启发意义的理论范式和一些理论规律。当然，所有的理论要素、范式和规律，都不能够脱离文本和文学创作本身。预先设置的阐释框架、理念先行和观念性批评，应该是被摒弃和尽最大努力克服的。另一类人是这样一些作家——他们结合自己的创作实践和实践性的文论观点、美学主张，对一些经典作品文本作解读和批评。我个人很欣赏作家所作的文本细读文章。作家去读作家的文本，往往先就祛除了从上而下俯瞰的姿态，往往能够最大程度地祛除观念性批评的弊病，不会被理论统摄了自己的头脑，说一些空话、套话和无用的话。正是常常通过作家的文本细读，我们可以发现被读解的文本当中很多文学性的要素、纽结和“机关”所在……毕飞宇细读小说的文章，我就觉得很有意味。《两条项链——小说内部的制衡与反制衡》，毕飞宇从一个作家的角度，分析了莫泊桑《项链》是短篇小说的范例，结构完整，节奏灵动，主旨明朗。“直接，讽刺，机敏，洗练而又有力”，这就是一个既有理论修养又有写作实践的作家的概括。而且，就因为他是一个作家，一个有名的当代作家，对创作有一份执着的爱又不失童心，他把《项链》的主人公名字全部换成了中文名字——“汉语版的而不是翻译版的《项链》出现了”，小说便变成了一个完全站不住脚的“怎么就这样狗血了的呢”的文本。毕飞宇锲而不舍地从这种“狗血”的变化，进一步解析出了 1884 年时的法国社会尊崇契约精神、忠诚，人物的责任心，乃至作家莫泊桑的性格……毕飞宇最后点出了小说有一个所谓的眼“那一串项链是假的”——“当莫泊桑愤怒地、讥讽地、天才地、悲天悯人地用他的假项链来震慑读者灵魂的时候，他在不经意间也给我们提供了一个重要的信息，那就是，他的世道和他的世像，是真的，令人放心，是可以信赖的”[①]。是啊，只有全社会都是“真”，假的项链才会有那样的逻辑的合理性和艺术的效果，换了水土，不光是枳，几近于“狗血”和荒谬了。而毕飞宇在《林冲夜奔，一步步走得密不透风》中所作的文本细读，也非常精彩，是回到作品文本文学叙述的、由“小说家说小说”的批评的文本，生动有趣又不失理趣。

苏童讲过，最高级的叙述，是让人忘却文字本身的难度或者技巧，而让你记住叙述本身。如果小说很成功，它传达给读者的

---

① 毕飞宇：《两条项链——小说内部的制衡和反制衡》，载《小说课》，人民文学出版社，2017，第 54-66 页。

感受不是说这个作家文字特别漂亮，而是说他记得小说里奇特的、描述不出来的某种“气味”，甚至某种光影、色彩，和某种情感连接，或者害怕，或者紧张。他强调了法国作家科克托的那句话：小说之难，在于叙述之难。严歌苓谈到自己的创作，也曾经说，“最难的不是你在做功课，而是你找到这个感觉。文学的感觉难以言表，一刹那觉得我可以写了，就有那种感觉了。也许你昨天说我写不了，但是有一天早上你起来拿着一杯咖啡，像一个很淡很淡的气味，你简直抓不住它的一种气味”。她还说，“应该说我的每一部作品都企图创造一种语言风格，至少是一种语气。英文写作强调的是‘voice’，对我至关重要”。这其实都体现了作家对于文学叙述的自觉追求。如果我们的文学批评无法贴近作家在每个文本里的文学叙述、气味、“voice”，文学批评的有效性能否回到文学本体，殆可忧虑。严歌苓的《妈阁是座城》，很多批评家说不好解读，只觉得它在女性情感传达、人物关系层面的“暧昧”。当我重读了严歌苓此前、此后的作品，反复细读小说文本、努力贴近她在这个文本中所作的文学的叙述的时候，我收获了很多可喜的发现，发现了小说在叙事节奏、叙事视点等很多叙事策略方面表现出很多新质。严歌苓《妈阁是座城》在结构、叙事以及与之相关的对人的情感、人性心理表达的种种暧昧繁富，不仅对于作家本人而言颇有“新”意，而且对于我们思考当代小说如何在形式方面、在结构叙事等方面获得成熟、圆融的经验，不无裨益。

文本细读，回到文学本体，贴近文学的叙述，当然要恰如其分地使用好理论，而不能够让文本沦为理论奴役的对象。而且鉴于只有拥有了与别人不相雷同的阅读感受，才可以作出好的文本

细读的文章，很想建议我们的批评家，不要新作甫一发表或刚刚出版，就逢作品必评。原因很简单，你只有对这个文本当中的叙述有些自己独到的发现和识见，才可以作出好的文学批评的文章。从这个意义上讲，重提文学批评质量的重要性，很有必要性和紧迫性。

上文已经约略论述了回到文学本体的文本细读批评方法的重要性，而近年来文本细读的批评方法，也的确是陈思和、陈晓明、程光炜等当代文学研究和文学批评的代表性学者们殊途同归共同在提倡的，或者说他们希望将“文本细读”的批评方法运用于批评实践，作为中国文学批评的“补课”任务来完成。下面一节，探讨文学批评的“远”和“近”——文学批评的“远”，指与作家距离适当远一点；文学批评的“近”，指与作品文本距离贴近一点。

第二节 文学批评的“远”和“近”

文学批评的“远”和“近”，既是批评的态度问题，也是批评的方式方法问题。文学批评的“远”，指与作家距离适当远一点，才能保持客观性，才能不过多为人情所累，这对关注文学现场的文学批评和即时性的文学批评，尤为适用；而对于距离作家过远，欠缺知人论世批评智慧的一些文学批评而言，就应该适度地增加了解作家本人，了解自己的研究对象和评论对象，这是知人论世的文学批评自身所要求的批评素养。所以，程光炜才会说：“写小说评论，是不能完全不知道作家本人的，尤其是写与自己同时代的小说家们。”[①] 文学批评的“近”，指与作品文本距离贴近一点，回到作品本身，回到阅读和细读文本上面来。

是故，文学批评的“远”，指与作家距离适当远一点，当然距离作家过远、完全不知道作家本人也是不可取的。文学批评的“近”，指与作品文本距离贴近一点。而现在文学批评罹患的文风问题，常常是把这“远”和“近”作了一个颠倒——距离作家太近，距离作品太远。距离作家太“近”的文学批评，表现有二。

---

① 程光炜：《小说九家·前言》，中国社会科学出版社，2017。

一是与作家太熟、关系太好，下笔作文学批评时，便只有褒扬甚至过多溢美之辞。人情之累之外，也对通过文学批评遴选优秀的当代文学作品无益。据统计中国 2017 年已有约一万部长篇小说出版，虽然我们并不能完全同意顾彬所认为的当代文学盛产“垃圾”之说，但如此庞大的出版体量前提下，给作家也带来普遍的焦虑。没有一个作家希望自己的作品诞生后不久就销声匿迹，具备条件的作家和出版社往往会为新作召开讨论会，有的作品还会在全国各地“巡展”式举行多次讨论会。参与的评论家，往往被希望主要作捧场式批评，新作刚出版就兜头浇下冷水的批评家肯定是不讨喜的。同一位评论家在不同的讨论会，说着大致相同或者大同小异的话，也很常见。喧嚣热闹，曲终人散，只有很少数作品能够借讨论会收获有学理性支撑和真正发掘出作品所隐含的艺术价值的评论。这对于评论家通过评论发现作品独特的价值，遴选出优秀的文学作品，并使得作家作品不断经典化的收效甚微，亟待改进。二是文学批评者借骂著名作家的作品来让自己出名，走的是“酷评”乃至骂评路线。这是一种从私交上看未必是“近”距离，但是在批评行为上却同样是离作家过“近”的一种批评行为。有些批评刊物和报纸的文章，以骂评、酷评著称，大小作家概莫幸免，有的成名作家甚至曾经因被诋毁而中止了自己的创作。毕飞宇曾经讲过，文学研究这件事是不能通过移交刑警大队，警察通过审讯作者来替代文学批评的。① 通过酷评、骂评来作文学批评，实际上是拿审讯作家来替代文学批评，伤害的往往是文学和批评本身。

如果说 20 世纪 80 年代是批评的“黄金时代”，那近三四十年

① 毕飞宇：《两条项链——小说内部的制衡和反制衡》，载《小说课》，人民文学出版社，2017，第 54-55 页。

尤其近三十多年来的当代小说创作，的确也是当代小说的一个“黄金时代”。程光炜在《小说九家》前言中说：“最近三十年来的当代小说，真是精彩纷呈，群星灿烂，作家们各显神通，共同创造了百余年来中国小说创作少见的一个黄金年代。”作为学院派学理性批评的代表性学者，他是怎样处理与作家的关系的呢？他所说的“若即若离”“而有点直观印象”和“反而有点亲切之感”，但又“没有个人私益”，或许可以给我们当下的文学批评，以有益的启示。

《小说九家》前言中讲到文学批评写作者本人与所写小说家的关系是这样的：“本书所写小说家，我大多数认识，有的曾被我邀请到中国人民大学给学生们演讲，有的是在研讨会上见过面，即使与其中几位曾经在一起吃饭，也只是简单聊上几句，算不上密切交往，顶多说是一面或几面之缘。对当代文坛，我可能抱的是一种若即若离的态度，虽然这并非我主观意志所致，可实际情形如此，久而久之，也就这样了。也正因为有过见面之缘，我对这些小说家，并非只是隔着小说作品纸张的距离，而有点直观印象。还因为有过交谈，有些还曾派过研究生对他们做过专访，信息就在这个过程中相互交流，至少是我自己亲身感触到了。所以每当打开电脑写这些文章的时候，丝毫不觉得所写的小说家和他们的作品陌生，反而有点亲近之感。”——这是对作家应有的“知道”和了解。“知道”作家本人却又没有个人私益的牵累，好处是什么呢？“然而，又因为与这些小说家不是非常熟悉，没有个人私益，所以写起文章来，心里没有任何负担，更没有完成什么任务的人情压力，这就使我有时下笔的时候比较放肆，任凭思想和想象在电脑屏幕上驰骋，如此难免存在对作品阐释过度的现象，但有时候字里行间也会灵感忽现，与作品发生奇妙的碰触，也许

写出了一点点别人不曾涉及的东西来。”①

与同作家距离往往过“近”相反，现在的文学批评存在距离作品和文本太远的问题。20 世纪 80 年代以来，外国文学理论尤其现代文艺理论涌入，虽有建设性意义，但导致批评一度向着理论西化高歌猛进，许多批评者习惯套用西方理论来阐释、解读当代作家作品，导致文风僵化、“不说人话”的现象突出，无法被既有理论“套用”的创作实践即被弃释。而且，文学批评尤其学院批评也罹患“项目体”“C 刊体”“学报体”文风，与文学本体关系松散。新世纪伊始，中国文学界曾开展有关“回到文学本身”的讨论，呼吁文学批评回到文学创作本身，强调文学性，但由于这些讨论不关注作品文本的形式，仍然是在思想范围内的一种言说。2016 年，《文艺报》再度开设专栏，讨论和呼吁文学批评“回到文学本体”，希望文学批评能从最基本的文学要素——语言、形式、结构等方面——开始，重新探讨作品的价值和问题。但收效仍然是不明显。可以说，反思不是没有，但遗憾的是近三四十年里，这一局面并没有得到根本性改善。

如何让文学批评回到文学本身，回到文学本体？当前，部分当代文学研究专家、批评家正在通过自己的实践重建批评生态，如程光炜持续推出对近 30 年重要小说家作品细读式评论，陈晓明用 8 年时间完成《众妙之门——重建文本细读的批评方法》，而且已经出了第二版。此外，一些作家也拿起批评之笔，如苏童、毕飞宇等人的文学批评甚或可为专事批评者以启发。从某种程度上来说，作家的批评文章往往感性有余、理论框架

---

① 程光炜：《小说九家·前言》，中国社会科学出版社，2017。

淡化，但恰恰是他们的批评实践为文学批评提供了一条回归文本细读的个人化路径。你可以说毕飞宇的《小说课》里的批评文字，性情有余理性不足，但你不得不承认，它恰恰提供了重视文本、回到文学本身的一种批评范式。比如，毕飞宇以“看苍山绵延，听波涛汹涌”概括对蒲松龄《促织》的阅读体验，进而从小说背景、架构、语言、情节等方面，将小说细微精彩处一一呈现。如果说小说本身静水深流，表面波澜不惊、内里意象万千，那毕飞宇的解读就如跳跃的山涧，奔腾起伏，跌宕有致。他将原文细节不断放大并定格，帮助粗心的读者捕捉到原著的内在精妙。文学作品中草蛇灰线般的伏脉，也逃脱不了作家敏锐的感受力，这是作家独具的批评优势。他通过《水浒》里林冲被迫“走”与“走”，细细分析林冲是如何迫不得已被迫落草为寇。他通过一个作家的眼光，来分析莫泊桑小说《项链》里的“两条项链”。两条项链，一真一假，他揪出了莫泊桑是怎样在小说内部搞着微妙的制衡和反制衡。他甚至将小说的人名替换成了几个中文的人名，就发现“汉语版的《项链》面目全非”，小说变得“漏洞百出、幼稚、勉强、荒唐，诸多细节都无所依据”[①]，等等。看《小说课》会发现，毕飞宇有点顽皮，更有点不合批评的套路和常规，但恰恰是这反批评的常规和反批评的套路，让他的《小说课》评论别开生面，灵动有趣，摇曳生姿，而又常常引人深思，让很多普通读者乃至专业阅读者，都手不释卷。其实不止是作家的批评文章往往不合套路，别开生面，富于启发性和可读性，谈其创作本身也往往既是通往小

① 毕飞宇：《两条项链——小说内部的制衡和反制衡》，载《小说课》，人民文学出版社，2017，第56页。

说丛林的秘径[①]，又是生动和引人深思的批评文章。可以说，近年来作家积极介入文学批评，对风行已久的远离文本的“专业批评”是有纠偏意义和启发的。

一段时间以来，评论家与作家互相借力，似乎已经成为文学批评生产模式之一。评论家在现实中选择可以互相借力、对彼此“有益”的作家，来作为研究和评论对象，这不该成为文学批评的定规。而文学批评完全丢弃对作家的“知道”和了解，也不值得提倡。知人论世的批评智慧，是好的文学批评的基本要求之一。总的来说，对文学批评“远”与“近”问题的把握与掌控，既体现文学批评者自身专业素养，也是其职业素养的直观写照：距离作家过近，是对文学批评自身的亵渎、对自我的降格；对作家完全不知道不了解，也难免缺失知人论世的批评智慧。而如果距离文学本体过远，则是文学批评基本功的缺失、是职业判断的失焦。中国当代社会充满着等待写作者去捕捉、去发掘的生动素材，也不断催生出数量庞大、风格各异的文学作品。文学批评家既要具有对时代的观照能力，又要具有最基本的文学批评素养、锤炼敏锐的文学感受力，用好手中这支文学批评的笔，做好文学批评。文学评论者更应该看取的，还是作品，无论哪种文学批评样式，都应该贴文本贴得近一点。毕飞宇曾言：“杰出的文本是大于作家的。读者的阅读超越了作家，是读者的福，更是作者的福。只有少数的读者和更加少数的作者可以享受这样的福”。[②]重视文本，回到作品本身，是作家之福，亦是文学批评之福。

---

① 比如，迟子建有一篇创作谈《小说的丛林》，《中国文学批评》2017年第1期。

② 毕飞宇：《两条项链——小说内部的制衡和反制衡》，载《小说课》，人民文学出版社，2017，第55页。

第三节 对潇潇暮雨洒江天，一番洗清秋

——文学的现实性与理想性、审美性

要谈文学的现实性与理想性、审美性的问题，却想到了宋代柳永《八声甘州·对潇潇暮雨洒江天》里的“对潇潇暮雨洒江天，一番洗清秋”。形容这样的情景：面对着潇潇暮雨从天空洒落在江面上，经过一番雨洗的秋景，分外清朗清明。文学的现实性与理想性和审美性，不是不能兼及的，它们之间的最谐和的处境，可能就是这样一种状态。不是明丽热闹，不是热烈喧嚣，而是如暮雨洒落江面，雨洗秋景，景致更加清明宛致。

对于文学的现实性与理想性、审美性，先是想到了 20 世纪 80 年代中期开始的一段先锋派文学和在 80 年代末至 90 年代初的几年间盛行的“新写实”小说。在中国，80 年代的先锋派文学奇妙地带有现代主义和后现代主义的双重特征，而后来愈来愈文学实验和形式主义空转的先锋文学叙事游戏，似乎更为接近后现代主义的戏谑情调——后设叙事、无深度拼贴和人物的平面化，而以加西亚·马尔克斯为首的拉美魔幻现实主义亦是先锋文学的另一渊源。先锋派文学，终因文学实验与形式的过度空转，也可以

说是对所谓的文学的理想性和形式主义“审美性”的极致化追求，而颇似昙花一现。文学的现实性是为其忽略的，先锋派文学处理不好文学与现实的关系，似也是共识。

文学在发展，文学自己也要作出反思。这就有了稍后出现的“新写实”小说。新写实并没有明显的先锋性，而是先锋小说旁侧所生，毋宁视其为先锋文学重新思考了文学的现实性与文学的理想性、审美性关系问题所催生，可以被视为80年代后期先锋文学思潮与正统观念以及当下现实采取妥协与亲和态度所生的一股文学潮流。所以当时的倡导者自己也曾将其界定为现实主义与现代主义“杂交胎生”的新品种。《钟山》编辑部“新写实小说大联展”的卷首语就曾经具体解释了“新写实”与两个“主义”的亲缘关系。尽管有学者和评论家认为其表明的哲学和文化立场不再是社会学和认识论，而是存在主义与现象学——表现当下人的生存境遇和个体生存价值的存在意识。但真正读新写实小说就会发现，以存在主义谓之，确有拔高之嫌。新写实小说中层出不穷活得太苦太累太不容易的人，贴近现实生活的描述太在乎生活的日常性和实在性。《烦恼人生》中的印家厚、《单位》和《一地鸡毛》中的小林等，普遍过着“一地鸡毛”式的生活。新写实小说留给人们和文学史的最鲜明的印象，便是遭受现实挤压的作家，无奈选择了遭受现实挤压的人物一地鸡毛式的生活作为书写对象。

新写实小说中，小人物陷于一地鸡毛式生活，人物对现实无来由地一味妥协，人在现实挤压下凑合而无奈地活着——文学在一种弥漫和蔓延的无奈中向现实投降。当时就引起了有识之士的警醒和吁喊——须区别现实和艺术、文学与现实的关系，其实也就是文学的现实性与理想性、审美性的关系。文学不该因向现实协调和妥协，而完全丢掉文学本该具有的理想性和审美性。所以，刘纳在 1993 年就已经诉述了她对于新写实的担忧："文学作为艺术的一个门类，它的本质精神是在与现实的抗衡中升华出来的，因此才有虚构另一个现实物质世界以外的世界的必要性。文学的自由性质不但表现在抵制社会力量对创作的无端干扰上，更重要的是，文学本身就可以昭示自由。在现实上面，有精神的天空；在现实下面，有精神的深渊。天空高扬希望，深渊传达绝望。谴责'新写实'的文章说这些作品使人看不到希望，倡扬'新写实'的文章说这些作品并不让人绝望。我不知道'希望'在哪里，也不知道'绝望'在哪里，我从大多数'新写实'作品中感受到的是无可奈何的情绪。"① 身为当局者而能够不迷，她已经很清醒地意识到："新写实"的"原生态"概念包含有纪实的导向，一些"新写实"作家已经踩在虚构文学与纪实文学的门槛上。因注重现实性，而丢掉理想性、审美性，其实也是丢掉文学的艺术重构能力，文学真的要走向纪实文学而无解吗？幸亏，文学永远有她自身的一种反思、回调能力和自洽性。即便是在二十多年前（1993），针对"马原在《小说百窘》里发问：'公众对纪实类文学的偏好是否会最终将小说的虚构本质推翻？越来越多的小说家转向非虚构创作，虚构小说的前途已经岌岌可危了吗？'"刘纳仍然看到了文学的理想性和审美性的重新被重视和冉冉升起，她指出："刘震云向着'纪实'越来越远的成功使我们又一次看到了迎风招展的'新写实'大旗下面虚构小说'岌岌可危'的前景。

① 刘纳：《无奈的现实和无奈的小说——也谈"新写实"》，《文学评论》1993 年第 4 期。

而这，本不是‘新写实’倡导者所希望的。”[①]

文学从新写实小说的拘泥于现实走出，重拾虚构性以及文学的理想性、审美性。但新世纪以来，越来越多的作家写作，面临缺乏生活经验和生活积累，缺乏对生活的深入体会，越来越陷于一种脱离生活、闭门虚构的书斋式写作状态。2000 年之后出现了不少根据新闻报道改写的小说，作者包括名作家，甚至闹出了雷同或抄袭之事。一篇小说所产生的可阅读性，甚至不如一篇新闻报道，甚至与新闻报道的信息含量相差不多，文学性、审美性也不见得强于新闻报道多少。与其说这部分作家是“文学才华被过于具体的现实压制了”，不如说他们是欠缺文学性的虚构能力，他们面对的是他们不熟悉的生活或者说他们不了解故事背后所涉及的人与生活——仅凭想象、根据新闻素材来闭门造车式“虚构”故事，其实这样的“虚构”是一种缺乏生活的有效积累、比较随意地编造故事的“虚”构。而青年小说作家，又不乏落入“茶壶里演绎叙事风暴”的窠臼，如何书写现实亦是亟需解决的问题。怎样深入生活？现在的作家能够有柳青当年在皇甫村一待就是 14 年的劲头吗？

内地作家，在重视深入生活、注重生活积累方面，甚至还不及身在海外、完全不占天时与地利的海外华文文学作家。严歌苓说过“我觉得中国作家很多在很年轻的时候，他就把自己架起来，社会也把他架起来了，很快他就在一个不落地的生活当中”，警惕于此，严歌苓很认真、很职业地对待自己的写作。写《第九个寡妇》，她去河南农村住了很长一段时间。写《小姨多鹤》前，

---

① 刘纳：《无奈的现实和无奈的小说——也谈“新写实”》，《文学评论》1993 年第 4 期。

她到日本去雇人，住在乡下，然后去好好地体验生活，她到了日本长野的一个山村里。那个村子当年有一半人被弄到当时的伪满洲国去垦荒，有些人回来了有些人没回来，那些没回来的人当中，就包括她写的多鹤。写《陆犯焉识》，要去青海体验生活，要花钱去开座谈会，把劳教干部什么的请来——“很多时候我是不计成本的”。到了准备写作《妈阁是座城》，她意识到“不会赌博的话，很多细节是没法写的，心里也是没底的。所以我就去澳门，我就去当赌徒。赌徒没当上，当的是赌客”，“就是这样的话也输掉好几万，还没算上其他一些乱七八糟的费用”。不止严歌苓，张翎也是这样用最笨的工夫进行小说写作的，《劳燕》写作准备阶段，她走访了大量的抗战老兵，工作细密，而不是那种一度风行的旅游式和走马观花式的“采风”。还有陈河，他获中山文学奖的长篇小说《甲骨时光》，在作家生活积累的丰厚材料方面所下的工夫，以及在此基础上对小说叙事艺术的讲究，文学的虚构性以及理想性、审美性，都是很让人叹佩的。

也许是因文学写作随意虚构的状况催生，“非虚构”写作成为近年来中国文坛备受关注的写作热潮。洪治纲曾撰文说：“它以鲜明的介入性写作姿态，在直面现实或还原历史的过程中，呈现出创作主体的在场性、亲历性和反思性等叙事特征，折射了当代作家试图重建‘真实信念’的写作伦理。”[①] 我们毫不怀疑非虚构写作对当今信息时代仿真文化的质询，尤其是对经验化和表象化、随意虚构故事的小说文坛现状的反思。但我们在看它与 20 世纪 60 年代美国的“非虚构小说”的渊源时，也应该思考近年

① 洪治纲：《论非虚构写作》，《文学评论》2016 年第 3 期。

来非虚构写作与20世纪80年代末90年代初的新写实小说的一种渊源和遥相对应。近年来的非虚构写作，一个维度是伸向历史的“现实”和“真实”，比如王树增的《解放战争》《长征》《抗日战争》、杨显惠的《定西孤儿院纪事》《甘南纪事》等；另一维度是伸向现实生活内部及现实肌理，像梁鸿的《中国在梁庄》《出梁庄记》、孙惠芬的《生死十日谈》等。有着重建真实感和真实理念写作伦理的非虚构写作，其意义和价值是不容忽视的。但是，非虚构写作，并不具备文体意义上的规范性，从文类划分看，“虚构”与“非虚构”之间的边界其实是相对的，甚至是模糊不清的，非虚构作品内部，也不可避免有虚构性的成分，非虚构写作可能恰恰体现了作家对虚构和艺术真实之间的一种调适。除了叙事散文，非虚构作品可能更接近报告文学、纪实文学的类型。那么，问题又来了，20世纪90年代初，有识评论家都能够意识到新写实小说在对生活和生活流的自然本色的写作趋向中，小说正在丢失着它作为艺术品的品性。时下评论家也意识到生活的可能性或人性的可能性，是文学伸展的重要空间。米兰·昆德拉就曾强调：小说是对存在的可能性的勘探。在非虚构写作重建“真实理念”写作伦理，而艺术性、审美性普遍偏弱的情况下，文学应该甚至是自然会作出自我的调适——重新伸张文学性虚构、艺术重构的能力与文学的理想性、审美性。

写到这里，有必要从当年的新写实，梳理一下写实主义与现实主义的关系。“写实主义”与“现实主义”，都是从“realism”翻译而来，一字之差却显示了不同的选择性偏向。中国最早引进“写实”概念的，据说是梁启超，“写实主义”在五四时期作为一种外来文艺思潮被译介和提倡，成为五四文学革命的一个重要理论目标。从陈独秀到沈雁冰，都曾认真提倡“写实”，“真实”和“客观”最为他们推崇。他们将“写实主义”与“自然主义”相联系，但事实是，其虽与龚古尔兄弟、左拉为代表的西方自然主义有着亲缘关系，但到了中国，却变形和更加取自中文固有的“自然”之意了。所以刘震云才会说：“我写的就是生活本身。我特别推崇‘自然’二字。”“崇尚自然是我国的一个文学传统，自然有两层意义、一是生活的本来面目，写作者的真实情感；二是指文字运行自然，要如行云流水，写得舒服自然，读者看得也舒服自然。”从这个意义上说，西方自然主义有“现实主义的强化方式”之义，而新写实小说其实是对现实主义表现方式的一种弱化。文学史上，将“写实”换作“现实”并被普遍认可和接受，应在左翼文学运动引入“社会主义现实主义”和“典型”理论之后。20 世纪以来的中国文学史，“写实主义”与“自然主义”有渊源，又有中国特色的变形；“现实主义”则更多与“社会主义”及“典型”理论关联。有人（丁永强）在 90 年代初就曾指出：“与其说新写实主义是现实主义的回归，不如直截了当地说新写实主义是自然主义在新的层次上的回归。”①

而当代长篇小说的现实主义传统，既有来自中国本土的渊源，又有来自 19 世纪中期西欧现实主义文学的影响，而后者在被现代作家移植到中国后，与时代和历史文化语境结合，被强调启蒙和革命的文学家、思想家选中，其内涵也更加扩容，有了很多因地制宜的变化。中国最早的现实主义传统来自《诗经》，而真正与西方现实主义合流，是始自现代时期。鲁迅的《故乡》《阿 Q

① 参见刘纳：《无奈的现实和无奈的小说——也谈“新写实”》，《文学评论》1993 年第 4 期。

正传》《祝福》《孔乙己》等小说，虽然可从象征主义等各种角度去分析，但谁也不能否认它们有力地反映了现实。五四催生的一批问题小说家，其中一部分成为文学研究会的中坚分子，“为人生”的写作，奠定了关于现代市镇和乡土文学现实主义书写的基本叙述模式。茅盾是将人生派现实主义精神接过来，建立革命现实主义文学模式的奠基者——巨大的历史内容、宏伟的叙事结构、客观叙述和塑造时代典型的努力，等等。老舍受狄更斯现实主义文学的影响，同时又深具“京味”。巴金小说带有明显的主观性和抒情性，但是又有揭示封建旧家庭残害青年的罪恶及走向崩溃命运的强烈的批判性和现实性。20 世纪三四十年代的解放区文学、“十七年”文学当中，现实主义呈现浓厚的意识形态性。20 世纪七八十年代以来，尤其是 20 世纪 80 年代中期开始的一段先锋派文学，以及后来的新写实、新历史主义等，所积累的文学经验，都令为现实主义书写注入新的元素成为可能。现实主义要考虑如何吸收 80 年代以来的文学经验，以现代人本精神接通抵达社会现实和历史的通道，在叙事形式上作出多方面的探索，赋予现实书写新的可能性。

回到文学的现实性、理想性与审美性问题上来，思考将这几个方面兼擅的可能性。像严歌苓完成于“一九八八年元月七日”、出版于 1989 年 2 月的《雌性的草地》，最能显示当年的先锋派文学在她创作上的“过下留痕”。小说在叙事结构和叙事手法上作了新的尝试和探索，达到了严歌苓早期长篇小说“女兵三部曲”对小说叙事结构和手法探索的巅峰状态，而且在某些方面是后来不曾达到和超越的。所体现的文体创新意识，令她的创作在两个方面——与当年同时段的先锋派文学和她后来写作中能够持之以恒的叙事上的探索创新意识——这双个维度关联、伸展和发生效应。20年前我读《雌性的草地》时，也曾一度被小说的繁复叙事所迷惑，常有云里雾里之感。但是，这个小说，是不是就滑向了叙事游戏的偏隅呢？当然没有。那是如何避免的呢？我想，应该归功于生活的积累，严歌苓在1998年春风文艺出版社再版《从雌性出发》代自序里也讲道，“最初让我产生写它的冲动是在一九七四年，我十六岁的时候，那时我随军队的歌舞团到了川、藏、陕、甘交界的一片大草地去演出，听说了一个‘女子牧马班’的事迹”，后来（1976年）她又从报纸上看到了“女子牧马班”的事迹，而她自己又有丰厚的部队生活积累。这让她的写作有了现实性的基础。叙事探索，当然是幅度很大的，也是多方面的，比如她都自言：“从结构上，我做了很大胆的探索：在故事正叙中，我将情绪的特别叙述肢解下来，再用电影的特写镜头，把这段情绪若干倍放大、夸张，使不断向前发展的故事总给你一些惊心动魄的停顿，这些停顿使你的眼睛和感觉受到比故事本身强烈许多的刺激”[①]，等等。20年之后再读小说，当我借用了叙事学、结构主义叙事学等研究方法，便轻而易举就捋清了《雌性的草地》的叙事结构、叙事线索和繁富的叙事技巧及其所构建起的小说叙事艺术的世界。这其实也从侧面证明了《雌性的草地》没有滑入形式主义的歧途和叙事游戏的空间。在《雌性的草地》这里，我们看到了文学的现实性、理想性和审美性兼擅的一种可能。当下很多小说，在更加具备现实性、直接反映现实生活方面，也往往能够因为对叙事艺术的讲究，而令理想性和审美性兼擅，从张翎

① 严歌苓：《从雌性出发》，《雌性的草地》代自序，春风文艺出版社，1998，代自序第2–4页。

的《都市猫语》、王手的中短篇小说等，我都看到了这一点。

“对潇潇暮雨洒江天，一番洗清秋。”文学一定会更多地带给我们暮雨洒落、雨洗清秋的愿景。

第四节　传承传统与探索创新

——新世纪以来“中国故事”的讲述方式

2017年年底，文艺界对五年来的文学创作，从小说到诗歌、散文等题材领域，作出全面回顾、总结和展望。其中小说创作尤其是长篇小说创作，在累积中国经验和进行中国叙事的探索方面，是成绩斐然的。而如何讲述中国故事，应该说是新世纪以来中国作家有意无意当中、却又几乎是殊途同归的一种创作指向。如何讲述中国故事，应该是新世纪以来有艺术追求的小说家都会自觉不自觉地进行的艺术探索，“每位小说家都会自觉不自觉地勘测与这一问题的‘切线’，从而明确自己讲述‘中国故事’的路径和方法，在对能与不能、为与不为的思考中，寻找自身创作的伦理落位，为作品意义的生成提供一个稳定的价值支撑”①。比如，贾平凹对讲述“中国故事”、传达中国经验，有长期和系统的思考，并坚持将自己的思考贯彻于小说创作，且不断调整着自己的文学观念，探索小说文体和话语构型的独特方式。而借径研究作家如

① 郭洪雷：《讲述“中国故事”的方法——贾平凹新世纪小说话语构型的语义学分析》，《文学评论》2015年第1期。

何累积中国经验、如何讲好中国故事也就是讲述中国故事的方法、如何还原和构建中国形象，等等，不仅可以助益我们考察和解析作品意义生成，还可发现有价值的叙事探索，厘清文本表层所容易引起的误读障蔽，达致文本深层和内部肌理；不仅可以发现作品的内容和意义生成方面的意义和价值，还可借此探索小说在形式——也就是语言、结构、小说文体等方面的呈现形式。

传承和创新，可以说是如何讲好中国故事，能够打开乃至双向打开的路径和方法维度。在有的研究者看来，在文本试验或者挑战既定的历史经验和文学经验方面，“50后”作家近年来做得尤为突出，“他们不断地要越过界线，突破自我，穿透历史，挑战现实”，贾平凹在20世纪末的力作《怀念狼》之后，新世纪以来的《秦腔》《古炉》《老生》等，“也无不是在历史意识、现实感和文本结构、叙述方面不断越界”。“莫言的《檀香刑》《生死疲劳》《蛙》都在极为大胆地探索，寻求把传统小说、戏剧经验与西方现代主义小说经验混合一体的方法。”所以研究者甚至说：“如今最保守的创作经验由20世纪50年代作家坚守，最激进的创作经验也是由20世纪50年代作家做出的。”[①] 的确，“50后”作家既有挑战历史经验和文学经验的突破自我与越界探索精神，又在这探索创新里面，尝试传统小说、戏剧经验等与西方现代主义小说经验如何混合为一体的方法，这里面就同时涵蕴了创新和传承两个维度。探索创新中深蕴传承传统，古代文学、古代历史哲学、杂书杂著乃至戏曲等，都可以落迹于小说当中，对小说的语言、结构、叙事等文体方面发生多方面的影响。即便

① 陈晓明：《先锋派的历史、常态化与当下的可能性——关于先锋文学30年的思考》，《文艺争鸣》2015年第10期。

羚羊挂角，却是有迹可循。在贾平凹、莫言等作家的创作当中，都可以发现他们在小说写作中的这方面的有意或者自觉探索，比如对戏曲经验的借鉴和化用，对古代文化和文学传统的借鉴和化用，贾平凹《老生》即是生动的例证。创新，也就是作家在讲述中国故事时所作的叙事和小说文体探索方面的创新，从中可以发现1985左右开始的一段先锋文学经验在当下变异、转型和续航（吴俊语）的新的可能性。这种可能性两个维度上打开，一个是当年的先锋派作家在当下的转型或者说是续航，一个是非先锋派作家汲取先锋文学经验并加以创造性转化，在叙事结构和叙事策略等方面进行具有先锋精神的叙事探索。

接续传统，其实自20世纪90年代即已发轫，可视作先锋文学在形式主义和叙事圈套的极致实验和体验之后的一种有意的回调，而近年来这条脉络也很清晰。2017年1月人民文学出版社出版的赵本夫的《天漏邑》堪称佳作，小说在叙事上作了具有先锋精神的探索，但它对中国古典小说传奇文体资源和经验的成功借鉴，亦是毫无疑问的。金宇澄是《上海文学》有着30多年资深经验的老编辑，以一部长篇《繁花》一举而红，书中大量沪上方言，作家用旧日海上文坛的笔法，将近半个世纪的上海生活和家长里短方方面面娓娓道来，以一种老道的讲述体，让人重温古典话本小说的讲述体风格。小说借用说书人的形式，与读者——听书人彼此需要当中，产生了这样一个小说文本。作者自言："话本的样式，一条旧辙，今日之轮滑落进去，仍旧顺达，新异。"有人读出了《繁花》是向《红楼梦》致敬的作品，有人从中读出了《海上花列传》的精神韵致——可以说它是对沪上文脉、古代文学文化传统的一种命脉传承。"70后"女作家付秀莹长篇处女

作《陌上》，小说采用了古典小说散点透视的笔法，语言诗意、诗化，显示了抒情传统在当代的传承。又不失明清白话小说的韵致和古典的韵味，有人禁不住要去找寻它与《金瓶梅》和《红楼梦》的传承与关联性。能够写出当今社会华北乡村的乡民日常生活的风俗画，能够将非震惊体验而是日常生活体验写得可圈可点，得益于古典写作手法及语言对她写作的影响，这种影响对她而言，是潜移默化的。

滑入旧辙的今日之轮，不止金宇澄等人。贾平凹可能是当代小说名家中对古代体悟最多最深的一位，他对古代文学、古代历史哲学、杂书杂著（天文、地理、古碑、星象、石刻、陶罐、中医、农林、兵法等）和戏曲，涉猎颇多，令传统如墨透纸背一般，浸润了他的文学创作。《带灯》后记他写道“几十年以来，我喜欢着明清以至三十年代的文学语言，它清新、灵动、疏淡、幽默，有韵致。”转而“却兴趣了中国西汉时期那种史的文章的风格，它没有那么多的灵动和蕴藉、委婉和华丽，但它沉而不糜、厚而简约，用意直白，下笔肯定，以真准震撼，以尖锐敲击”①。——无论哪种风格，都表明他对古代文学的偏好和文体风格的借用，《带灯》有对中国古典史传传统和传奇文体风格的参鉴。贾平凹2014年出版的《老生》，他把陕西南部山村的故事，从20世纪初一直写到今天，其实是现代中国的成长缩影。小说通过一个唱阴歌、长生不死的唱师，来记录和见证几代人的命运辗转和时代变迁，通过老唱师念一句、我们念一句的方式，加进了《山海经》的许多篇章，更加意味着贾平凹在“我得有意地学学西汉品格了，

---

① 贾平凹：《带灯·后记》，人民文学出版社，2013，第360-361页。

使自己向海风山骨靠近”。(《带灯》后记)通过一个《山海经》,贾平凹几乎是将整个20世纪的历史接续起了中华民族的史前史。在贾平凹的读书札记里,可以知晓贾平凹是反复披览《山海经》的,甚至犹觉不足,还曾特地跑到秦岭山中去一一对照。这样看来,他化用《山海经》入小说就一点也不奇怪了。《极花》里,贾平凹如数家珍自己,细数自己“我的写作与水墨画有关”,阐发如何以水墨画呈现今天的文化、社会和审美精神动向,以一部《极花》写出了中国“最后”的农村。在最新长篇《山本》后记当中,贾平凹写道:“说实情话,几十年了,我是常翻老子和庄子的书,是疑惑过老庄本是一脉的,怎么《道德经》和《逍遥游》是那样的不同,但并没有究竟过它们的原因。”“突然醒开了老子是天人合一的,天人合一是哲学;庄子是天我合一的,天我合一是文学。这就好了,我面对的是秦岭二三十年代的一堆历史,那一堆历史不也是面对我了吗,我与历史神遇而迹化,《山本》该从那一堆历史中翻出另一个历史来啊。”“随便进入秦岭走走,或深或浅,永远会惊喜从未见过的云、草木和动物,仍还能看到像《山海经》一样,一些兽长着似乎是人的某一部位,而不同于《山海经》的,也能看到一些人还长着似乎是兽的某一部位。这些我都写进了《山本》。”[①] 韩少功的《日夜书》以近十个主要传奇人物的叙事组合而成长篇,很得古典笔记体传奇小说的精髓,写出了后知青一代的精神史。接续传统,并不是一味滑入旧辙,从中,我们亦看出作家的一种艺术创新的意识,看到了作家不懈的艺术探索和创作追求。讲好中国故事,传达中国经验,“让世界读懂当

① 贾平凹:《山本》,作家出版社,2018,第524-526页。

代中国”，是像贾平凹一样的作家自身创作追求的具体践行。接续传统，是作家创新的艺术探索之路的不断延伸，也是作家具有高远境界、具有高度的责任意识和展现我们文化自信的一种表现。其实是中国的小说写作，在传统文化和古典文化、古代文学与现代小说形式创新之间的一种有效平衡和融合。这种探索，也是一种创新。

传承传统还体现在对古代“传奇”文体资源的借鉴上，有学者对此作过周详而细致的论述[①]。兴于20世纪90年代中后期、到新世纪更加蔚为大观，并且在改编的影视剧中更加火爆的“新革命英雄传奇”，有都梁的《亮剑》、徐贵祥的《历史的天空》、石钟山的《激情燃烧的岁月》，等等。这些作品虽在创作理念和艺术特色等方面有所差异，但都是对明清古典英雄传奇的文体资源加以借鉴、继承和转化。古典传奇和野史杂传以及为民间人物立传的书写传统，也同样影响着“新革命英雄传奇”之外的很多作家的写作，包括乡土小说和“50后”“60后”“70后”作家的写作。迟子建新世纪的《额尔古纳河右岸》《白雪乌鸦》等小说都可见传统的注入，《晚安玫瑰》和最近的《候鸟的勇敢》(2018)等则有着对古代以来中国文学抒情传统的赓续，小说的散文化倾向也是时有隐现。在迟子建晚近的《群山之巅》，差不多是用一种野史杂传的笔法为龙盏镇的众多小人物画像立传，小说在辛开溜、辛七杂、辛欣来、安雪儿等人物的传奇组合结构当中，见出作家向中国古典小说史传与传奇传统借鉴的功力。而当下作家与五四以来新文学的传统，据说也是可以寻见的。石一枫则以《世

---

① 参见李遇春：《“传奇”与中国当代小说文体演变趋势》，《文学评论》2016年第2期。

间已无陈金芳》《营救麦克黄》《地球之眼》等中篇小说和最近的长篇《心灵外史》，被认为是以创作接续了中国自新文学以来最为重要的一条文学流脉——社会问题小说——这是近代和现代的传统[①]，也被认为是为讲述中国故事、积累文学的“中国经验”，提供了新的可能性。

继承先锋文学的经验，进行具有先锋精神的叙事探索方面，先锋文学的成名作家，凡是不能够突破自我的，近年创作多出现江郎才尽态势和创作方面的窘境。而凡是能够成功转型或曰“续航”的，其创作态势都非常可喜、不断有斩获。新世纪以来，当年的先锋作家，皆有新作问世，苏童的《黄雀记》、余华的《第七天》、格非的《江南三部曲》《望春风》和北村的《安慰书》等，从中可见先锋作家艺术主张与写作实践的有意调整，昭示出先锋作家从先锋向常态化回调的一种努力。同时也在提示我们，先锋文学经验在今天是否还可能存在，并且以何种方式在继续生长和变异。其中，有的作家直接将现实事件乃至新闻事件“以一种‘景观’的方式植入或者置入小说叙事进程”[②]，是值得警惕的。越来越依靠新闻事件和材料来写作，所滋生的弊端是显而易见的。生活在眼下，诗却在远方，生活积累和经验的匮乏，单纯靠闭门造车式“虚”构，可能是制约当下很多作家创作的一个瓶颈，亟须突破。

评论与创作是存在相关性的，并与文学期刊和文学出版互相关联。2015 年以来，评论界在对 20 世纪 80 年代中期的“先锋文

① 参见孟繁华：《当下中国文学的一个新方向——从石一枫的小说创作看当下文学的新变》，《文学评论》2017 年 5 期。

② 徐勇：《以象征的方式重新介入现实——论苏童〈黄雀记〉的文学史意义》，《文学评论》2014 年第 2 期。

学”作出回顾、反思和总结。当然，对于“先锋文学”精神，不仅仅是停留在纪念层面，文学期刊和出版社也在以实际的举措，探索先锋文学精神与文学经验的当下可能性。像《花城》杂志一直被视为先锋派文学的重要阵地，《花城》杂志、花城出版社培育和形塑了北村、吕新等先锋文学作家。2016年，《花城》杂志刊发了吕新的《下弦月》和北村的《安慰书》，花城出版社出版了单行本，并且重版了他们的代表作《抚摸》和《施洗的河》。近年来，《花城》杂志仍然一直在着力刊发像严歌苓的《上海舞男》（2015年第6期）这样带有叙事先锋探索精神的作品。北村的《安慰书》在较好处理了文学与现实的关系之外，依然可见潜藏于其中的先锋精神和作家着意所作的叙事方面的先锋性探索，堪称先锋文学转型或者续航的佳作。另外近年来，当年的非先锋派作家，在写作中反而在叙事探索方面，颇具一种先锋探索精神。

新世纪以来，海外华文作家在“中国故事”讲述方式方面，积累了可贵的经验。严歌苓、张翎、陈河等，都是其中的佼佼者。新世纪以来，严歌苓在《第九个寡妇》《一个女人的史诗》《金陵十三钗》《小姨多鹤》和《陆犯焉识》等长篇小说中，已经形成一种独特的“中国故事”的讲述方式。女性视阈当中历史与人性的双重书写，让她的作品溢出了以往宏大叙事所覆盖的主流历史的叙述法则。《寄居者》是“沪版的辛德勒名单”，《金陵十三钗》是女性视阈中日本侵华战争“南京大屠杀”的历史还原；《小姨多鹤》可以视之为“抗战后叙事”，小说同时采用多鹤作为日本女性的“异族女性视角”与中国人的视角，来反观日本侵华战争给两国民众造成的伤害；《陆犯焉识》是一部知识分子的成长史、磨难史与家族史，更表达了“始终错过的矢志不渝的爱”

的“归来”主题。严歌苓将“中国故事”在历史维度的打开和呈现，不是很多研究者所说的纯粹的“他者”叙述，而是叙述里有着浓厚的中国情结，是可以和中国当代文学自身的叙述相兼容的；更可以给中国当代文学在历史层面的叙述，提供可参鉴的价值和意义[①]。而近几年的《妈阁是座城》《上海舞男》和《芳华》，严歌苓已经把回溯性叙事的中国故事向中国当下的现实生活伸展和延伸，小说在叙事结构和叙事策略等方面的探索，为“中国故事”的讲述方式提供了宝贵经验。她的《妈阁是座城》在结构、叙事以及由之关涉的对人的情感、人性心理表达的种种暧昧繁富等方面的写作尝试，对于当代小说如何在形式和结构叙事等方面获得成熟、圆融的现代小说经验，提供了不无裨益的思考，并且具有一定的示范意义。另一长篇小说《上海舞男》，小说故事核看似俗套——有钱女包养了舞男的故事，但小说在叙事方面的探索，是值得称道的。小说“套中套”叙事结构的彼此嵌套、绾合，形成突破我们生活的四度空间，直达五度空间的“绾合”式小说叙事。

近年来的海外华文作家，像陈河、张翎、严歌苓等，他们通过叙事结构和叙事策略方面的先锋性探索，以其创作在构建一种中国叙事和中国形象。且不说陈河《甲骨时光》在多维时空交错、迷宫式的叙事结构等方面的卓异探索，就严歌苓，其在令人叹佩的写作高产之余，也不断在叙事结构和叙事策略方面孜孜以求，不断探索，显示出海外华文作家“中国叙事”所具有的先锋性。严歌苓最晚近长篇《芳华》则显示了另一种不一样的叙事探索，也是有意识的叙事创新精神。张翎的《流年物语》和最近的长篇

① 参见刘艳：《女性视阈中的历史与人性书写》，《山东师范大学学报》2018年第2期。

《劳燕》，在作“中国叙事”时也进行了各方面的叙事探索，“物”或者“动物”的叙事视角，两个长篇里都有采用。《劳燕》还采用了三个灵魂——当年在美军月湖训练营是朋友的两个美国男人和一个中国男人在 2015 年 8 月 15 日——日本天皇宣布战败 70 年后相聚，每个人吐露自己所掌握的那一部分真相，以多声部的叙述和追述，还原和补缀出当年发生在月湖的全景历史。似乎是一种“鬼魂叙事”，其实已与海外华文写作中素有的“鬼魂”叙事传统——其惯常的魔幻现实主义意味、西方人的东方想象、某种后殖民文学的色彩或者兼而有之——有着根本的不同。也与有的作家以新闻素材拼贴入小说的“鬼魂”叙事迥然有异。在素材和写作上，开启抗日战争叙事的新维度，是第一次将美军训练营作为题材入小说的尝试。张翎中篇《胭脂》（2018），采用了以不同人物视角来还原、讲述同一个事件的讲述方式。

当然，海外华文作家在讲好中国故事方面，并不是只着意于先锋性的叙事探索，古典文化、文学的借鉴和化用，同样可见。陈河的《甲骨时光》就是典型的例证。陈河在《甲骨时光》中大量借用和援引古代典籍和纪实性材料。陈河凭借《诗经》里的短诗《宛丘》“子之汤兮，宛丘之上兮。洵有情兮，而无望兮”，塑造出了与贞人大犬相爱的巫女形象，写出了一段伤感的爱情。相较而言，陈河对考古材料的倚重和借鉴，更加突出和明显。陈河仔细阅读了李济的《安阳》、岛邦男的《殷墟卜辞研究》（上下册）、陈梦家的《殷墟卜辞综述》、杨宝成的《殷墟文化研究》、郭胜强的《董作宾传》，等等[①]。《甲骨时光》把大量的史料穿

① 陈河：《后记·梦境和叠影》，载《甲骨时光》，十月文艺出版社，2016，第 346-349 页。

插在小说的诗性叙述中，诗性虚构出一个民国与殷商时期的中国故事。《甲骨时光》是通过杨鸣条对甲骨的寻找、甲骨之谜探寻发现的当下叙事以及与之对应的古代殷商的故事这两套叙事结构中完成对中国故事的构建的。杨鸣条一次又一次在与大犬的神交中返回商朝，两套叙事结构所构建的中国故事得以完整呈现，一个美学层面的中国形象也逐渐浮出水面。

近年的长篇小说写作还在提示我们，文学创作在当下重新建构宏大叙事的可能性。当下的中国文学，继承并创造性地转化当年的先锋文学的文学经验，是可以实现的。20 世纪 80 年代中期以来的新历史主义思潮，以及由其催生或者陆续出现的其他“从民族国家拯救历史”的小说，能够提供一种“复线的历史”（杜赞奇语），对于纠偏或者说补充“十七年文学”两种基本类型的小说“红旗谱”和“创业史”那种宏大的民族国家单线历史叙述的方式，是有价值和意义的。但某种程度上也带来了宏大叙事文学作品的弱化和被遮蔽。在这种情况下，重构兼具文学性的宏大叙事长篇小说的意义和价值，是让人心怀激动的。《麦河》（关仁山）、《祭语风中》（次仁罗布）、《己卯年雨雪》（熊育群）等小说，承接了“十七年”时期宏大叙事阐释社会现实和历史“本质”的传统，又“创造性地转换”了中国传统文化，继承了先锋文学的叙事经验，在叙事形式上进行了多方面的探求。

有研究者譬如陈晓明教授近年来，就一直对先锋文学经验的当下可能性和开辟汉语文学新的可能性作出一系列思考。他认为 20 世纪 90 年代以来，中国小说有一个恢复传统的趋势，但在他看来会离世界尤其西方的小说经验愈来愈远，他认为中国现代小说仍未获得现代形式，当代中国小说应该对传统与创新有更深刻的认识，“汉语小说创作不只是要从旧传统里翻出新形式，也能在与世界文学的碰撞中获得自己的新存在，从而介入现代小说的经验”[1]。从中国的汉语小说还未真正获得现代形式层面而言，他的忧虑不无道理。所以说，传承传统并不是不讲原则地一味恢复传统，讲好中国故事，没有固定之路可循。但传承传统与探索创新，无疑是照亮作家艺术求索之路的一盏灯火，传承本身就是一种创新，而且从来也不可能有离开传承孤立存在的创新。小说家在传承与创新的纽结与缩合当中，一路前行。

---

① 陈晓明：《我们为什么恐惧形式——传统、创新与现代小说经验》，《中国文学批评》2015 年第 1 期。

第二章

智性批评与文学之心

第一节 隐在历史褶皱处的青春记忆与人性书写

——从《芳华》看严歌苓小说叙事的新探索

严歌苓的长篇小说《芳华》，在2017至2018年这个时间段里，形成了颇有席卷之势的“芳华”热。在传播媒介多样化、大众阅读碎片化和纸媒文学阅读遭受前所未有的冲击的危机状态当中，这样的文学热是足以引人注目的。《芳华》单行本是由人民文学出版社2017年4月初版，据此书的责编刘稚女士透露，截至2018年5月，一年多的时间，《芳华》已经第14次印刷，共计85万册。此后销量继续攀升。小说推出不久，2017年12月15日，电影《芳华》在国内和北美地区同步公映，一度广受瞩目和热议，电影的轰动效应本身也带动了小说的热销。当然也出现了只看电影就评论小说《芳华》的现象，且不说电影与小说两种艺术形式的巨大差异性，即便严歌苓本人参与了创作，电影剧本仍然对原作小说《芳华》的情节和细节等，做了较大程度和较多的改编。面对严歌苓的《芳华》，其实也是面对了她40年的创作历程。在严歌苓的处女作长篇小说《绿血》（1984年完稿，解放军文艺出版社 1986 年版）、第二部长篇小说《一个女兵的悄悄话》（1986 年完稿，解放军文艺出版社 1987 年版）和《穗子物语》（2005）的几个中短篇小说里，都有着一些军旅青春年华或者说“芳华”的书写，甚至能找出可与《芳华》形成互文性解读的人物原型和情节等。如果进一步追溯，还会发现严歌苓的短篇小说《葱》（《青春》1981 年第 9 期），亦可以与《芳华》做一定程度的互文解读。其中的男兵王小春和女兵喃喃，对应《芳华》里的刘峰和林丁丁——这么看来，《葱》似乎是最早的《芳华》版本了。

2017 年严歌苓的长篇小说《芳华》甫一面世，很多人的第一印象是《芳华》具有浓厚的“个人自传”色彩，是以第一人称来描写她当年亲历的部队文工团生活——作家虽然也写到了人物后来的命运变迁，但只占小说很小的比例。给人近乎作家“自叙传”这样的读后感，一点也不奇怪。且不说严歌苓的人生经历已多为人了解：她在军队待了 13 年，从 1971 年 12 岁入伍直到 25 岁部队裁军退伍，并整整跳了八年舞，演样板戏《白毛女》《红色娘子军》，她演过喜儿；演出舞蹈节目《边疆女民兵》《草原女民兵》《女子牧马班》，扮演英姿飒爽的女民兵；表演藏族歌舞《洗衣歌》；《小常宝请战》（《智取威虎山》）里演边唱边跳的小常宝……然后做了两年编舞，再成为创作员，与笔墨打起了交道[①]。从军经历几乎伴随了严歌苓的整个青春年华，而这段从军经历成了她的创作源泉之一，且不说早期的“女兵三部曲”《绿血》《一个女兵的悄悄话》《雌性的草地》，2005 年首版的《穗子物语》（其

① 严歌苓：《长篇小说〈芳华〉：严歌苓的“致青春”（冯小刚执导同名电影）》，严歌苓读书会（公众号 ID：geling-yan）2017 年 4 月 26 日发布。

中《灰舞鞋》《奇才》《耗子》《爱犬颗韧》《白麻雀》是涉及部队生活的题材）就是一个典型的例证，而且其中部分篇章当时一经刊登，就高居各排行榜的首位。《穗子物语》虽然以长篇小说的名目出版，但所收是一系列与“穗子”相关的短篇和中篇。严歌苓自称“穗子”是“‘少年时代的我’的印象派版本”，现在看来，其意义和价值远不止于此，这些短、中篇还是作家长篇艺术构思与创作的沃土，让我们在许多年后能够拥有这部留有文工团员们年轻倒影的长篇《芳华》。

纵览严歌苓的创作历程，她的长篇小说《芳华》，几乎是严歌苓在近40年的写作历程基础上酝酿而成的，在首部长篇小说《绿血》、第二部长篇小说《一个女兵的悄悄话》和《穗子物语》里几个中、短篇小说当中，都有着类似的军旅青春年华或者说“芳华”的书写，甚至有着相近的人物原型和情节设计。严歌苓2017年的长篇小说《芳华》，与其写于1984年并于1986年出版的第一部长篇小说《绿血》，实际上是对军旅“芳华”叙事母题的同题异构。而《芳华》里的萧穗子，似乎就是《穗子物语》当中一些篇章里面的“穗子”。《芳华》中萧穗子因为“谈纸上恋爱被记了一过”是一笔带过；在《灰舞鞋》里反倒是头尾兼备的叙事。《芳华》近乎结尾才揭晓当年是郝淑雯用“美丽的胴体”拿下了少俊，轻而易举地让少俊交出了穗子所有的情书、出卖了穗子；在《灰舞鞋》里，对应的是邵冬骏和高爱渝……《芳华》中“我”第一次与刘峰打交道，是同为警戒哨兵，站在靶场最外围，防止老乡误入，却因大意“误伤”“老太太”的情节，在《穗子物语·奇才》里早就出现过，到了《芳华》这里有了些不同而已。更为奇妙的是，《芳华》真正的女主人公，其实应该是何小曼，对应《绿血》

里的黄小嫚和《穗子物语·耗子》里的黄小玫（《灰舞鞋》里也有“耗子”这个人物），这几个人物的身世、性情乃至最后的发疯，都可以作个比照阅读，同质之外的异质性，可以显出作家历经不同时间所作的艺术构思的差异性。而刘峰，除了可与《绿血》中杨燹这个人物形象加以比照和联系之外，其原型似乎便是《耗子》这个短篇小说里的池学春，刘峰的触碰事件以及在其遭受的批判大会当中所呈现出来的众生相，都可以从池学春及其所曾遭遇、乃至穗子谈纸上恋爱被开批判会那里找到原型。当然，一个短篇，体量有限，难以容纳更充分的人物刻画、世态人心和淋漓尽致的人性书写。《耗子》以及《穗子物语》所不能够呈现和达致的，《芳华》能够竭尽所能给予最为充分的展示——文学书写，可以向人呈示青春是如何以独有的姿态绽放芳华，说《芳华》是严歌苓“致青春”的作品，一点也不为过。

这当然是阅读《芳华》令人备感熟悉、亲切和让人会心的地方，但也正是由于持续关注和研究严歌苓，还是对严歌苓以这样的第一人称叙事和她本人罕有的作家主体融入叙事——作者与隐含作者、叙述者，难免产生无法分离的混合性——的话语方式（尤其为她的“中国叙事”作品所罕有），为她这样的叙事方式、策略，感到有一点意外，甚至为她捏一把汗。众所周知，严歌苓一直致力于、近年来尤擅小说技巧层面的探索，陈晓明都称她的小说“技巧性很强”。即便是那部有震动效应，在陈晓明看来“可以看到中国当代小说对历史的反思、对人性的认识所发生某种变化，也可以看到中国长篇小说艺术上的不断伸展的特点”[①]的《陆

① 陈晓明语，参见龚自强、丛治辰、马征、陈晓明等《20 世纪中国知识分子的磨难史——严歌苓〈陆犯焉识〉讨论》，《小说评论》2012 年第 4 期。

犯焉识》，陈晓明也特地强调了小说在叙事和叙述上的技巧性：“严歌苓是懂得现代小说的。如果先花花公子玩一通，再抓去坐牢，用线性叙述，这个小说就散掉了，完全没有价值。”[①] 阅读和研究都不难发现，近年来在海外华文作家的“中国叙事”当中，作家往往着意于对叙事结构和叙事策略的探索，他们往往是最能够接近西方现代小说经验并有可能化用得最好的作家群体。尤其是严歌苓，令人叹佩的写作高产之余，也不断在叙事结构和叙事策略方面孜孜以求。此前研究中，我曾经细致分析过严歌苓《妈阁是座城》在结构、叙事以及由之关涉的对人的情感、人性心理表达的种种暧昧繁富，不仅是这部小说所具有的明显不同于她此前作品的创作新质，而且对于当代小说如何在形式方面，如何在结构叙事等方面获得成熟、圆融的现代小说经验，提供了不无裨益的思考并且具有一定的示范意义[②]。而严歌苓的近作《上海舞男》，小说的叙事结构已远非是“歪拧”可以涵括，小说“套中套”叙事结构的彼此嵌套、绾合，那个原本应该被套在内层的内套的故事，已经不是与外层的叙事结构构成“歪拧”一说，而是翻转腾挪被扯出小说叙事结构的内层，自始至终与张蓓蓓和杨东的故事平行发展而又互相嵌套并且深度绾合——还要打个结儿为对方提供情节发展的动力。我甚至曾认为几乎可以毫不夸张地说，《上海舞男》是严歌苓截至当时在叙事结构、策略、叙述角度与限制视角上面，最为成功的作品[③]。已经在叙事结构和叙事策略等方

---

① 参见龚自强、丛治辰、马征、陈晓明等《20世纪中国知识分子的磨难史——严歌苓〈陆犯焉识〉讨论》，《小说评论》2012年第4期。

② 参见刘艳：《不够暧昧——从〈妈阁是座城〉看严歌苓创作新质》，《文艺研究》2016年第10期。

③ 参见刘艳：《叙事结构的嵌套与“绾合”面向——对严歌苓〈上海舞男〉的一种解读》，《文艺争鸣》2017年第5期。

面非常讲究并且具有明显优势的严歌苓，突然好似来了一个大踏步的“回退”，第一人称、个人自传色彩，在四十余年后回望自己的青春与成长期，并写出了文工团员四十余年命运的流转变迁，对于并不从事非虚构写作并且一直以小说的虚构性、文学性为典型创作特征的严歌苓来说，不啻又是一种小说叙事的新探索（当然是就近十几年严歌苓“中国叙事”的小说所作的讨论，2001 年初版的《无出路咖啡馆》，虽然自传的色彩很强，因是海外华人生活故事，暂不在讨论之列）。小说的叙述视角、话语调适，尤其是小说的虚构性、文学性所遭遇的局囿和困难，以及小说如何还能够葆有丰赡的虚构性和文学性，都将是一个难题和小小的挑战。

一、作家主体融入叙事与青春记忆复现

中国文学自现代以来，凡是作家主体较多融入叙事的小说，往往有散文化和抒情性的特征，一个典型的例子是郁达夫，在他从《银灰色的死》到《出奔》五十篇左右的小说中，属于自叙传小说的有近四十篇。其小说有一些直接以第一人称“我”叙事的模式，其他则是以第三人称“他——叙事”的方式来结构成篇，其小说主人公无论以什么样的身份出场，都熔铸了作家太多的主体形象和心理体验。作家主体过多地融入小说叙事，对小说形式的伤害是明显和严重的，易使小说呈现散文化的典型特征。散文求真，不提倡虚构故事情节，散文多是抒情和记事，近期还有不少研究者和评论者对散文虚构故事情节表达了他们的愤愤不平之气，也说明了散文很少虚构故事。而小说是典型的虚构叙事文本

（非虚构作品不在此讨论之列），对虚构性、情节性和可读性有着较强的要求，小说求真求的是艺术的真实。所以有研究者曾经从形式层面这样批评郁达夫："小说则需要虚构，如果一个小说文本缺乏虚构则会近于散文，情节性也会几乎丧失，阅读的快感也会弱得多，郁达夫的小说则是这种情况。从形式上看，他的叙述人与人物角色几乎没有距离，距离感的丧失正是缺乏虚构意识的结果，而且感情毫无节制，成为启蒙之初个人欲望的泛滥。距离的丧失也导致了叙事视点转换的稀少，第一人称叙事带来的极端向内转，其实是与个人经验直接相联系，缺乏虚构性的同时也丧失了叙事的丰富性，最终失去意义层面的丰富性。"①

还有一个相反地、比较成功的例子，是萧红，她后期的作品《呼兰河传》《小城三月》《家族以外的人》《后花园》等，虽然也是"内观"的"自传体"型作品，但却同时也是她最成功、最感人的作品。以其巅峰之作《呼兰河传》为例，夏志清曾经给萧红《呼兰河传》这样的"最高评价"："我相信萧红的书，将成为此后世世代代都有人阅读的经典之作。"② 散文化、诗化、抒情性，是它的典型特征，"这书严格来说，不能算是典型的小说，它大部分牵涉个人私事，叙述性强，但书中却有着像诗样美的辞章，以及扣人心弦的情节"③，这句话难免矛盾和吊诡之处，"不能算是典型的小说"、诗化、抒情性，葛浩文的判断是准确的，但他同时又说它"叙述性强"。是什么给他《呼兰河传》叙述性强的印象的呢？

---

① 刘旭：《叙述行为与文学性——形式分析与文学性问题的思考之一》，《文艺理论研究》2013 年第 3 期。

② 参见林贤治：《前言：萧红和她的弱势文学》，载林贤治编注《萧红十年集》（上），人民文学出版社，2009，第 14 页。

③ 葛浩文：《萧红传》，复旦大学出版社，2011，第 106 页。

原因就在于萧红非常恰当地将“我”在小说中出现的比例控制到了较小的份额——只占较少的章节，而且很多时候，是取其非成人视角的限制性叙事，达到了很好的叙事效果，避免了作者、隐含作者与叙述人的高度混合性和过于全知叙事对于小说艺术真实感的伤害。与《呼兰河传》的非成人视角的限制性叙事相较，对此限制性叙事方式颇显示出一种呼应和长足发展的，是严歌苓的《穗子物语》系列小说[①]。《呼兰河传》哪怕是作成人视角的叙事，也是取人物视角的限制性叙事——“我的人物比我高”（萧红），比如对小团圆媳妇婆婆的描写，等等，方能够在叙事方面，克服郁达夫那种叙述人和小说人物几乎没有距离的弊病，令小说产生足够的艺术真实性和可读性。

同样存在着小说散文化倾向的迟子建，被有的研究者认为，其有的小说文本是“作者”无所不在地介入写作中，“作者”“隐含作者”“叙述者”和小说中的人物确实存在着无法分离的混合性[②]。即便如此，《额尔古纳河右岸》《晚安玫瑰》等小说，虽然用了第一人称“我”叙事，但“我”显然不是作者本人，这本身就是一种距离，作家主体与人物和小说叙事之间的距离。而具有先锋精神的作家以“我”作为主要叙述人不鲜见。其中较成功者比如北村《安慰书》的隐含作者是把第一人称“我”（律师石原）而不是第三人称叙述者置于叙事层次等级结构中最高层次的那一个层级，由“我”的过去和现在所关涉的所有人，都在我寻求证据、寻求证人、探寻历史旧案真相的过程中，与“我”打交道、发生

① 参见刘艳：《非成人视角的叙事策略——萧红“忆家”题材系列与严歌苓〈穗子物语〉合论》，《吉林大学社会科学学报》2007 年第 4 期。

② 何平：《从历史拯救小说——论〈额尔古纳河右岸〉和〈群山之巅〉》，《中国文学批评》2017 年第 1 期。

关联，让不同的人物重复叙述、追忆同一个事件，产生悬疑推理，剥洋葱般一层一层剥开，最终让真相浮出水面[①]。小说中的“我”不是作者本人，叙事结构和叙事策略，是为呈现一个类似悬疑推理小说一样的叙事效果。就是严歌苓本人，在《芳华》之前一个长篇《上海舞男》中，有时以第一人称“我”（石乃瑛）来叙事，这个“我”也绝非严歌苓本人，可以说与作家本人有着天壤的距离。到了《芳华》，所用第一人称“我”来叙事，尤其那段文工团经历中的“我”，几乎就能够等同于严歌苓本人，至少是有着高度的混合性、不可分离性。要知道，在几乎可以算作《芳华》奠基之作的《穗子物语》中，严歌苓也绝少以第一人称“我”来叙事，她《穗子物语》的成功，恰恰在于：“当童年的我开始犯错误时，我在画面外干着急，想提醒她，纠正她，作为一个过来人，告诉她那样会招致伤害，而我却无法和她沟通，干涉她，只能眼睁睁看着她把一件荒唐事越做越荒唐。”[②]

《芳华》一反常态，用第一人称“我”来叙事，不止符合严歌苓真实的人生经历。在我看来，这其实也是小说叙事的需要。我们知道，严歌苓的长篇总有一个“故事核”，陈晓明说她：“严歌苓有一点很独特，就是她的小说总有一个非常清楚的故事核。”[③]与她此前的那些小说不同，如果非要给《芳华》概括一个“故事核”，这个“故事核”似乎是：20 世纪 70 年代末的部队文工团，一个言行近乎雷锋的男团员，因为情之所至而触碰了一个女团员，

① 参见刘艳：《无法安慰的安慰书——从北村〈安慰书〉看先锋文学的转型》，《当代作家评论》2017 年第 3 期。

② 严歌苓：《穗子物语》，广西师范大学出版社，2005，自序第 1 页。

③ 陈晓明语，参见龚自强、丛治辰、马征、陈晓明等《20 世纪中国知识分子的磨难史——严歌苓〈陆犯焉识〉讨论》，《小说评论》2012 年第 4 期。

导致了命运的改变和悲凉结局……为什么用省略号呢？因为这个概括太不全面。第一，尽管考虑了时代性，“触碰”也并非像《第九个寡妇》《小姨多鹤》《陆犯焉识》之故事核那样，并不是一个能够带来足够悬念、惊奇和离奇情节的事件、故事之核。第二，正如小说名字《芳华》，小说不具备严歌苓先前小说当中那样高度聚焦的人物，它更加能够示人的是对一群人、一段历史及人物命运流转变迁的感怀，青春记忆、人性书写令小说呈现繁富的调性，小说的素材和写作对象，似乎先就命定了小说势必具有一种抒情性和略带散文化的文体特征。及至笔者写作此文，《芳华》业已出版，严歌苓与我的私人通信中还称：“我的新书《芳华》或者《你触摸了我》刚上市”[①]——她不知道，人民文学出版社定的名字就是《芳华》（原名《你触摸了我》），而冯小刚拍电影，名字选中的就是《芳华》：“‘芳’是芬芳、气味，‘华’是缤纷的色彩，非常有青春和美好的气息，很符合记忆中的美的印象。”[②]冯小刚的选择，更加基于自己对于那段记忆的印象，《芳华》中当然不都是美好的气息和美的印象，但他还是准确把握到了小说最大的价值之一，便是青春记忆与气息的呈现和复现。据说冯小刚在拍摄电影时，尤为重视刘峰和何小曼所经历的战争场面的渲染和拍摄，耗费巨资。据说：2017年3月7日，冯小刚在拍摄间隙发了剧照，纪念一场战争戏拍摄完成，他发文称：“从打响第一枪到结束战斗六分钟一个长镜头下来，每个环节不能出任何问题，炸点、演员表演、走位、摄影师的运动、上天入地，

① 严歌苓与笔者在2017年5月10日的通信中这样写道。

② 严歌苓读书会：《创作谈 | 严歌苓〈芳华〉有很多我对于那个时代的自责、反思》，严歌苓读书会（公众号ID：geling-yan）2017年4月28日发布。

都要极其精准，六分钟 700 万人民币创造战争新视觉。相比集结号的战争效果其创意和技术含量都全面升级。《芳华》不仅是唱歌跳舞也有战争的残酷和勇敢的牺牲。”言语间十分自豪。[①] 从中可以见出，电影导演尤擅从小说中抓取能够产生最佳视听效果的场面和内容来进行艺术再创作。其实小说所涉战争的描写，实在不足以令电影大肆铺排和着力表现。导演之所以作如是“观”和“为”，恰恰从一个侧面说明了《芳华》主叙事部分欠缺足够的悬念、惊奇和离奇情节的事件、故事之核，电影竟然要格外着意表现文工团员基本离散之后只是作为个别人物命运变迁背景的战争场面，以补足小说叙事文本所欠缺的悬念、惊奇和离奇。据此似乎也可以推测，改编后的电影剧本《芳华》，应该与原著小说文本有着很大的不同。

尤擅小说叙事结构和叙事策略的严歌苓，当然不会像巴金写作《憩园》那样，还要日后日本研究者乃至陈晓明教授，苦苦讨论他的小说叙事结构到底有没有“平板之嫌”还是“歪拧”出了足够的价值。但第一人称叙事和作家主体较多融入叙事，的确考验她在小说叙事结构和叙事策略方面的智慧。首先，要压缩“我”在小说叙事中出现的频次和所占的份额，这其实是限制处于叙事最高层级的“我”的权力，也就是要取一种限制性叙事的叙事效果。其次，既然是第一人称回顾性叙述，不可避免“第一人称回顾性叙述中（无论‘我’是主人公还是旁观者），通常有两种眼光在交替作用：一为叙述者‘我’追忆往事的眼光，另一为被追

---

① 严歌苓:《长篇小说〈芳华〉：严歌苓的“致青春”（冯小刚执导同名电影）》，严歌苓读书会（公众号 ID：geling-yan）2017 年 4 月 26 日发布。

忆的‘我’正在经历事件时的眼光”[1]。细察《芳华》就会发现，严歌苓是两种眼光和视角都具有的，但尤其以“我”当年当时正在经历事件时的眼光运用尤多和运用得尤其得心应手，还自如化用事件发生时和当时其他人物的视角。这种限制性叙事的态度，最容易凸显现场感和艺术的真实性。再次，哪怕是带个人自传色彩的小说叙事，也要既避免单一的线性叙事的窠臼，又要努力在每个叙事、故事序列里，保持线性叙事的一致性和可连续性。如果说，每个故事序列是小说内套的一个小的叙事结构，严歌苓的叙述人“我”，就要具备串起连环套的本领才行。为了得心应手非常自如地实现叙事转换，《芳华》一如《上海舞男》那样，全面取消了章节的划分，整篇小说一贯到底——既无章节标题也无章节序号，仅在作叙事转换时，以空一行文字来处理。也只有章节壁垒的取消，才能够最大程度地气韵贯通、一气呵成、浑然天成。《芳华》小说开篇是三十多年后“我”和刘峰不期相遇在王府井，然后马上倒叙回三十多年前的老红楼生活，以及后来人物的命运变迁。小说结尾，小曼在刘峰的灵堂到处摆满冬青树枝：

冬青铺天盖地，窗子门框都绿叶婆娑。四十年前，我们的红楼四周，栽种的就是冬青，不知是什么品种的冬青，无论冬夏，无论旱涝，绿叶子永远肥绿，像一层不掉的绿膘。小曼第一次见到刘峰，他骑着自行车从冬青甬道那头过来，一直骑到红楼下面。那是一九七三年

① 申丹：《叙述学与小说文体研究》，北京大学出版社，2004，（第三版），第 223 页。

的四月七号，成都有雾——她记得。[①]

小说所述文工团的生活，基本按线性叙事，但又不断旁逸出林丁丁、何小曼等的叙事，上一个叙事里，往往会为下一个叙事乃至很久以后的叙事和故事序列埋下伏笔，有时候这个伏笔只有一句或者一小段，例如："家境既优越又被父母死宠的女兵有时候需要多一些人见证她的优越家境和父母宠爱，我和何小曼就是被邀请了去见证的"（15 页），已经首次出现了"何小曼"的名字，但仅此一笔带过；在叙述林丁丁故事的时候，插入一笔"连何小曼都有人追求"，简要叙述了她与排长的感情和她被文工团处理后的一些情节（37–39 页）；然后突然空白一行、来了一个叙事转换"啊，我扯远了。还不到何小曼正式出场的时候"，"回到林丁丁的故事中来"（39 页）；何小曼真正的出场，是以"我不止一次地写何小曼这个人物，但从来没有写好过"开启（62–143 页）。整个小说叙事，内部倒叙运用自如，错时的故事序列要辗转腾挪，打破单一线性叙事的沉闷。比如，是"我"看到刘峰要给准备结婚的炊事班马班长打一对儿沙发（34–35 页），然后内部倒叙接续了林丁丁有两个追求者的叙事（35–37 页），又内部倒叙甚至预叙了"还不到何小曼正式出场的时候"的何小曼的叙事（37–39 页），虽说是"回到林丁丁的故事中来"、刘峰已经来邀约林丁丁去看他打的沙发了（40 页），却又旁逸出郝淑雯的情感叙事（39–42 页），然后才较为完整回顾性叙述了刘峰"触碰"林丁丁事件始末以及所遭受的批判会和处理（42–60 页）……

① 严歌苓：《芳华》，人民文学出版社，2017（2017 年 4 月北京第 1 版、第 1 次印刷），第 215 页。以下《芳华》中引文皆出自这个版本。

而不同的故事序列竟然还要穿插和无缝连接、拼接——令人不禁莞尔，严歌苓要在心里乃至纸上，做好怎样的盘算，才可以不搭错情节和叙事的线索和关节。而这也正是小说家叙事的巧心和用心之处。

能够复现出如此打动人心的青春记忆，与小说所呈现的作家心灵的真实密切相关，这是单纯的技巧无法带来的。2016年4月，严歌苓完成新作《芳华》的初稿，2016年11月完成于柏林定稿——小说结尾落款“定稿于柏林2016年11月6日”。那时书名还叫《你触摸了我》，“所有的心理体验都是非常诚实的，这本书应该说是我最诚实的一本书”[①]。比如：

> 短短一小时的自由，我们得紧张地消费。阴暗角落偷个吻，交换一两页情书，借一帮一一对红调调情，到心仪的但尚未挑明的恋人房里去泡一会儿，以互相帮助的名义揉揉据说扭伤的腰或腿……那一小时的自由真是甘甜啊，真是滋补啊，及至后来游逛了大半个世界拥有着广阔自由的我仍为三十多年前的一小时自由垂涎。[②]

心灵的真实方才有可能导向艺术的真实。这样的心灵真实，是属于严歌苓的，也是属于文工团员们的，甚至是属于时代和那代人的。青春记忆的生动复现，得益于虚构的故事是建立在无比真实细致生动的细节之上，像萧穗子对刘峰的第一印象：

---

① 严歌苓读书会：《创作谈 | 严歌苓〈芳华〉有很多我对于那个时代的自责、反思》，严歌苓读书会（公众号ID：geling-yan）2017年4月28日发布。

② 严歌苓：《芳华》，人民文学出版社，2017，第19页。

> 我注意到他是因为他穿着两只不同的鞋，右脚穿军队统一发放的战士黑布鞋，式样是老解放区大嫂大娘的设计；左脚穿的是一只肮脏的白色软底练功鞋。后来知道他左腿单腿旋转不灵，一起范儿人就歪，所以他有空就练几圈，练功鞋都现成。他榔头敲完，用软底鞋在地板上踩了踩，又用硬底鞋踩了踩，再敲几榔头，才站起身。[①]

第一人称回顾性叙述中，能有如许生动传神的细节化叙述，殊为难得。小说中唾手可得大量的这样的细节叙述，就不赘述和举例了。严歌苓说，“这个故事是虚构的，但细节全是真实的，哪里是排练厅、哪里是练功房，我脑子马上能还原当时的生态环境，这是非常自然的写作”。而且，“她觉得关于中国的故事，当在海外反复咀嚼、反复回顾后，比亲临事件后就立即动笔写，会处理得更厚重、扎实”[②]。这也正是我在对《穗子物语》和《芳华》比较阅读后的阅读感受，《穗子物语》在非成人视角叙事方面拥有格外的优长和优势，而且可以力避第一人称“我”叙事的局限性。但《芳华》能够在第一人称叙事和作者、隐含作者、叙述者具有难以分离的混合性这样的容易削减小说虚构性和文学性压力中，依然很好地葆有小说的虚构性和文学性，不能不归功于作家的匠心和巧心。

---

① 严歌苓：《芳华》，人民文学出版社，2017，第 6 页。

② 严歌苓读书会：《创作谈 | 严歌苓〈芳华〉有很多我对于那个时代的自责、反思》，严歌苓读书会（公众号 ID：geling-yan）2017 年 4 月 28 日发布。

二、叙述视角、话语调适与小说虚构性

严歌苓《芳华》的写作，与非虚构鲜明的介入性写作姿态和追求一种“真实信念”（客观的真实而非艺术真实）不同，“非虚构写作”作为中国文坛近年来备受关注的创作热潮，“它以鲜明的介入性写作姿态，在直面现实或还原历史的过程中，呈现出创作主体的在场性、亲历性和反思性等叙事特征，折射了当代作家试图重建‘真实信念’的写作伦理。”①《芳华》是建立在作家真实心理体验和诚实写作态度基础上的虚构叙事的小说文本。前面已经述及第一人称回顾性叙事、带个人自传色彩，对于小说叙事、小说虚构性和文学性所会带来的压力和难题。严歌苓能够解决和克服这些难题，得益于她在叙事结构、叙事策略等方面的细思和巧妙处理。由于写作上的高产，很多人揣测严歌苓写作纯粹是一种技巧性写作，甚至是西方创意写作的产物，“写得太快”几乎是众口一词的评价，连严歌苓本人也感到了压力，“敬泽嘱我写得慢一点，你看我还是写得太快！尽管还穿插着影视创作。我不知道国内作家六七年写一本书是怎么写的，大概各种应酬会议太多吧？”②我曾经专门关注和探讨过严歌苓出国后所受的西方写作训练对她写作的助益③，中国文坛和研究者中，不乏人对技巧持不屑和贬抑态度，这当然与中国文学传统大有关联。但我们越来越备感焦虑的却是，中国文学自现代以来，不是对小说写作技

① 洪治纲：《论非虚构写作》，《文学评论》2016 年第 3 期。

② 严歌苓与笔者在 2017 年 5 月 10 日的通信中这样写道。

③ 参见刘艳：《不够暧昧——从〈妈阁是座城〉看严歌苓创作新质》，《文艺研究》2016 年第 10 期。并参见严歌苓：《职业写作》，参见 2014.07.22 一席北京「严歌苓：职业写作」文字整理，由一席（微信号：yixiclub）授权发布。

巧过于讲究了，而是还不够讲究、太不讲究。而20世纪80年代中期开始的一段先锋文学思潮，又把形式追求推向了一种片面的极致，给中国当代文学带来得也带来失，先锋作家转型或者说“续航”（吴俊语），并没有在形式和技巧方面取得足够令人欣慰的佳绩，以致近年来，有识学者批评家像陈晓明等人不免忧虑还未获得现代形式的中国当代小说，该如何对待传统、创新和现代小说经验的问题。有研究者在张爱玲所受的褒贬不一的评价中，曾经指出张爱玲的写作：“那是一种少有人可比拟的生活智慧和情感体验，与其对生活的天才感悟和文学语言天赋相结合，形成独特的张爱玲体。其实如果从形式分析入手，的确会发现张爱玲过人的文学才华，这种才华，正是文学性的重要表现。”[①]天才的作家，往往在很多方面是相通的。张爱玲与严歌苓都有自觉的小说文体意识。可以说，张爱玲有“张爱玲体”，严歌苓也有“严歌苓体”。严歌苓在近乎无可比拟的生活智慧和情感体验以及对生活的天才感悟、很好的文学语言天赋方面，也让人称道、与有会心。当然，也必须从形式分析入手，才能够看出《芳华》的文学性。

1. 接下去就是刘峰和我在棉门帘外面等噩耗。

2. 一会儿，刘峰站累了，蹲下来，扬起脸问我：“十几？”我蚊子似的哼哼了一声“十三”。

3. 他不再说话，我发现他后领口补了个长条补丁，针脚细得完全看不见。

4. 棉门帘终于打开，急救军医叫我们进去看看。

---

① 刘旭：《叙述行为与文学性——形式分析与文学性问题的思考之一》，《文艺理论研究》2013年第3期。

5. 我和刘峰对视一眼，是认尸吗？！

6. 刘峰哆嗦着问子弹打哪儿了。

7. 医生说哪儿也没打着，花了半小时给老太太检查身体，身体棒着呢，连打蛔虫的药都没吃过，更别说阿司匹林了！可能饿晕的，要不就是听了枪声吓晕的。①

（序号为笔者所加）

第 1 与第 2 句，是混合了全知叙述和刘峰与我的直接引语、视点的叙述，第 3 句是被追忆的“我”正在经历事件时的眼光。第 4 句可以说是全知叙述，也可以说是刘峰和“我”的视角。第 5、第 6、第 7 句，都是取消了直接引语标志的自由间接引语，它不仅可以将数次叙事视点的转换巧妙隐藏起来，而且所产生的效果，是形成走得比较快的叙事节奏，与受述人形成一种了无间距、彼此无隔的叙事效果。这与严歌苓喜欢用最独特的动词，“使文章变得非常有活力的、非常有动作的、非常往前走的”，形成“走得比较快的”叙事节奏，也是一致的②。是严歌苓一贯习用的叙事方式，也可以说已经差不多形成一种“严歌苓体”。

除了这些严歌苓惯有的叙事技巧，《芳华》中还有为数不少西摩·查特曼所说的那种“对话语的议论”，这是以前尤擅隐身于小说叙事当中的严歌苓所不太采用的小说叙事方式，早期长篇《雌性的草地》中曾使用过，我将其视为严歌苓为葆有小说虚构性所作的一种“话语调适”。这种有叙述者针对话语所作的议论，

① 严歌苓：《芳华》，人民文学出版社，2017，第 8–9 页。

② 参见刘艳：《叙事结构的嵌套与“绾合”面向——对严歌苓〈上海舞男〉的一种解读》，《文艺争鸣》2017 年第 5 期。

几个世纪以前就非常普遍。罗伯特·阿特尔曾指出《堂·吉诃德》中就有此详尽老练的议论，而查特曼认为还有更早的例子。严歌苓在《芳华》中将古老的叙事手法，作了巧妙的当代化用。

> 作为一个小说家，一般我不写小说人物的对话，只转述他们的对话，因为我怕自己编造或部分编造的话放进引号里，万一作为我小说人物原型的真人对号入座，跟我抗议："那不是我说的话！"他们的抗议应该成立，明明是我编造的话，一放进引号人家就要负责了。所以我现在写到这段的时刻，把刘峰的话回忆了再回忆，尽量不编造地放到一对儿引号之间。①

这一段，作家好似在努力标示她写的人物的对话，是原话、不是编造的，是对自己的小说叙事展开的议论，但实际产生的效果是，她提到了"人物原型"，她提到了"回忆了再回忆，尽量不编造地"处理方式，实际上真正的原话是不可能存在的，越在小说叙事中这样表白，反而呈现出的是小说的虚构性。果然，后面的小说叙事中，对于容易让读者产生是客观真实还是艺术真实疑问的叙事关节点，严歌苓都格外强调了自己的文学想象，有着对自己叙事和话语的议论——我视之为一种有意的"话语调适"。对于林丁丁最私密处的东西怎么冲破束缚、冲破灯笼裤腿松紧带的封锁线，飞将出去，直达刘峰脚边，严歌苓有一段细节化叙述，叙述人紧接着就说"当然这都是我想象的。我在这方面想象力比

---

① 严歌苓：《芳华》，人民文学出版社，2017，第18页。

较丰富。所以大家说我思想意识不好，也是有道理的”（33 页）。对于何小曼和排长因排胆结石而恋，也是细节化叙述，但叙述人马上直陈“当然，这场景是我想象的”（38 页）。对于我们为什么“觉得跟刘峰往那方面扯极倒胃口”，“现在事过多年”，“我才把年轻时的那个夏天夜晚大致想明白。现在我试着来推理一下——”（54 页）。而对于重要人物何小曼，叙述者这样议论：“我不止一次地写何小曼这个人物，但从来没有写好过。这一次我也不知道是不是能写好她。我再给自己一次机会吧。我照例给起个新名字，叫她何小曼。小曼，小曼，我在电脑键盘上敲了这个名字，才敲到第二遍，电脑就记住了。反正她叫什么不重要。给她这个名字，是我在设想她的家庭，她的父母，她那样的家庭背景会给她取什么样的名字。什么样的家庭呢？”（62 页）然后开始了整个小说几乎最为主干和也最为动人的关于何小曼一段的叙事，中间仍然有这样的穿插：“在我过去写的小曼的故事里，先是给了她一个所谓好结局，让她苦尽甘来……十几年后，我又写了小曼的故事，虽然没有用笔给她扯皮条，但也是写着写着就不对劲了，被故事驾驭了，而不是我驾驭故事。现在我试试看，再让小曼走一遍那段人生。”（82—83 页）（省略号为笔者所加）对于刘峰与小惠在海口的的生活是怎么开始和有过怎样的好时光呢？“于是我想象力起飞了”（165 页），严歌苓对此有很生动的文学叙述，这样的文学叙述当然是虚构的，是添加了作家想象力的翅膀才能够具有离地三尺的文学性的（165—173 页）。

严歌苓的话语调适，是一种纯粹自觉的叙述，暗里也在启示我们她小说写作的虚构性。正如罗伯特·阿特尔所说：“自觉小说系统性地夸示自己的巧技情况，通过这么做，深入探查看似

真实的巧技与真实之间的复杂关系。……在一部充分自觉的小说中，从头至尾，通过文体、叙事观察点的把握、强加到人物身上的名字与语词、叙述模式、人物的本性及降临到人物身上的事件，存在一种始终如一的效果：传达给我们一种感觉，即这一虚构世界是建构在文学传统与成规之背景上的作者构想。”它是“小说之本体论地位的一种检验”。它“要求我们去关注（小说家）如何创作他的小说，这一创作过程中涉及哪些技术上或理论上的问题”①。严歌苓不同往常地向我们展示了她自觉所作这种小说叙事新探索，也同时启示小说的虚构性、文学性，并在虚构性与小说艺术真实性之间，寻觅合理的衔接路径。

三、枝节胜主干：旁逸斜出的人性书写

《芳华》小说的主叙事，是虽相貌平平却吃苦耐劳，几乎承担了团里所有脏活累活、成了每个人潜意识里的依靠，大家有任何困难都第一个想到要找的人“雷又峰”——刘峰。他获得了“模范标兵”称号，得到了各级表彰和很多的荣誉。在文工团小儿小女们对恋爱乃至对于“性”都是偷嘴小猫一样的氛围里，他是矢志不渝地爱上了独唱演员林丁丁，几年漫长的等待、在他真诚表白的时候，遭到了林惊恐的拒绝，而且“触摸”事件竟然扩大化到他被大会小会公开批判进而遭到了“处理”。这在周围的人际和氛围里，实在吊诡，强副主任被人戏称“强奸副主任”、可以随意性骚扰触摸女团员，若干年后得知当时郝淑雯可以将美丽的

① 参见［美］西摩·查特曼：《故事与话语：小说和电影的叙事结构》，徐强译，中国人民大学出版社，2013，第 235 页。

胴体送进少俊的蚊帐、大胆地偷情，可刘峰连情之所至的爱与表白都遭到了无情的拒绝，最为惊人和可怕的恐怕是林丁丁“她其实不是被‘触摸’强暴了，而是被刘峰爱她的念头‘强暴’了”（58页），可以说刘峰承受了所有人性的阴暗面和阴暗心理的对待……严歌苓在小说中一直通过话语的调适，也就是对话语的议论，想揭示当年大家对刘峰批判所犯下的罪与悔，以及为什么别人可以做、可以爱，刘峰就不可以——这背后所隐含的复杂的人性心理。

> 我从最开始认识刘峰，窥见到他笑得放肆时露出的那一丝无耻、一丝无赖，就下意识地进入了一场不怀好意的长久等待，等待看刘峰的好戏；只要他具有人性就一定会演出好戏来。在深圳郝淑雯豪华空洞的别墅里，我这样认清了自己，也认识了我们——红楼里那群浑浑噩噩的青春男女。我想到一九七七年那个夏天，红楼里的大会小会，我才发现不止我一个人暗暗伺候刘峰漏馅儿，所有人都暗暗地（也许在潜意识里）伺候他露出人性的马脚。一九七七年夏天，“触摸事件”发生了，所有人其实都下意识松了一口气：它可发生了！原来刘峰也这么回事啊！原来他也无非男女呀！有关刘峰人性人格的第二只靴子，总算砰然落地，从此再无悬念，我们大家可以安然回到黑暗里歇息。刘峰不过如此，失望和释然来得那么突兀迅猛，却又那么不出所料。假如触摸发自于另一个人，朱克，或者刘眼镜儿、曾大胜，甚至杨老师、强副主任，都会是另一回事，我们本来也没对他们抱多大指望，本来也没有高看他们，他们本来与我

们彼此彼此。[①]

这是小说《芳华》的主叙事和主要层面的人性书写。但是，有意思的是，读过小说，最为打动人心的，又常常是那些在作家小说叙事里非主叙事层面的叙事所展示和呈现的人性书写，枝节胜主干，在作家想要表达的主要维度的人性书写之外，旁逸斜出的那些人性书写，反而有入骨入心髓的力量和力道。查特曼在《故事与话语》中将叙事交流活动作了如下图示[②]：

叙事文本

真实作者—〉隐含作者—〉（叙述者）—〉（受述者）—〉隐含读者一〉真实读者

虽然对叙事交流活动当中一些环节，也有不同意见，比如申丹[③]。但有一点毋庸置疑，叙事文本所产生的叙事效果，会因受述者和隐含读者（尤其是受述者）的个体差异及其不同的感受与理解而发生不同。《芳华》“触摸事件”带来的最抵达人内心的，或许是在于刘峰被处理下放后，他在中越战场受了伤，却又故意给发现他的驾驶员指错路，错过了抢救的最佳时机，最终失去了当年触摸过林丁丁的那只手。而那一记触摸，竟然就是他当时二十六岁一生的情史并让他抱了送命的心……后来的海口生活，

① 严歌苓：《芳华》，人民文学出版社，2017，第 161 页。

② [美] 西摩·查特曼：《故事与话语：小说和电影的叙事结构》，徐强译，中国人民大学出版社，2013，第 135 页。

③ 申丹：《叙述学与小说文体研究》，北京大学出版社，2004（第三版），第 204-205 页。

小惠不愿被刘峰“逼娼为良”，竟然在口角后“小惠鄙夷地看着熟睡的刘峰，将烟头摁在他的假肢上”，连一个执着为娼的女子，都可以欺凌刘峰。小说里其实作家一致试图想努力剖白“触摸事件”背后所蕴含的复杂的人性，但恰恰是众人的人性对刘峰心与身造成伤害，使他宁可在战场上送命，加上后来的一生命运沦落，这些才是最戳痛人心的。这伤害有多重呢？严歌苓还是有所意识的：“对那样一个英雄，我们曾经给了他很多的褒奖和赞美，最后没有一个人把他当成真正的活人去爱、给她女性的爱。”①

刘峰与何小曼是严歌苓着墨最多的人物，严歌苓甚至可以不经意间说出他们原型的名字。何小曼，是与《绿血》中的黄小嫚、《穗子物语·耗子》中的黄小玫属于同一原型。在严歌苓本意里，何小曼是重要性次于刘峰的人物、应该算不得一号人物。但在展开的有关何小曼的故事和叙事中，何小曼的成长史、成长叙事，反而蕴含了小说中极为繁富乃至诡异的人性书写，甚至超过了刘峰故事和叙事里人性书写的力道，这恐怕多少有些是作家没有完全料到的，就像她在对话语作出议论时所说的，她写何小曼的故事，“写着写着就不对劲了，被故事驾驭了，而不是我驾驭故事”。对于何小曼发疯的解读，往往是这样的：另一个“被侮辱和被损害”的对象何小曼，则是因为家庭出身和不幸的童年经历，在团队中饱受欺凌和排挤，最后因为立功而突然获得种种荣誉，却疯了。“这也是有真事的。”严歌苓说，“一生都没有人给过她尊重，（突如其来的）太多的尊重把她给毁了。”② 但是条捋一下何小曼的

① 严歌苓读书会：《创作谈 | 严歌苓〈芳华〉有很多我对于那个时代的自责、反思》，严歌苓读书会（公众号 ID：geling-yan）2017 年 4 月 28 日发布。

② 严歌苓读书会：《创作谈 | 严歌苓〈芳华〉有很多我对于那个时代的自责、反思》，严歌苓读书会（公众号 ID：geling-yan）2017 年 4 月 28 日发布。

成长叙事，就会有更深入的发现，也有着更为繁富复杂的人性书写维度和层面。

拥有母亲却一直是一个事实“缺席”的母亲、一生都缺乏母爱佑护，整个何小曼的成长叙事，就是一部虽然存在但一直“缺席”的母亲对女儿的伤害史。女儿在对母亲不断希望，然后不断失望当中，最终在某个人生的当口，就是那个唯一不嫌弃她，能够触碰她的身体、她的腰，帮她完成托举动作的刘峰被处理下连队之后，“第二年秋天，何小曼也离开了我们。她也是被处理下基层的”（111 页），她的下放与唯一不嫌弃、不孤立她的刘峰的下放，其实存在深度的关联性。一直对母亲失望、被所有人孤立当中，刘峰对她的触碰和托举，对于她的价值和意义何其重大：

> 那天晚上，其实小曼想告诉刘峰，从那次托举，他的两只手掌触碰了她的身体、她的腰，她就一直感激他。他的触碰是轻柔的，是抚慰的，是知道受伤者疼痛的，是借着公家触碰输送了私人同情的，因此也就绝不只是一个舞蹈的规定动作，他给她的，超出了规定动作许多许多。他把她搂抱起来，把她放置在肩膀上，这世界上，只有她的亲父亲那样扛过她。①

只要认真读过何小曼的成长史，就会体会到这一段的意义。《绿血》里黄小嫚的父亲平反归来了，《穗子物语·耗子》中黄小玫的父亲也是并没有死，最后是平反了、官复原职。何小曼的

① 严歌苓：《芳华》，人民文学出版社，2017，第 109-110 页。

父亲，却是在给她赊了一根油条后自杀了，而父亲为她赊油条、与她最后时刻的相处是这样的：

> 家门外不远，是个早点铺子，炸油条和烤大饼以及沸腾的豆浆，那丰盛气味在饥荒年代显得格外美，一条小街的人都以嗅觉揩油。一出门小曼就说，好想好想吃一根油条。四岁的小曼是知道的，父亲对所有人都好说话，何况对她？父女俩单独在一块的时候，从感情上到物质上她都可以敲诈父亲一笔。然而这天父亲身上连一根油条的钱都没有。他跟早点铺掌柜说，赊一根油条给孩子吃吧，一会儿就把钱送来。爸爸蹲在女儿面前，享受着女儿的咀嚼，吞咽，声音动作都大了点，胃口真好，也替父亲解馋了。吃完，父亲用他折得四方的花格手绢替女儿擦嘴，擦手；于是一根手指一根手指地替她擦。擦一根手指，父女俩就对视着笑一下。那是小曼记得的父亲的最后容貌。①

这样的父女温情，在小曼“拖油瓶”的成长史和部队文工团的日子里，再也没有遇到过，直到刘峰在舞蹈动作中所作对她的托举和触碰，抚慰了她多年以来作为失去父爱的受伤者的疼痛。刘峰表白林丁丁时情不自禁触碰林，收获的是批判和处理。舞蹈中刘峰对何小曼的触碰，却让小曼再度重温了失去多年的父亲所曾经给予过她的温情——这是多么吊诡、悖谬并且让人感到无言的心痛。而且，紧随这段父女温情的书写，作家继续在一种似乎

① 严歌苓：《芳华》，人民文学出版社，2017，第63–64页。

不经意的笔调中写出了当年在那天唯一爱她的父亲的自杀，“何小曼不记得父亲的死。只记得那天她是幼儿园剩下的最后一个孩子，所有小朋友都被家长接走了，她是唯一坐在一圈空椅子当中的孩子。”“于是父亲的自杀在她印象里就是幼儿园的一圈空椅子和渐渐黑下来的天色，以及在午睡室里睡的那一夜，还有老师困倦的手在她背上拍哄。”（64–65 页）不动声色的文字背后，令人隐痛入心。她作为“拖油瓶”跟着母亲改嫁了，“母亲都寄人篱下了，拖油瓶更要识相”（68 页）。吃破皮饺子、被继父吓病才得了母亲最后一次的紧紧拥抱。十年后，她在江南三月的夜里，泡了一个小时的冷水浴，就是为的生病，作家没有明示，但字里行间都是她对得到母亲拥抱的渴望……这样的家庭环境，五岁的弟弟都可以宣布拖油瓶姐姐是天底下最讨厌的人：

> 她深知自己有许多讨厌的习惯，比如只要厨房没人就拿吃的，动作比贼还快，没吃的挖一勺白糖或一勺猪油塞进嘴里也好。有时母亲给她夹一块红烧肉，她会马上将它杵到碗底，用米饭盖住，等大家吃完离开，她再把肉挖出来一点点地啃。在人前吃那块肉似乎不安全，也不如人后吃着香，完全放松吃相。保姆说小曼就像她村里的狗，找到一块骨头不易，舍不得一下啃了，怕别的狗跟它抢，就挖个坑把骨头埋起来，往上撒泡尿，谁也不跟它抢的时候再刨出来，笃笃定定地啃。①

---

① 严歌苓：《芳华》，人民文学出版社，2017，第 72 页。

一个生活在上海的条件不错家庭（继父是厅长）的何小曼，缘何有这样村里的狗的习性？从日常母亲对她的每一分对待、从“红毛衣”事件，从日常生活当中，已经把她推向了不得不如此的生活境地。她把这些习惯带到了部队里，并且受尽嫌恶，饶是如此，她把临参军时母亲给她梳的法国辫子，生生保持了两周：“对于她，母爱的痕迹，本来就很少，就浅淡，法国辫子也算痕迹，她想留住它，留得尽量长久。两周之后，辫子还是保持不住了，她在澡堂的隔间里拆洗头发，却发现拆也是难拆了，头发打了死结”。她只好“跑到隔壁军人理发店借了把剪刀，把所有死结剪下来。我们要揭晓她军帽下的秘密时，正是她刚对自己的头发下了手，剪了个她自认为的‘刘胡兰头’，其实那发式更接近狮身人面的斯芬克斯”（87–88 页）。为了葆有一点“母爱的痕迹”，她付出了毁伤自己头发的代价——头发打了死结，剪掉死结后，是“刘胡兰头”乃至近狮身人面像的丑相。殊不知，这只是何小曼渴望母爱而不得、望想母爱却总是收获意外乃至伤害的一个小小隐喻而已。女兵们有父母输送来的五湖四海的零食，很少有人请何小曼分享，“小曼之所以把馒头掰成小块儿，用纸包起来，一点点地吃，是因为那样她就也有零食吃了”（134 页）。她对母亲和母爱一次次的期盼，盼来的是“盐津枣”，而两分钱一袋、不雅别号叫“鼻屎”的“盐津枣”（这个情节《穗子物语・耗子》中也出现过，不过没有《芳华》当中这样让人寒心），竟然是母亲让她帮忙黑市交易、粮票换菜油的“报酬”。“小曼是不会哭的，有人疼的女孩子才会哭。”“她合上演讲稿，也合上一九七七年那个春天。”“二十多岁做孤儿，有点儿嫌晚，不过到底是做上了，感觉真好，有选择地做个孤儿，比没选择地做拖油瓶要好得

多。”“歌里的儿子不会懂得世上还有小曼这样的女儿，因为他无法想象世上会有她那样的母亲。”“‘剪断’最不麻烦，是更好的持续，父亲不也是选择剪断？剪断的是他自己的生命，剪断的是事物和人物关系向着丑恶变化的可能性。”（136–139页）何小曼的成长叙事，可以说是《芳华》中最为能够碰触人的心灵和灵魂深处的人性书写，本来是世界上万世皆休都能够令人一息尚存的母爱，在何小曼的成长史中，一直缺席乃至病态发生着。加上给了她在小时候父亲自杀后唯一的触碰和托举的刘峰下放后令她更加断绝对人世的希望，尤其是不断升级的对母亲和母爱的彻底绝望，何小曼疯了。何小曼的发疯，就是她对母亲和尘世的“剪断”。后来她终于能够康复出院，成了陪伴刘峰走过最后一段人生旅程的人。她和他是生活之伴，却没有成男女之侣。两人之间，作家所作的留白，足令人怅惘和叹息。

严歌苓从《一个女人的史诗》里田苏菲与母亲关系等的描写，就揭示了女性成长叙事里母亲的问题，在《妈阁是座城》中对并不理想的母亲，也有少量涉及和描写。《穗子物语·耗子》中黄小玫的母亲，还不失一个母亲所能够给予儿女的温情与爱。到了《芳华》里何小曼的母亲，她对于小曼这个“拖油瓶”女儿，可以说是一个事实上彻底“缺席”的母亲。何小曼的成长史，在《芳华》主叙事里，说它是枝干也不为过，但就是这枝干，所旁逸斜出的人性书写，反而达到了最深刻和让人痛心的力道。这可能就是严歌苓说的她写何小曼的故事，“写着写着就不对劲了，被故事驾驭了，而不是我驾驭故事”。旁逸斜出的人性书写，直抵人的内心深处。

第二节　从《天漏邑》看抗日战争叙事人性书写新向度

实力派作家赵本夫历经十年磨一剑而写成的《天漏邑》，被誉为“应该是这十年来长篇小说的一个巨大的收获”，非常“复杂”（施战军语）……复杂到什么程度呢？复杂到连部元宝都认为“这本书密度太大，它其实很多章节，很多部分可以独立出来写”，给人感觉是“它是由一个多卷本的书压缩成的，30 万字浓缩成一书”，在他看来，“这在我们的长篇小说中是值得鼓励的。可是对于赵本夫的这一个题材来讲，又可惜了”。他从小说中看出的，更多是中国的“漏”文化。复杂、密度大，几乎是共识。也正因为此，不同评论家的解读，也极富差异性。阎晶明觉得这个小说是传奇性和历史性的结合。评论家张燕玲这样评价小说：“《天漏邑》以自己对历史与现实的挖掘与发现，写了一个灵异而坚硬的现代性寓言。这个寓言关乎天与地、家与国、世道、天道与人道，寄托与抒发了作者忧国忧民的家国情怀，以及深切的时代之忧，颇具思想穿透力与丰富的寓言性。”孟繁华则认为《天漏邑》扉页上作家引用的奥地利作家斯蒂芬·茨威格《异端的权利》里那句话，“我们的世界大得足以容纳许多真理”是理解这部小说的一把钥匙，因为它体现了赵本夫对世界、对战争、对我们的文明史的一种理解，一种认同。能引发评论家思想的火花和激情碰撞，当然得益于小说本身的涵蕴丰富。小说其实是由两套叙事结构嵌套和绾合而成的，小说将专家祢五常及其弟子的田野调查和考古发现——追索天漏邑之谜和追索者祢五常他们生活的当下叙事，以及抗日战争叙事这两个叙事结构加以嵌套和密织。当然，其中还对抗日战争叙事作了延伸——抗日战争胜利后直到祢五常及其弟子们生活的当下——两者在此得以绾合。但在读完小说之前，读者几乎无法确定每个叙事结构里的故事和情节将走向何方，也几乎无法判定抗日战争叙事到底在这个小说里占到何种分量和比重。小说悬念四伏，所有火花四溢的思想和评论，根源都在小说涵蕴繁复这里。有的评论家注意到小说抗日战争叙事的层面，譬如胡平，他注意到透过历史剖析人性是小说重要的一个维度，注意到小说抗日战争叙事里千张子和汉奸侯本太人性刻画的不同寻常，“《天漏邑》可以说将抗日战争题材的作品向前推动了一步”[①]。但如何推动的呢？小说意蕴的丰富性甚至让评论家们一时无法作更加深入的解析和呈现。在抗日战争叙事的人性书写方面，《天漏邑》其实是从三个方面展现了新的向度：一是宋源和千张子这样的抗日传奇英雄形象的人性书写，千张子虽有叛徒的身份，但他毫无疑问也是一名抗日的英雄，而且他的叛变和出卖行为，竟然不是出于政治和思想觉悟的问题，而是单单因为一个“怕疼”；二是在对叛徒和汉奸这种反面人物形象的人性书写当中，所呈现出的人性的丰富性和新向度；三是对日本侵略者的人物形象刻画

① 参见“赵本夫长篇小说《天漏邑》研讨会纪要”，中国作家网2017年7月19日。

和人性书写当中，所达至的人性书写的繁复、深度与多维度，这是此前抗日战争叙事里所罕有的。

二

宋源和千张子，是《天漏邑》所书写的抗日英雄传奇里的两个传奇英雄。这两个传奇英雄，是先前的抗日战争叙事和革命英雄传奇里所不曾有过的人物形象，他们从天漏村（邑）走出。天漏村的人，几乎是保持三千年不变的“古人”，只有宋源和千张子这两个“现代人”，他们还不止是现代人，还成了抗日传奇英雄。据专家祢五常考察，天漏邑的由来，世间流传各种说法：一说是远古移民部落，一说为古舒鸠国都城，一说是历朝囚徒流放地——罪恶的渊薮。相对于桃花源是美的传说，天漏邑是恶的传说。古天漏邑自然是一个谜，天漏村便也成了谜，从天漏村走出的抗日英雄宋源和千张子亦双双成谜……种种谜团赋予了宋源与千张子，尤其是宋源以传奇性。宋源的出生就带有不可思议的传奇性，是寡妇宋王氏遭到雷击毙命而出离母腹的，而且自带胎记，半边脸乌青发紫，他被村民交由一个喜读古书、杂书的孤老太太抚养，十四岁那年孤老太太神秘自缢身亡，他干脆住到了山洞里。而根据祢五常对天漏村竹简记载的发现，天漏村的由来似乎是——“女娲补天时，天皇说，‘现在你要补天，很好。但世上还是有很多有罪的人，要留个缝隙，以泄风雨雷电，警示惩戒他们’”，而“这缝隙就在天漏村上空，所以天漏村老是突现风雨雷电”[①]，平地

① 赵本夫：《天漏邑》，人民文学出版社，2017，第42–43页。以下所引皆出自这个版本。

起风雷是常有的，人被雷劈死、击伤致残也就更多……天漏村自带的东方哲学和文化底蕴，赋予了宋源这个抗日英雄传奇性。“鬼脸宋源像一个黑煞”，“宋源手黑，也太鬼”[①]，都可以从天漏村这里找到根由。

宋源是《天漏邑》的主要人物，赵本夫近30年前的中篇小说《蝙蝠》（《花城》1988年6期）中有宋源这个人物，其实《蝙蝠》中仅少数的情节，在《天漏邑》中也有隐现。可能就像作家自己认为的，中篇的体量有限，而且，《蝙蝠》也不是把宋源作为一个抗日传奇英雄来写，人物背后更是没有这样一个同时拥有宇宙自然的奇幻力量和文明进程之诡谲的天漏邑。宋源这样一个抗日传奇英雄，在其他抗日战争叙事里面，是罕见和没有的。《己卯年雨雪》（熊育群）里没有，《疯狂的榛子》（袁劲梅）里没有，《重庆之眼》（范稳）里没有，张翎的《劳燕》里也没有，等等。《天漏邑》的巨大价值之一，就是它生动刻画了宋源与千张子，尤其是宋源这样一个抗日传奇英雄的人物形象，我们甚至可以联系20世纪50—70年代革命英雄传奇和90年代中期以来的新革命英雄传奇的谱系，来发现其价值。

20世纪50—70年代流行的革命英雄传奇，“不少作品陷入了为传奇而传奇的误区，激烈紧张或扣人心弦的革命故事情节纷至沓来，而性格丰满立体的英雄典型人物形象则并不多见，大量涌现的还是性格鲜明却有单一之嫌的扁平化或理想化的英雄人物形象，有的甚至干脆情节淹没了人物”[②]。《天漏邑》中的抗日

---

① 赵本夫：《天漏邑》，人民文学出版社，2017，第1–2页。

② 李遇春：《“传奇”与中国当代小说文体演变趋势》，《文学评论》2016年第2期。

战争叙事，人物形象几乎各个立体丰满，尤其是宋源，抗日，他骁勇无比，又有勇有谋。他能够说服汉奸侯本太协助抗日，他在抓住日本宪兵队长松本之后能采用一系列的心理战术，与松本单挑之后，不取他性命，而是能够按捺替檀黛云报仇雪恨的深仇与迫切，把松本留到接受审判。而在松本希望自己被执行死刑时能够万人瞩目、自己也算死得轰轰烈烈，却是无一人现身刑场，只出现了一个捡粪的老人，“他紧走几步，取下粪箕子，用粪耙扒进去，又重新挎在肩上匆匆走了。他完全应当看到刑场中间跪着一个等待枪毙的日本人”，“可老人没有转头往这边看，就匆匆走了”，“松本哭了，老人家，我难道还不如一坨畜粪重要吗？”——“松本没想到，其实那个捡粪的人是宋源”（218–219 页）。宋源一直都在追查出卖檀县长的叛徒，查出是千张子之后，虽然他完全无法接受千张子是因为受不住日军酷刑、“怕疼”而叛变这样的理由；但是，当他后来在特殊的年代里，被高秘书为首的造反派各种折磨时，他一直在心里设身处地想，如果是他自己像千张子那样承受极度痛苦的肉体刑罚，他自己能不能够受得住？他甚至故意授意高秘书——可以用监狱展室里全套旧监狱使用过的刑具——剁手刀、竹签、老虎凳、烙铁、油锅、皮鞭、骨头压碎机，等等，在他身上试试。他想知道，一个人承受多大痛苦就会受不住而叛变。

不仅如此，宋源也并不是一个理想化的人物，他身上会有各种各样以前理想化的革命英雄传奇人物身上不会具备的性格特征和“缺点”。他会拔枪向挠痒他到他无法忍受时的千张子射击，他的七情六欲会到女闾七女那里去发泄，1949 年后结婚了做了公安局长，与武玉蝉闹了矛盾他会跑到监室里去过夜，与那些犯人

结了江湖交情。虽然无法确定是两情相悦还是“强奸”，抗日时期他在护送高级干部去延安途中，的确与小寡妇发生过关系……这在追求高大全和理想化的革命英雄传奇里，不可能拥有这样的英雄人物人性书写的向度。而兴起于20世纪90年代中后期、到新世纪更加蔚为大观的“新革命英雄传奇”，像都梁的《亮剑》、徐贵祥的《历史的天空》、石钟山的《激情燃烧的岁月》等，这几部作品只有《历史的天空》是以抗日战争为背景的，主人公几乎都是军队的高级将领，虽然李云龙、梁大牙、石光荣等都是有着民间草莽气息、有血有肉的英雄人物，但像《天漏邑》中宋源这样来自民间——天漏邑，回到民间——他在被六指他们救出后出走了——多年以后，被彭城开大货车专跑长途的周师傅偶然发现，他与武玉蝉老俩口跟随跑长途的儿子提溜、给儿子押车。作家自言：“宋源最后出走消失，没有再回天漏村，是因为他无法面对千张子，也无法容忍他。但千张子叛变的原因，又让宋源十分纠结，陷入迷乱之中。他不知道该不该宽恕他，现有的道德伦理无法给出答案。他其实是在愤怒、迷乱、无奈、不甘中出走的。出走就意味着不再追究，意味着妥协和宽恕。天漏邑数千年的精神，在他身上依然存在。”[①] 跟石钟山《激情燃烧的岁月》——“父亲进城”之后的种种相比，宋源比石光荣和其他几个新革命英雄传奇里的人物，都更多人生凄凉和悲怆的色彩，一个真正的来自民间、回到民间的传奇英雄。

千张子，从他的英勇杀敌和抗日事迹看，他的确是一个抗日英雄。但是，他又因为受不了日军酷刑、怕疼而出卖了檀县长。

---

① 参见赵本夫、吴俊（对谈）：《数千年文化积累是我们的本源和血脉 写作要倾尽全力就像井水是打不尽的》，《青年报·新青年周刊》2017年4月16日。

他作了叛徒，并不是为了要投靠日军，而是盘算着只有出卖宋源或者檀县长中的一个人，他或许就可以逃脱，逃脱的目的，是为了向日本人复仇——他叛变并侥幸逃脱后果然是疯狂地向日本人复仇，射杀了很多日本人，自己最后也在日军对他的轰炸中落得终生残疾——成了一截肉桩。建国后，他自己早就准备好了交待的材料，主动等着宋源去抓捕他，他还就怕疼而叛变、叛变也是为了保存实力向日军更加疯狂复仇，与宋源展开过激烈的讨论和争论……逃脱一死之后，他被天漏村村民接回村里，由七女伺候了二十多年，死前交代老村长不要立碑，没人知道他埋在哪里。所以评论家胡平会这样评价赵本夫和《天漏邑》："他在对战争和人性的考察上做出了自己最大的努力，他毫无疑问地证明人性是文学正宗之一。人性在这个题材上确实关系到整个反法西斯题材的重量。书中千张子是个叛徒，出卖了女县长檀黛云，在政治上、法律上、道德上应该说都判处了死刑。在过去我们的作品里写到这就为止了"；"《天漏邑》的突破就在于千张子不是这么简单，在政治上他可能是简单的，但是在人性上他要复杂得多，他之所以出卖县长不是因为他怕死，而是因为他怕疼，他实在忍受不了那种屈辱，他想活下来报仇，所以他出卖了县长，这就体现了人性的复杂，后来他果然成了一个英雄式的人物，他杀死了很多日本人，大家最后还是原谅了他。我们现在能够确定这是一个神秘人物吗？其实很难说这个人物到底是正面的还是反面的，正因为难以确定，他正好写出了人性的复杂"。①

① 参见"赵本夫长篇小说《天漏邑》研讨会纪要"，中国作家网2017年7月19日。

二

《天漏邑》的抗日战争叙事，的确在人性书写方面把抗日战争题材往前推进了一步。其中最有价值的人性书写之一，是对既是抗日英雄又是“叛徒”的千张子和“汉奸”侯本太等人的人性刻画。在过去的革命英雄传奇和新革命英雄传奇里，叛徒、特务、汉奸都是定型、定性的。对于叛徒和汉奸，尤其要深挖其内心深处革命信念的脆弱、政治上的投机心理，以及为了利益追求不惜出卖同志和民族与国家的利益。连作家赵本夫本人都说：“文学作品写叛徒，历来是个棘手的事，如果不得不写，要么是信仰出了问题，要么是人格有问题。但千张子的叛变和信仰无关，和人格无关，只和疼痛有关”，所以他也担心，“一个极为复杂敏感的政治伦理，被简化为不堪忍受肉体的疼痛上，不知读者能否接受”，但这样写，的确如他所说“是在很大程度上还原了历史和生活的真实”。[①]联系千张子这个人的性格特征，这的确是属于他这个人物形象的一种人性的真实、生活的真实。

《天漏邑》对侯本太的人性书写，是极为生动和繁复的。我曾经细致分析过，这样的“汉奸”形象在抗日战争叙事里面，也是不曾出现过的：侯本太先是一个土匪头子，又当了汉奸。作为一个土匪头子，志向不过是想当个“乡长”，国民党就是不肯封他，他只好自封。他投靠日本人，也不是他思想落后或者想攫取什么利益，就是国民党要剿杀他，日军逼他投降，他为了保命，只好作了汉奸。这汉奸当得也很窝心，日本人根本不把他当人。他为

---

① 参见赵本夫、吴俊（对谈）：《数千年文化积累是我们的本源和血脉 写作要倾尽全力就像井水是打不尽的》，《青年报·新青年周刊》2017 年 4 月 16 日。

人迂到什么程度呢？在戏园子里看戏，都会被老戏骨扇巴掌。但是，他心里也复苏着他是个中国人的念想，所以，他会乖乖听宋源的话、按宋源的吩咐做事，保护宋源和游击队员；他会在彭城民众和日军对峙的关键时刻站在彭城民众一边，保护大家的生命；他还会在檀县长被杀、头颅悬于城门时，为了避免再有前去吊唁的老百姓被杀而偷走檀县长的头颅，将其装于银匣子偷偷埋了，使宋源日后找到它成为可能……他因为做了这么多好事，而被日本人（应该是松本）安排人暗杀了。他被埋葬后“第二天，侯本太的坟前有烧化的纸钱。据说有不少老人来过这里，其中就有那次在戏园子里扇了侯本太一巴掌的老戏骨”①。（171 页）给人物贴一个汉奸的标签容易，写出民族大义之下，汉奸爱国意识的觉醒和复苏乃至捐躯，难。从这个角度讲，《天漏邑》的确是把抗日战争叙事人性书写，又往前推进了一步。

三

在以往的抗日战争叙事里面，很少涉及对日军、侵略者人性的细致入微的刻画和书写，《天漏邑》在这个方面，有它独特的贡献。

中国作家写抗战题材小说，以日本人为主角或者说重要人物形象、借助日本人的视角来反思这场侵略战争，在熊育群《己卯年雨雪》里，就有非常重要的叙事策略。作家在后记里写道：“这一场战争是两个国家之间的交战，我们叫抗日战争，日本叫日中战争，任何撇开对方自己写自己的行为，总是有遗憾的，很难全

① 参见刘艳：《诗性虚构与叙事的先锋性——从赵本夫〈天漏邑〉看中国故事的讲述方式》，《中国文学批评》2017 年第 4 期。

面，容易沦为自说自话。要真实地呈现这场战争，离不开日本人，好的小说须走出国门，也让日本人信服”，“要看到战争的本质，看到战争对人类的伤害，寻找根本的缘由与真正的罪恶，写出和平的宝贵，这对一个作家不仅是良知，也是责任”。[①]《己卯年雨雪》不仅详细地叙述了日本军队攻占营田的战争过程，记录日军滥杀无辜的反人类行径，而且还写出了日本民族性是如何异化人性的——借助侵华日军士兵武田修宏塑造的形象和他妻子千鹤子的视角来表现这一主题。

《天漏邑》也塑造了木村、未松少将和宪兵队队长松本。同为侵略者，小说对他们的人性刻画是很不相同的。木村是檀黛云在美国念书时的同学，他很爱檀黛云，战争爆发后，他曾经劝她不要回国，两个人还争论过。当檀黛云被捕后，受尽松本的酷刑和折磨，木村去看她时，掐死了她——这实际是在帮檀黛云解脱，他不忍心自己心爱的女人再继续受苦。而未松也不是松本那样丧心病狂的刽子手，尚有一丝人性残存。“檀黛云头颅挂在西城门时，每天前去观看祭奠的百姓络绎不绝，松本连杀三天，已经杀了几十个人。”侯本太看不下去了，为避免更多的无辜百姓被杀，他去偷了檀县长的人头偷偷埋了。未松不仅没杀他，还夸他这件事做得好——他其实不同意松本滥杀无辜，正好借了侯本太的台阶而下。而对于杀人狂魔一样的松本，小说也没有止步于记录他如何杀人，而是深入他人性心理的深处，对他和宋源的过招和心理战，刻画得细致入微。《天漏邑》正是通过以上三个方面，展现了抗日战争叙事人性书写新维度和新向度。

① 熊育群：《己卯年雨雪》，花城出版社，2016，第387页。

第三节　《南方的秘密》的“立”与“破”

——论刘诗伟《南方的秘密》

阅读刘诗伟《南方的秘密》，一下子就想起贾平凹的《带灯》，《南方的秘密》在“新乡镇中国”的审美书写领域，与《带灯》有着一致性；但它又开启和呈现了《带灯》所不曾带给我们的书写维度和审美思考以及精神探寻。如何书写当代中国经验，呈现改革开放以来中国曾发生和正在发生着的前所未有的经济、时代和历史巨变，是新世纪以来中国作家无法回避也亟须回答的问题。《南方的秘密》的价值在于，它在一个看似“地域性”的南方的文学书写当中，将一个江汉平原农民企业家周大顺的故事，拓展为几乎是全中国的农民企业家自20世纪70年代中期直到现在、当下的一个创业的历史——企业和个人的盛衰起伏及其命运的流转变迁史；将江汉平原的故事，拓展为几乎是全中国的乡村以及由其关涉的城市在几十年间的整体性空间叙事、时间叙事及其现代性命运的一个全息性精神呈现。作家刘诗伟在文学叙事、人物形象塑造等方面，进行了很多新的艺术探索。而小说的价值和意义，就在于小说在很多方面体现了作家在这个小说中，确立和破解了很多“立”与“破”的书写难题。

一、确立了一个独属于江汉平原的“南方”的文学叙事

现代文学的作家，像鲁迅、郁达夫、沈从文、萧红等人的创作，都带有鲜明的地域性特征。地域性与当代作家尤其当代文学的文学性的关系和密切关联，更是无须置疑，从贾平凹、莫言、苏童、王安忆、迟子建等人的创作当中清晰可见。地域性又往往和作家的童年经验和成长经历密切相关。童年经验与地域性特征的民生、日常、风情、宗教、文化等的种种，是作家取之不尽、用之不竭的创作源泉。苏童在《创作，我们为什么要拜访童年？》中，曾结合作品具体阐释：“马尔克斯是如何拜访消失的童年，利用一些确定的和不确定的童年记忆，抵达了一个非常明确的文学命题的核心，人的恐惧感。”苏童作品中“香椿树街”和“枫杨树乡”的故事，恰恰是苏童沉溺于童年经验，“回头一望，带领着大批的读者一脚跨过了现实，一起去暗处寻找，试图带领读者在一个最不可能的空间里抵达生活的真相”[①]。写不尽的旧里，苏童检视的是“南方”的时代沧桑和精神韵致。以苏童为例，“南方”，成为苏童书写“中国影像”的出发地和回返地。他以300余万字的小说文本体量，打造了一个不仅是从地域性的层面来考虑，更是一个文化意义上的概念和具有其相应文体特征的“南方”。故有论者认为：“苏童的小说叙事，试图为我们重构一个独具个

① 苏童：《创作，我们为什么要拜访童年？》，小说月报微信公号《我们为什么要拜访消失的童年》【小说公会】2014年8月3日；摘自《中国比较文学》2012年第4期。

性的文化精神、美学意蕴的文学'南方'。南方的意义，在这里可能渐渐衍生成一种历史、文化和现实处境的符号化的表达，也可能是用文字'敷衍'的种种地域、人文、精神渊薮，体现着南方所特有的活力、趣味和冲动。与此同时，他更想要赋予南方以新的精神结构和生命形态。在这些文本结构里，蕴藉着一种氛围，一种氤氲气息，一种精神和诉求，一种对人性的想象镜像。"[①]

苏童曾坦言"香椿树街"和"枫杨树乡"是他"作品中两个地理标签"，苏童绵延、可以说延宕了三十余年的有关"香椿树街"和"城北地带"的小说叙事，以"枫杨树乡村""城北地带"和"香椿树街"少年眼睛的逼视，以及有关家族、暴力、逃亡、死亡和欲望乃至人性书写，勾勒出了一条从20世纪二三十年代一直逶迤到今天的"南方"的文化经济和人文历史的脉络，打着"南方"浓重印记的人物的命运沉浮和精神心理变迁，所集结起来的文本的总体氛围和内部情势里，彰显出一种南方地域文化特性的整体性表征。但细察苏童的这个"南方"，就会发现，苏童小说里的"南方"，应该是接近长江流域、以江浙为中心和为代表的"江南"。这个"江南"又可以更确切为包括了苏、松、杭、太、嘉、湖地区。盛唐、南宋以降，强烈的阴性文化色彩和诸多地域因素，在文化地理上，"完成"并形成了迥异于北方以及其他地域的文化症候和生活气息。"在此，我们可以追溯中国现代作家鲁迅、周作人、沈从文、叶圣陶、朱自清、郁达夫、钱钟书直至当代汪曾祺等人的写作，其想象方式、文体及其与之形成的形式感所呈现的独特风貌，与中原、东北、西北甚至江南以外的文学叙事判然有别。

① 张学昕：《苏童：重构"南方"的意义》，《文学评论》2014年第3期。

江南文化、南方文学绵绵不绝、世世相袭的传承，更加显现了自身精神上的相近、相似性和地域文化方面的一致性。”①

刘诗伟《南方的秘密》所提供的这个“南方”，又与苏童等人的南方大有不同，它是江汉平原的南方，江汉地域性特征显著，这里有不一样的风土、物事、人情……提供了与苏童等人文学书写不一样的、但也是“南方”的文学叙事或者说形成别一种“中国影像”的“南方”。从现代以来的“南方”尤其是“江浙”作家，用文学的方式书写“南方”，包括在苏童的小说叙事当中演绎出的家国神话和现代寓言、俗常民生，有关“南方”的气韵生动，传承了从盛唐、南宋以降的强烈的文化色彩和地域性特征，即便是写慷慨悲凉的流风遗韵的旧人、旧事，其中绵绵不绝的江南文化特征和一种文化心理自信，是内蕴于心的；所能产生的诗性化的小说叙事氛围和诗意情境，也都是江南文明和文化气息被打散洒落在一个无限敞开的时间状态和空间维度里。刘诗伟小说的“南方”，虽然可以将其鼎盛追溯到春秋战国之楚，可谓源远流长，虽有足以让人自豪的先古楚文化，但湖北这个地域的“南方”，既没有江浙由来已久的富庶和烟花春雨中的胜景，又乏世世相袭、绵绵不绝的文化与文脉，对先古文化不乏自豪的江汉人士，其实对于自己所处的地理意识永远是模糊的，不知道自己是属于北方还是南方。这种对于自己所属地域的既自豪又尴尬的心理，在小说中有很形象的描述：“现在，半文和顺哥定居在长江与汉水交汇的江城，但他们都来自个人记忆中的乡下。那里叫江汉平原，大片土地位于江之北、汉之南；在实在没什么值得吹嘘

---

① 张学昕：《苏童：重构“南方”的意义》，《文学评论》2014年第3期。

的时代，那里的人以‘我们是中国的中’聊以炫耀。显然，这样抒怀有所不妥，谁都知道，中国之中心在北京，这里的人去了京城，连的士司机也礼贤下士地说：听口音您是南方来的吧？……”“在那里，除了顽固的方言，中国有的它都有，中国没有的它都没有，中国怎样它便怎样”。[①]

虽然与苏童笔下那种诗性和柔软质地的诗意丝丝缕缕浸淫弥漫在小说文本中不同，江汉平原依然葆有了南方的“水性”特征：“江城位于长江汉水之畔，过去称这里的文化叫码头文化”，码头文化中的“水性风格”持久地影响江城人，“什么是水性风格？就是凡事讲个顺畅，就是先有气顺、理顺、情顺、面子顺，再有心畅、理畅、话畅、事儿畅”（110页）。“周大顺”的名字，不知是否也应合了这个“顺”意？周大顺从妹妹三美挖树篼裸出奶子被一群男人围观，他用褂子给妹妹做成胸兜，到开始为乡邻做胸兜的“地下”缝纫，升级为缝制胸罩后，转而到汉正街做胸罩生意，生意越做越大，加入了干部服的生意，然后是盘下村里的土地，打造“华中第一村”，由于雄心勃勃想搞钢铁厂、水泥厂、发电厂的“三大项目”，信用社高息揽储却遭遇挤兑，资金链断裂，幸亏有半文和乡亲们的合力得以绝处逢生，才没有被过低价恶意并购，从艾丽丽那里又赢得了新的项目和生意的转机……周大顺几十年的命运沉浮，都有这种“水性风格”作底，南拖宅的性情一并揉进了江城的水性风格当中。

《南方的秘密》中有很多“顽固的方言”，“妈爹”（祖母）、“姆妈”，“您郎”，等等。中学时的大顺能够自创背诵出小数点后

---

① 刘诗伟：《南方的秘密》，作家出版社，2016，第5、8页。《南方的秘密》引文皆出自此版，下同。

100位的“π”诗，即“山巅（即3.）”后面是：一世一孤走（14159），两鹿舞山舞（26535）；八狗吃酒欢（89793），二三把屎留（23846）；两鹿使扇扇（26433），八散而吃酒（83279）……（15–16页）也与方言密切相关。近年有方言显著特色的小说，当属金宇澄的《繁花》，但以“今日之轮”滑进话本小说风格“旧辙”的《繁花》，方言的特征要愈加明显，讲述老上海和新上海的旧梦新梦、繁华落尽，津津于街头弄堂的流言蜚语、家长里短，浓重的上海韵味，笔墨如游龙走丝般精细灵透，海上文脉在沪上方言里与今日上海息息相通，螺蛳壳里做道场，小说写尽上海人的悲欢离合和世态风习，极尽上海人的精细盘算和阴柔精细之审美情态……《南方的秘密》里的“南方”，没有像《繁花》那样其审美要深重地靠方言来凸显，人也更多刚性和豪气。周大顺把围观三美的人抓了领口往河边拖，高高举起扔进河里。妹妹受羞辱，激发了他的男儿血性，也成就了他创业和人生辉煌的原动力，以致他日后每每念及这个事件与他人生辉煌之间的关系。为了成刘半文和妹妹小美之美，周大顺设计刘半文喜欢的虹，刘半文怒而辞职，虹也辞职告别公司——江汉平原的男人和女人，都有一种楚人的刚性风格的古风遗存。面对有外遇的周大顺，妻子叶秋收曾经长期不原谅，性情刚烈，她的说法是“你能用硫酸把你从头到脚洗一遍吗？”（301页）如果没有刚性和坚韧的性格作底，跛于左脚的周大顺难以在中国经济发展也是“摸着石头过河”的几十年里始终“一歪一颠”地没有偏离经济发展的主线，“一歪一颠”似乎已经成为一种生命的惯性，总是能够让他突围人生、赢得时机和转机，小说中多次出现顺哥的走路：“但顺哥总是在赶路：左脚刚一着地，右脚赶紧跨出一大步，随之将左腿连拖带扯地甩上前来；尤其是上肢运动，双手握拳，两臂大幅划动，仿佛空中另有大道；那已然发胖的身板也协同着，从后颈到尾椎一波一波地耸动，跟一条矫健的打弓虫没有二样。”（4 页）可以说，周大顺的走路姿势，也是中国经济发展的隐喻，即使几十年改革开放的中国经济在“一歪一颠”中一路走来，始终也没有偏离大方向和主线。有评论者就说：“刘诗伟在这部作品中多次绘声绘色地描写周大顺跛行的姿态。有时实写周大顺跛行，有时虚写中国经济之态。”[①] 而周家世代的遗嘱“传下去”，传的不止是血脉之根，还有一股做人做事的精气神，在遇到波折时，也是“传下去”的精神始终鼓舞着周大顺。

刚性和坚韧之外，又有豪气和悯人之心，生意上擅精细盘算，但私人交情和接人待物，还是有水之坦坦荡荡的豪气的。三美和老刁好上之后，老刁和聋子老婆离婚，周大顺胳肢窝夹了一个报纸包，来到女聋子的鞋店，送了不用还的 5 万元（222 页）。叶秋收当初能放弃上大学，而与周大顺厮守和甘苦与共，恐怕也与其重情义、对人生不作精细盘算有关。而顺哥能“在他的时代”光荣前行，其实与兼有豪气和眼光敏锐、精打细算的生意经有关，不想当大队会计、耽误缝纫活，周大顺“诈伤”住进医院直到大队会计有人当上了才出院；周大顺发家史的重要一段，汉正街开店，让周大顺很快就当了万元户，这与他擅盘算的经济头脑是分不开的，也在改革开放初期汉正街以假货闻名的历史之外，叙写了一段民营企业家本分经营、发家致富的汉正街“正史”；能够扭亏干部服的生产，也与周大顺和身边的人擅盘算有关——能够

① 昌切：《何为南方的秘密——关于刘诗伟的长篇小说〈南方的秘密〉》，《文艺报》2017 年 9 月 6 日。

在干部服生意不好的时候“钻空子”经营和搞“独代”+“专架”经营，并且能机缘巧合并智慧地抓住合并国营大厂的机会，他和叶秋收虽有分歧，但他毕竟还是懂得在“干部服”情结里及时调整生产和经营策略；能够平息信用社挤兑风波，避免被恶意过低价并购，能够拿到稀缺项目，都与他的经济头脑有关……《南方的秘密》中的“南方”，先是江汉平原地域性特征显著的南方，但它其实又指向整个中国的幅面以及全中国的经济发展。在有的论者看来，“‘南方’是一个隐喻。在中国，南方与北方相对，实指黄河以南的区域。刘诗伟写的是南方的江汉平原，但作为一个喻体，南方被作者注入至今尚存的古义，突破了它的域限，指向整个中国”，“作者想要表达的，明显不只是他对江汉平原一个农民企业家人生沉浮的叹惋，更是他对整个中国改革开放的特殊走向的探寻”。①

刘诗伟在《南方的秘密》里，通过江汉平原农民企业家周大顺半生命运的盛衰起伏，探讨近四十年（小说叙写了从20世纪70年代中期“一歪一颠”迄今的周大顺）整个中国改革开放历史行程的艰难与曲折。刘诗伟的这个“南方”，的的确确是南方，却又与苏童的“南方”和金宇澄的沪上风情，迥然有异。即便同是水性风格，也是浩浩汤汤与阴柔唯美的区别，刘诗伟的《南方的秘密》书写了另一种文化命意和具有人文差异性的“南方”，由之关涉的其小说的文体特征和叙事方面，也呈现明显的差异性——从这个意义上，或可以说，刘诗伟提供了与江浙“南方”不同的江汉平原的“南方”的文学叙事，开启了“南方”文学书

① 昌切：《何为南方的秘密——关于刘诗伟的长篇小说〈南方的秘密〉》，《文艺报》2017年9月6日。

写的另一种审美维度。

二、超越了此类书写纪实与虚构难以调和的难题

刘诗伟《南方的秘密》提供了与江浙“南方”不同的江汉平原的“南方”的文学叙事，这是小说“立”的别一种审美维度的“南方”文学书写。苏童的“南方”写作，具有很强的虚构和重构生活的能力，无论是他的《罂粟之家》《1934年的逃亡》这样以想象和神奇著称的小说叙事，还是在《红粉》《妻妾成群》等以及大量的中短篇和长篇小说中，他十分执着而又痴迷地复原和虚构出有着氤氲气息和湿度并浸润颓美之气的南方。尽管有研究者担心，虚构的才能和技术，到一定的时候会否因娴熟、练达而形成某种惯性，并最终可能成为作家写作的障碍。担心“苏童写作小说时，是否真能够突破感性、理性和神秘主义的多重制约，自觉地进入一种极其自由的写作状态”。但苏童“南方”叙事的虚构能力，是毫无疑问的，“‘南方性’早已潜在地蕴藉于叙事中，跳荡在人性的‘深水区’，起起伏伏，如同一次次‘仪式的完成’。虚构的力量，不断呈现出来，历史与现实同生，哲理与沧桑共融，显得亦真亦幻”。①

与苏童以很好的虚构叙事的才华，在“香椿树街”“枫杨树乡”里虚构了飘逸的南方和试图隐喻的南方不同，刘诗伟《南方的秘密》面对的是农民企业家半生创业和起伏以及经济生活的方方面面这样极为现实、具有很强现实感并由之呈现纪实性的写作

① 张学昕：《苏童：重构“南方”的意义》，《文学评论》2014年第3期。

题材。时间跨越大、所涉空间范围广，对写作本身就是一种极大的挑战。而且由于一切的发生，都是我们现如今的人们所经历过或者见证过的，这对作家的想象和虚构本身就是一种制约，通俗地讲，就是小说叙事在很多时候是做不得“虚”的。而农民企业家的跌宕起伏和经济生活的林林总总，小说都想纳入其中，包罗万象的生活图景和素材，一旦处理不好，就会面临与当下一些作家喜用新闻素材改编成故事一样的窠臼和窘境。比如有研究者已经注意到，2000 年之后出现了不少根据新闻报道改写的小说，作者包括李锐、刘继明等名作家，甚至闹出了雷同或“抄袭”之事：刘继明在 2004 年第 9 期《山花》发表的小说《回家的路究竟有多远》，李锐于《天涯》2005 年第 2 期发表的《扁担》，讲述了高度雷同的农民工断腿后爬回家乡的悲惨故事，以致掀起了抄袭风波。后来从作家的辩解中才明白，两位知名作家的素材居然都来源于中央电视台《今日说法·千里爬回家》，其中李锐还是诺贝尔文学奖评委马悦然很看好的作家。还有更著名的作家贾平凹的《高兴》，也是根据农民工千里背尸回家的新闻报道改写的小说……所以研究者明确提出：“但事实证明，这样的改写并不成功，对现实的重新叙事化的无力，实际意味着以新闻引导写作的背后就是独立精神的丧失。缺乏灵感就跟着潮流和新闻走，这样硬写必然造成虚构意识不够，小说情节在叙事过程中虽然比新闻有了文学化的改编，但其叙事终点却都与新闻报道毫无差别，思考不但不能深入，还因为资本意识形态的巨大影响而偏离了应有的反思，在此只能为作家的虚构能力和超越能力叹息。这正是作家的文学部分与现实部分太近造成的结果，文学才华被过于具体的现实压制了。”[①]

与其说这部分作家是“虚构意识不够”“文学才华被过于具体的现实压制了”，不如说是他们文学虚构的意识和能力不够，他们面对的是他们不熟悉的生活或者说他们不了解故事背后所涉及的人与生活——仅凭想象、根据新闻素材来闭门造车式“虚构”故事，当然也可以说这样的“虚构”是一种缺乏生活有效积累的、比较随意地编造故事的“虚”构。作家刘诗伟能够出离这些作家改编新闻素材成故事易罹患的写作困境，较好地处理现实感很强、具纪实性的写作素材，让人对小说所讲的故事信以为真、被小说叙事牵动心怀和勾起阅读的欲望，很大的原因是作家背后深厚的生活积累。纪实性强的写作素材，一定离不开作家的生活积淀，这既不能偷工减料又做不得假。刘诗伟有着商务的第一手生活经验，他在创作谈中提到自己是放下了《每个人的荒岛》（暂名）的写作，转而写《南方的秘密》，“需要以逼近生活本相为前提”，他“身处商务，四周都是经济的人和事”，他轻而易举就可以发现“自己和他人的欲望的自由与疯长”，当然几十年的经济生活对于一个敏感的写作者、亲历者，本身就会是激发他写作欲望的原动力，更况他还极其了解周大顺这样的人的人生和发展轨迹乃至具体的日常，周大顺在刘诗伟的朋友当中是有原型的——“好在作品主人公顺哥我熟。我跟他算是乡党，那里的河流有几道弯、田埂有多高、黄桶里有没有米、生产队队长怎么发脾气、灰坑里的母鸡瘦成什么样……我都晓得”[②]。“《南方的秘密》‘合成’的主人公顺哥的原型是我熟悉的几个人物。他们是上世纪后期经

① 参见刘旭：《文学莫言与现实莫言》，《文学评论》2017 年第 1 期。

② 刘诗伟:《我写〈南方的秘密〉(创作谈)》, 十月杂志微信号 2016 年 7 月 15 日。

济领域的名人，各人的行状因非同寻常而滑稽。从前，我时常在民间讲他们的故事取乐；十多年后，我忽然得悉，他们中有人仍在追求人生‘新境界’，不由引发了关于他们的思考。”①

即便是先锋转型或者说“续航”之后的余华，近作《第七天》的写作，也被认为是余华直接将现实事件乃至新闻事件“以一种‘景观’的方式植入或者置入小说叙事进程”、以现实“植入”和“现实景观”的方式来表象现实②。“这种新闻事件以‘景观’式植入小说叙事的方式，让人似乎再度重温先锋文学曾经的叙事游戏态度，新闻事件的无深度拼贴当中，后现代主义的戏谑情调再度浮出字里行间。”③刘诗伟的生活积累，使他能够克服他所面对的写作素材惯有的纪实与虚构难以调和的写作难题。在如此反映中国民营企业发展和经济生活纪实性特征明显的写作素材当中，能够以一种并不玩弄叙事技巧、老老实实的写作态度，却让小说具有极强的可读性、故事性，也并不缺乏虚构性，不能不说是作家的一种文学才华的展现。小说选择让民营企业家周大顺做胸兜到胸罩的生意，本身就是一个很有意味的选题，周大顺在20世纪70年代“地下”缝纫的阶段，就可以利用量身之便获得“地下”爱情……胸罩这个物件本身，就包含了改革开放以来国家经济生活和人们现实生活的巨大变化，而且它还能有效勾连起男人和女人的很多相通或者说可以互相勾连的欲望和心理、情分……胸罩本身也结合了生活实用性和艺术性，功用性和艺术品特征兼备，

---

① 刘诗伟：《幽默离哲学更近》，《长江文艺评论》2017年第5期。

② 徐勇：《以象征的方式重新介入现实——论苏童〈黄雀记〉的文学史意义》，《文学评论》2014年第2期。

③ 参见刘艳：《无法安慰的安慰书——从北村〈安慰书〉看先锋文学的转型》，《当代作家评论》2017第3期。

又是每个女人和几乎家家都离不开、再熟悉不过的物件，通过它也最容易撬开生活和人的心理情感等的裂隙。有的评论者觉得小说是不是把周大顺写得有点肉欲化了？要不要在涉及性描写和性心理等方面更加由俗而雅一些？其实，完全没有必要，小说家在相关描写方面，其实是谨慎和有分寸的，而且希望作家提纯、拔高涉及对女性的性心理和性描写的想法，其实是在揠苗助长式要人为拔高人物的思想认识水平和意图对人物的性心理、涉性描写作“纯化”处理。倘如此，周大顺便不再是周大顺了，人物也不再是江汉平原乡间成长起来的民营企业家了。周大顺就是周大顺，而且在周大顺身上，作家刘诗伟做到了纪实与虚构的有效平衡，做到了贴着人物去写。《南方的秘密》中的周大顺、叶秋收、刘半文、叶春梅、冯捷等人物，各个各有特色，真实生动，所有的人物尤其主要人物周大顺，都像人物他（她）自己。这在并不怎么采用限知视角和限制叙事的小说叙事里，实在是不容易做到的，殊为难得。这其实也就如有的评论者所说的，小说写作要“贴着人物写”：“在小说写作中，人物的性格逻辑是高于作家的想象的，如果你强行扭曲人物自身的逻辑，这小说一定会显得生硬而粗糙。不贴着人物自身的逻辑、事物内在的情理写，你就会武断、粗暴地对待自己小说的情节和对话，艺术上的漏洞就会很多”。“你要了解一个疯子或者傻瓜，就得贴着他们的感受写，如果你用健康人的思维去写，就很难写得真实生动。”[1]能够贴着人物写好人物，本身就是纪实与虚构能够较好调和的能力之一。

① 谢有顺：《文学及其所创造的》，海峡文艺出版社，2016，第307页。

《南方的秘密》中作家不玩弄玄虚的写作技巧，但有时候也会很灵活、颇有叙事技巧地叙事。像小说刚一开篇，就介绍“顺哥大约是众所周知的，他的故事向来有两个版本”，“这两个版本各表其义互不相干，把事情弄得扑朔迷离，但偏偏让人一诧，发现互不相干的并存之外还有更好的故事”。（2页）——两个版本的叙事，本身就产生足够的虚构性，一种把事情弄得“扑朔迷离”的态势，激起人想了解真相和这之外更多更好的故事的欲望。《南方的秘密》以现实题材难脱纪实性为显著特征，却能够在小说叙事中不断地设置悬念，大悬念套小悬念，悬念迭生。“不确定性，经常以焦虑为特征。悬念通常是痛苦与愉悦的一种奇特的混合……多数伟大的艺术对悬念的依赖比对惊奇的依赖更重。我们可能很少重读那些依赖惊奇的作品，在这些作品中，惊奇一过，趣味遂成陈迹。悬念通常部分地由预兆——关于将会发生什么的迹象——达成。”① 悬念本身所具有的不确定性，不断激起人们的阅读欲望。

在生活本身所具有的可以产生强烈惊奇效果的事件描写当中，刘诗伟没有将这些足够令人惊奇的事件以“现实景观”的方式植入小说；在平常和俗常的生活流当中，刘诗伟又保持了他制造悬念、激起读者阅读欲望的能力。有些情节和细节，草蛇灰线，比如，被周大顺揪着领口、举起扔进河里的围观三美的那个野人一样的男人，就是后来分队屋时刁难周大顺的王老七。几十年后，王老七老婆想进周大顺的工业园上班，王老七竟然天天打老婆，因为他还记着当年分队屋时周大顺对他的威胁——今后一定要把

① Sylven Barnet，Morton Berman，and William Burto，A Dictionary of Literary Terms，Boston：Little Brown，1960，pp.83-84.

他的老婆搞了。后来王老七想出的解决办法是让周大顺给他写一份承诺书："如果王老七的老婆来工业园上班，本人承诺决不搞王老七老婆。承诺人：大顺村村长周大顺。"（280–281页）叙事的趣味性油然而生。马大菊和丈夫"侦察排长"的故事，也前后构成一种伏脉，而且颇有微讽的意味。细节处的细节化叙述能力、文学想象和虚构能力，嵌套在对于普通事件的叙述当中，疏密有致，有急有缓，现实感、难脱纪实性的素材承载了刘诗伟的文学想象和虚构故事。《南方的秘密》以40万字的小说体量，很好地调和和平衡纪实性素材、题材与小说叙事的虚构性和故事性之间的关系，对任何一个作家而言，都是一个不小的难题，刘诗伟却较好地解决——"破"解了这个难题。

三、叙事探索呈现现实主义文学叙事新的可能性

同样是"新乡镇中国"、新乡村的审美领域，对新乡土中国和其中生活着或者走出来但仍然牵系乡间的人们的生活进行审美思考和精神探寻，同样是面对现实主义文学叙事，贾平凹的《带灯》与刘诗伟的《南方的秘密》，就有着很大的不同。《带灯》更加聚焦"新乡镇中国"正在发生剧变的新生态图景和精神风貌，贾平凹意在通过带灯这个乡镇女干部展现樱镇的乡镇官场生态，她像黑夜带灯且独行的萤火虫一样，或许是新乡镇中国各种危机的拯救者。贾平凹在乡镇生态整体性恶化、乡镇干部天天忙于"维稳"这样的乡间民俗生活画卷当中，表达了他对民间文化生态的深重忧虑，以及对于"高速路修进秦岭"、樱镇工业园建设的不会终止等乡镇中国面临现代性社会转型所遭遇的经济急速发展乃

至无数畸形现实所怀有的深刻思考和危机感。面对这样的纷纭百态的现实主义文学题材，贾平凹没有明晰的章节结构，在有的研究者看来，《带灯》已然“在叙事方式上打破了故事原有的叙事动力结构系统”，认为《带灯》所采取的是“当下现实主义”的审美叙事逻辑。“《带灯》打破了小说通常借助于故事传奇性和矛盾冲突来推动情节向前发展的传统叙事模式，让小说按照大自然和日常生活的内在性逻辑，自然而然推进情节、故事结构和人物形象的建构，即让当下的、活生生的生活成为故事情节发展的推动者和叙述人。”① 评论者据此还认为，亘古不变的原始自然律令节奏的叙事逻辑和当下现实主义审美叙事逻辑，共同构成了《带灯》的“复调”叙事结构。在“当下现实主义”的命名之外，这还被有的研究者称之为“微写实主义”，认为贾平凹近年在不断越界、突破自我，不满于自己曾采用过的现实主义叙事模式而即便是现实书写也在走向“微写实主义”。②

在《带灯》这个所谓的“当下现实主义”或者说“微写实主义”的现实主义叙事里，文化传统在文化消费主义面前不堪一击，物质、欲望、享受成为一种可怕的“新意识形态”，肆意侵蚀着农村的当代中国人的心灵，樱镇人的言语行为和血腥事件，都是让人深感忧虑的。《南方的秘密》的叙事基调，则几乎完全不同，如果说《带灯》表达了一种隐忧，也在诉述希望；《南方的秘密》则在思考经济发展的问题时，尽管也会涉及政治与经济的关系、搞经济的人能不能沾政治（比如刘半文和别不立的打赌）的思考，

---

① 张丽军：《“新乡镇中国”的“当下现实主义”审美书写——贾平凹〈带灯〉论》，《文学评论》2014 年第 1 期。

② 参见李遇春：《贾平凹：走向“微写实主义”》，《当代作家评论》2016 年第 6 期。

但小说的整体叙事基调是积极的、明朗的、励志奋进的。小说不似《带灯》那样纠结于“当下现实主义”和“微写实主义”，40年的时间跨度，也不允许它这样在生活横截面上恣意展开笔墨。小说规规矩矩保持了章节和章节的标题，叙事也没有玩弄复杂的叙事技巧，而是自现代以来比较传统的现实主义文学的叙事方式。像有的长篇杰作所采取的不同的叙事结构的嵌套和绾合（比如严歌苓《上海舞男》、赵本夫《天漏邑》等）的先锋性叙事探索，像“它在坚实的写实主义的基础上，涵有东方哲学和文化、带有文明演进和神秘色彩乃至存在主义的多重格调”、“它既继承了中国古典的传奇小说的叙事传统，又吸纳了20世纪80年代以来的叙事经验，在叙事结构、叙事策略等方面都体现出了叙事的先锋性探索”①的情况，《南方的秘密》中基本不可见。作家自言：“《南方的秘密》将如何叙事，这是需要考虑的。有听过我的‘剧透’和看过初稿的朋友，曾建议弄得更加魔幻一些。我表示感谢，却笑以婉拒”，“我相信全然不同的新内容必然带来全然不同的新形式。问题只在于创作者能够发掘多少新东西。‘合成’的顺哥的故事已经足够有趣。何况，近几十年的现实生活的表象读者都见过的，不可以跟他们说瞎话，必须尊重”，“在这个小说里，我得捍卫活生生的生活！”②

“捍卫活生生的生活”，其实就是作家记录社会生活的责任感，刘诗伟放下《每个人的荒岛》（暂名）的写作计划转攻《南方的秘密》，概因于此。他不只要通过周大顺的故事记录时代生

① 参见刘艳：《诗性虚构与叙事的先锋性——从赵本夫〈天漏邑〉看中国故事的讲述方式》，《中国文学批评》2017年第4期。

② 刘诗伟：《我写〈南方的秘密〉（创作谈）》，十月杂志微信号2016年7月15日。

活，他还在其中表达他对中国近40年社会生活和经济生活巨变，以及对人的欲望的自由与疯长等各种问题的情感和立场，他认为自己有责任用文学的方式面对和回答经济生活、社会生活乃至男女情感生活的各种社会问题。从这个意义上说，刘诗伟的《南方的秘密》是他作为时代生活的记录者，做直面乃至直逼生活本相的努力。有评论家认为：社会问题小说，是自新文学以来最为重要的文学流脉。也是自1978年以来文学成就最大、最具影响力的文学现象。即便经过“欧风美雨”的沐浴之后，这个文学流脉仍然焕发着巨大的活力，这与中国的社会环境和作家对文学功能的理解有关。而如果能够触及社会问题、精神难题，也能为讲述“中国故事”、积累文学的“中国经验”，提供新的可能性。[①] 评论家们大可不必担虑社会问题小说的流脉已经断绝或者稀薄，刘诗伟笔下周大顺的故事，就像中国近40年经济生活和社会生活的百科全书，而且作家不是照录生活，他始终在小说整个叙事里认真思考着中国改革开放搞活经济所遇到的种种问题，包括周大顺成为政协委员、经济与政治相裹挟等，小说和本身就是“摸着石头过河”的中国经济发展，一起思考着。近几十年的经济发展的种种问题，是作家意欲借这部作品思考和回答的核心问题。对于商政联手“空手套白狼”搞出租车公司这一几乎全中国每个城市都在发生着的经济生活中的一个典型问题和事件，小说中也有展示，周大顺和冯捷联手搞“江城大顺出租车公司”（294页）。周大顺和发生在他身上、他周围的一系列问题和事件，极具代表性，表征着“南方”乃至整个

---

① 参见孟繁华：《当下中国文学的一个新方向——从石一枫的小说创作看当下文学的新变》，《文学评论》2017年第4期。

中国民营企业家大半生当中、再推而广之是整个社会生活当中的问题和事件。《南方的秘密》以高密度的笔触反映社会问题的能力，为我们提供了一个讲述“中国故事”、积累文学的“中国经验”的可贵甚至是稀见的文本。

在当年的先锋派转型或者说“续航”后文学与现实对接，还并不都那么成功的情况下，《南方的秘密》让我们看到了传统的现实主义文学叙事依然有旺盛的活力和生命力。小说记录时代生活，塑造了以周大顺为主的多个栩栩如生的人物形象，在很多评论家慨叹没有人物的时代，小说向我们提供了周大顺这样一个典型人物。小说可以看作是“周大顺传奇”，这个民营企业家的传奇叙写，与20世纪90年代中后期以来、并在新世纪蔚为大观的“新革命英雄传奇”很是具有相关性和可联系性，像都梁的《亮剑》、徐贵祥的《历史的天空》、石钟山的《激情燃烧的岁月》，等等。这些作品虽在创作理念和艺术特色等方面有所差异，但都是对明清古典英雄传奇的文体资源加以借鉴、继承和转化。《南方的秘密》与“新革命英雄传奇”必有一绝对中心人物置于英雄群像之中的树状结构很是相像，周大顺是中心人物，置于一系列民间野生人物群像之中。当然，次要人物，也很生动形象、栩栩如生。刘诗伟《南方的秘密》，其实可以放到中国文学传统的史传传统中去考察。“为民间人物立传是中国古典小说伟大的叙事传统之一，中国古典小说的艺术渊源素来都有史传传统一说，而由史学性的史传衍生出文学性的野史杂传，这正是中国小说传统的精华之所在。野史杂传不同于正史正传，它主要致力于捕捉和打捞遗失在民间世界里的野生人物的灵魂，这种古典叙事传统即使在现代中国小说创作中也未曾断绝，而是在借鉴西方近现代小说叙事技艺

的基础上加以承传和拓新。”[①] 相比较新革命英雄传奇中的传主，周大顺也不再是“高大全”式的人物形象，而是充满了人间烟火气息的人物形象。但《南方的秘密》的价值或许在于，新革命英雄传奇当中过于借助复杂故事情节的编排，导致“奇”过于“传”，即单一的传奇性淹没了多元的历史性的现象，在周大顺这个人物身上，得到了或者说部分得到了克服。周大顺作为男人的第一次，给了叶春梅，叶春梅将叶秋收引见给周大顺后，两个人定情而感情深笃。周大顺功成名就后也经历过欲望的自由与疯长，有了与柳成荫的情愫，但被叶秋收发现后，他是真心悔过和改过的。除了那次酒醉被动与柳成荫的身体交融——“刘倩文‘强奸’了顺哥”（刘倩文即柳成荫）（316 页），周大顺再没碰过柳成荫，柳成荫因“强奸”顺哥而得孕生女后，携女儿柳岳阳去了广州生活。周大顺去洗脚，也仅是洗脚，在艾丽丽面前，无数次把持住了自己。小说结尾，周大顺重病，人在抢救室抢救，临危之际，秋收叮嘱冯捷：“给南边打电话，让她火速带孩子过来”，周大顺醒后，看到第一次得见的女儿：

> 秋收拿起小姑娘的手交给顺哥，让她叫爸爸，小姑娘喊：爸爸！顺哥牵着小姑娘的手，没敢应声，一下子从推车上坐起来，问：你是岳阳？小姑娘点点头。顺哥慌忙掉头朝秋收那边示意：叫过伯妈没有？小姑娘又点了点头。[②]

---

① 李遇春：《为民间野生人物立传的叙事探索——朱山坡小说创作论》，载《中国文学传统的复兴》，商务印书馆，2016，第 261-262 页。

② 刘诗伟：《南方的秘密》，作家出版社，2016，第 455 页。

这样的细节，是生动而感人的，决心改过之后的周大顺能够在任何时候，都顾及秋收的感受，也是小说叙事超越了单纯的故事情节的组织和编排，而进入了人物具体而微的内心深处。对于在现实主义文学叙事或宏大、或全知的叙述当中，不作走马观花，能够进入人物心理和人性书写的这样的细部，是一种有益的启示。

《南方的秘密》在叙事探索呈现现实主义文学叙事新的可能性上，有一个方面不容忽视——就是现实主义文学叙事也可以具有幽默的可贵品质，这不仅可以让小说更加故事性、趣味性、可读性，它本身也是作家面对生活的一种情感和立场。说实话，读《南方的秘密》时，我有些被小说内蕴的幽默感打动了，但它绝不是当下小说写作所惯有的油腔滑调和当代文学曾经有过的“痞”文学的一脉。我被打动是因为我从中真实而真切地体会到了作家面对生活的智慧和一种真诚而积极的态度。我甚至不由自主就想起了张天翼，想到了英年早逝的萧红未完成的长篇《马伯乐》（《马伯乐》的幽默当中更内蕴一种婉讽），想到了钱钟书的《围城》，乃至老舍的小说，等等，但是《南方的秘密》跟它们又多有不同。小说从叙事结构到字里行间，都有幽默的浮现，就像刘诗伟自己所说的，“真正的幽默实在是创作主体的诚恳的态度。这种态度基于洞彻生活的智慧。当旧范式的言说或文学装不下生活时，幽默是必然的表演——尽管它也自知其有限性和近乎无奈的忧伤。而另一方面，幽默事实上已经成为生活的一部分，并且一直茁壮于社会文明的进步之中。在现代性里，幽默即是思想和艺术的，也是生活本身，渐然成为公识的卓尔不凡的审美品相。幽默当然

不是要贫嘴和一般的笑话段子，它不能没有‘意味深长’”。刘诗伟又说：“我曾以个人的浅识，试着对幽默进行表面的清理。从作品中的幽默含量或存在来看，大致可分为三个级别：一是零散幽默，二是平面幽默，三是结构性幽默。零散幽默是指文本中常见的零星存在的幽默语言或细节，广大创作者似乎都愿意拿幽默当辅料”；“平面幽默（包括局部幽默或单线幽默），指呈现在全部（局部或单线）叙事表面的幽默，自然也包涵零散幽默的元素；这个级别的幽默在文本里具有一定程度的整全性，传统的幽默作品大多如此”；“结构性幽默则是叙事的根本性改造。它由一部叙事作品的主人公形象、故事形态、结构安排、意蕴指向以及全部叙述统筹组合并实现‘本事’之外的幽默，使作品意涵远远大于‘本事’”。幽默与小说叙事的关系及与叙事效果的关系和重要性，不言而喻。但如何幽默，却是对作家实实在在的考验，小说家要从中进行新的叙事探索和别立一种幽默的叙事维度，也就是关键的问题是怎么幽默，刘诗伟是这样做的：“当我进入创作构思时，个人以往的文学志趣即刻跑来干预和指引我：必须发掘人性；必须探究人与社会的关系；必须关切、珍惜并呵护生命及其本义。可出人意料的庆幸是，这个曾经看似抵牾幽默的文学志趣这一回却是幽默的坚定同谋，它辅助我完成了关于顺哥的故事的‘结构性幽默’的构想——包括设计背景与命运、故事与故事、项目与项目之间的乖张的板块似的对撞，自始至终一本正经地叙述滑稽与荒唐，不动声色地展现值得珍视的东西在现实里狼狈逃窜，让语言之外和形象之中产生超出我思我想的意蕴……以及如何让读者因为幽默而愉快，并在读完之后乐意持久回味！而且，这个‘结构性幽默’的主干与框架一旦形成，所谓‘平面幽默’

和‘零散幽默’竟如填空一般顺溜与简单，写作也愉快起来。”①

《南方的秘密》的小说叙事，基本保持了线性时间顺序叙事。还有一个极为突出的特点，就是人物对话取消了引号的规约性标志，但是保留了冒号作为人物对话的区隔。这样做有什么好处吗？《南方的秘密》多采用传统的全知叙述，没有有意做人物叙事视点的转换，也并没有故意取一种限知视角和限制叙事的叙事策略，这与小说包蕴的内容和体量巨大有很大关系。小说更多采用传统现实主义文学叙事手法，需要保持流畅、快捷的叙事节奏。如果过于追求视点的转换，容易造成阅读的障碍，至少是减慢阅读的速度，令小说以情节取胜所带来的趣味性受到影响。能够这样巧心处理，所以很多阅读者和评论者有一个直观的阅读感受就是，《南方的秘密》的阅读有点让人停不下来。《南方的秘密》的叙事探索，向我们展示了传统的现实主义文学叙事在当下新的可能性，也给我们思考当代长篇小说写作以有益的启示。

① 刘诗伟：《幽默离哲学更近》，《长江文艺评论》2017年第5期。

第四节 学者写作叩问文化传统及其可能性

——论徐兆寿新长篇《鸠摩罗什》

一、高校知识分子写作现状与学者写作叩问佛教和文化传统的新维度

学者作家徐兆寿新长篇《鸠摩罗什》，2017年9月由作家出版社出版，小说甫一面世，便广受关注，带给读者和评论家不小的震动。小说不仅成功塑造和还原了鸠摩罗什这位大德高僧——鸠摩罗什是魏晋南北朝时期著名的佛经翻译家，同时也是将大乘佛教引入中国的佛学大师，“在长篇小说《鸠摩罗什》中，作者身临其境地描绘了一代高僧鸠摩罗什如何来到中国传播大乘佛教的心路，第一次将佛教如何与儒道两家融合成为中国传统文化的一部分并走进寻常百姓精神生活的历程用小说的方式揭示了出来”①，而且

① 参见《徐兆寿小说〈鸠摩罗什〉：写一部大多数人能懂的书》，《中国艺术报》2018年1月10日。

还在资料极少的情况下栩栩如生地呈现了五凉时代的文化盛景；小说不仅还原并叩问了佛教传统和中国传统文化，而且还成功实现了从2015年秋天完成的十二万字的跨文体学术传记《鸠摩罗什》到能够让大多数人都读懂的故事性、可读性很强的小说文本的转换。小说的意义和价值其实还远不止于此，如果把《鸠摩罗什》放到五四以来的学者写作、尤其20世纪80年代以来的学者写作小说的脉络和新文学谱系当中看，尤能发现小说独具的价值和意义。

五四时期，小说作者往往是将知识分子、学者、作家身份集于一身的，鲁迅以“表现的深切和格式的特别”著称的《狂人日记》，成为中国现代小说的伟大开端，《呐喊》和《彷徨》当中的许多小说，都更加显示了思想家意义上的文学家鲁迅——一个挥舞着启蒙大旗，毕生致力于国民性的批判和民族文化心理的建构与重构的先觉者和先驱者。“个性主义思潮和民主自由意识的催生，独白式小说，包括日记体、书信体小说，曾经是五四作家最为热衷和喜爱的小说形式。但是独白的过剩，便是小说情节性大受冲击，很多小说比如《狂人日记》根本无法还原为完整的故事或者改编为讲求故事性、情节性的戏剧和电影。郁达夫、郭沫若、王以仁、倪贻德等人的小说，全以小说结构松散著称，微末之小事，也要大发一通议论，甚至痛得死去活来，他们实在是在夸大并欣赏着、甚至津津有味咀嚼着自己的痛苦，以至于忘却了小说的艺术。”[①] 作家们包括在大学执教的作家的写作，不太讲究小说是虚构故事的文本和小说艺术，作家主体过多地融入小说

① 参见刘艳：《限知视角与限制叙事的小说范本——萧红〈呼兰河传〉再解读》，《华中师范大学学报（人文社会科学版）》2017年第6期。

叙事而伤害小说形式，在中国现代时期的小说当中曾经广泛地存在着。像鲁迅《狂人日记》《孔乙己》《故乡》《在酒楼上》《孤独者》当中，显见小说与作家主体及其现实生活的内在和明显关联。钱钟书更是典型意义上的学者写作小说的代表人物，他在20世纪40年代初开始其小说创作，1946年6月上海开明书店刊行的短篇小说集《人·兽·鬼》收有《上帝的梦》《猫》《灵感》《纪念》四个短篇，次年曾在《文艺复兴》上连载过的长篇小说《围城》的单行本也得以出版。“在这些作品当中，钱钟书着力刻画了一些三四十年代的知识分子，尤其是一些高级知识分子，极大地丰富了我国现代文学的人物形象画廊。”[①] 学者作家写作小说，目及所见，首先关及自己熟悉的知识分子题材以及现实生活，在中国新文学发展的源流当中，可以说其源有自，这在20世纪80年代以来的学者写作当中就更加明显和更多复杂面向。

当前学者写作，往往把题材集中在知识分子题材尤其高校知识分子题材。可以说，20世纪90年代以来，知识分子题材创作越来越明显地向高校知识分子题材集中。如格非《欲望的旗帜》（1993），马瑞芳的《天眼》（1996）、《感受四季》（1999），李劼的《丽娃河》（1999），南翔的《硕士点》（2001）、《博士点》（2001），李洱的《遗忘》（2002），张者的《桃李》（2002）、《桃花》（2007）、《桃夭》（2015），葛红兵的《沙床》（2003），史生荣的《所谓教授》（2004）、《大学潜规则》（2010）、《教授之死》（2014），汤吉夫的《大学纪事》（2007），阎真的《活着之上》（2014），等等。但这类写作日渐呈现这样的写作面向：

---

① 参见刘艳：《中国现代作家的孤独体验》，吉林大学出版社，2007，第205页。

被知识分子的现实境遇牵着走，停留于新闻化、纪实化的表层写作，缺乏对生活的深入开掘与提炼；沉溺于知识领域的权力叙事套路，人物标签化、符号化，情节奇观化、荒诞化，导致趋于模式化的隐喻写作；等等[①]。历史维度和文化维度的欠缺，恐怕是高校知识分子题材小说越来越显现出来的弊病，也可以说是学者写作的弊病。而高校知识分子题材写作，一部分来自学者写作，另一部分来自被高校收编的作家。我们知道，20 世纪 90 年代以来先锋文学消退，先锋作家纷纷转型，相当一部分作家如马原（同济大学）、格非（清华大学）、王安忆（复旦大学）等先后进入高校担任教授。但是，驻校或者被大学收编的作家的写作，恐怕还不能称作学者写作。进入高校的作家与高校教授中兼职写作的如汤吉夫（天津师范大学）、史生荣（甘肃农业大学）、老悟（中央财经大学）、李劼（华东师范大学）、朱晓琳（华东师范大学）、葛红兵（上海大学）等人，共同汇成了高校知识分子题材的创作主体。近年来作家与教授的合流，成为一个显在的现象。但学者写作，应该是学者兼事写作，而且不应该仅仅局限于写知识分子题材的小说，尽管学者写知识分子题材，似乎是现代时期以来的一个传统，几乎是学者作家难以绕开的一个传统，徐兆寿本人在 2014 年同样由作家出版社出版的长篇小说《荒原问道》，虽然更多留有先锋文学遗迹和影响的痕迹，但也是选择了知识分子题材，全书以第一人称“我”（陈十三）叙述，一个在“西远大学”放浪形骸的诗人、学者，“西远大学”的日常带出的是高校学者的日常……但是，徐兆寿是一位学者作家，更是学者写作的代表性

① 王姝：《转型社会与高校知识分子题材创作》，《文学评论》2017 年第 4 期。

人物，他没用仅仅止步于知识分子题材和自己所熟知的高校生活，《鸠摩罗什》对于他本人而言，是有创作转向意义的，或者说是一种重新出发；《鸠摩罗什》对于一直以来的学者偏于高校知识分子题材写作，是有重要标新意义的。越来越多的研究者和评论家已经注意到了学者写作高校生活题材的陷于现实泥淖、表层写作以及高度“同质化”等弊病，洪治纲在评价这些小说时，就曾不无忧虑地指出，“这些作品不仅在故事营构上具有极大的类同性，对高校知识分子形象的塑造也过于脸谱化、戏谑化，而且非常突出地展示了作家们对当今高校教授生存状态及其内心困境的浮浅认识”，他指出了其艺术形象“同质化”的弊病①。其实，不止高校教授艺术形象“同质化”，整个高校知识分子题材的写作，已日趋“同质化”。从这个意义上说，徐兆寿的《鸠摩罗什》对于他自己和整个学者写作小说，都有着破茧的意义。从《荒原问道》对当代知识分子精神世界的叩问，到《鸠摩罗什》对佛教传入和中国古代文化传统的叩问，表现出他在当下知识分子写作当中，主动选择了难度很大的题材、主动面对巨大的写作难度，更显示了当下学者写作的一个新维度和作家突破当下学者写作多局囿在现实境遇书写这一写作瓶颈并且成功挑战的勇气。而且，小说又同时向叩问佛教传统和中国古代文化传统两个维度伸展，这与现代时期以来宗教体验、宗教元素影响作家的写作，又有着天然的不同。

20世纪初现代文学的兴起，宗教文化，包括传统的和外来的，对新文学的创作实践，是有着深远的影响的。新文学初期即出现

---

① 洪治纲：《论新世纪文学的“同质化”倾向》，《中国文学批评》2015年第4期。

了冰心、王统照、叶圣陶、庐隐等渲染“爱的哲学”的创作群体。另一部分现代作家则是在对传统文化的反思中与佛教和道教文化结下了程度不同的因缘，周作人、废名、丰子恺等人的作品中明显弥漫着佛教禅宗宁静淡泊、清幽旷远的人生境地和心绪；鲁迅则是在《长明灯》《祝福》《明天》《在酒楼上》《高老夫子》《肥皂》等一系列小说中来持续揭露道教巫术对人的伤害和道教文化陈腐观念的遗害之深，这种反思时至今日依然有效——郜元宝在《为鲁迅的话下一注脚——〈白鹿原〉重读》（《文学评论》2015 年第 2 期），便是从反思道教文化的角度来重读和重释《白鹿原》的文章。许地山则是同时深受基督教、佛教、道教文化影响并竭力以文学创作阐释宗教文化真谛的突出代表。从艺术取材方面看，现代文学选取有关基督教文化题材的作品偏多一些；取材于佛教文化的现代文学作品数量较少，较为突出的有许地山的《命命鸟》、施蛰存的《鸠摩罗什》以及周作人、废名、俞平伯、丰子恺、夏丏尊等人的佛教禅宗趣味浓郁的作品。举凡涉及宗教人物的，多是散文作品而非小说，如鲁迅的《我的第一个师父》、老舍的《宗月大师》、夏丏尊的《弘一法师之出家》、郁达夫的《记广恰法师》、叶圣陶的《两法师》，等等[1]。可以说，无论哪种宗教文化影响下的现代以来的文学作品，鲜有去叩问宗教传统和古代文化传统的作品，多是演绎为作品中的一段现实的故事、一个人物的命运或者一种精神的内蕴，佛教对于近代以来的作家的影响，就更加多地是一种心境、情思，甚至只是一个微妙玄秘的场景和思绪……而现代佛教刊物刊登的佛教小说，只是因意识到

① 参见刘勇：《中国现代作家的宗教文化情结》，北京师范大学出版社，1998，第 22-29 页。

了以小说来进行弘法工作的便利，影响差不多仅仅局限于佛教界，小说艺术也往往是被忽略的。受梁启超“小说界革命”和新文学影响，现代佛教刊物上发表的佛教小说，文言与白话杂陈，题材内容主要有三类：一是创作小说，二是佛化小说，三是宗教纪实小说。创作小说多反映救国救教和现代普通僧徒的日常生活；佛化小说是专为宣传佛理而作的小说，往往借一个故事，或者托一个寓言来讲一种佛理；宗教纪实小说主题也在于弘扬佛法，宣讲佛理，但在题材上往往取之于佛教历史或佛教经典，刊发的佛教杂志面最广，有的也刊行了单行本。但是现代佛教小说有两个明显的趋向：一是以写论文的方式来写小说，反之也是以小说的文体写论文；二是学习五四以后新文学的特长。但现代佛教小说作者多为佛教中人，对小说艺术的一种基本态度是：“小说只是一种佛法广宣流布的利器，重要的是小说中的佛法，至于小说中的艺术，那是自然之中得之的，不应该由作者刻意铭心去追求。”①由是之故，这类佛教小说，恐也难以纳入现代以来正统的新文学发展谱系当中去考察。

《鸠摩罗什》将取材伸向远离知识分子现实生活题材的佛教高僧大德、伸向古中国的时代文化景况，不仅改变了当下高校学者写作多限于高校知识分子题材的局囿、祛除了现实题材已趋于表层化和模式化写作的嫌疑，而且对于现代时期以来宗教文化影响下的作家创作而言，都是一种续写、改写，具有开创性意义和价值并且毫无疑问会在文学史上留下浓墨重彩的一笔。《鸠摩罗什》叩问古代文化传统，在几个层面展开，一个是在有限的佛教

---

① 参见谭桂林：《现代中国佛教文学史稿》，安徽教育出版社，2015，第354-365页。

方面的书籍，还原佛教传入和与本土文化尤其儒家思想交融的文化传统；一个是还原西部、凉州的古代文化和人文传统。叩问佛教传统和回归古代文化传统的思想，在徐兆寿的内心是酝酿已久的，即便是在他笔力朝向高校知识分子题材、更多先锋文学痕迹的《荒原问道》当中，已经多有流露。《荒原问道》中“我”借洪老师之口说出“该到回归传统的时候了”（321 页），而且“我”致力于讲授孔子以及儒家思想，儒家、佛教之外，道家、墨家还有《易经》等，都在小说当中多有涉及。《荒原问道》封底的那两段话：“整整一年，我无数次地步行十里，一身热汗推开经门，不管贡保活佛在与不在，我都觉得心里充满了温暖与空明的景象。我在佛堂跪拜，然后起来，在阳光下，我翻开佛经，诵读起来。他们用梵语，我则用汉语。直到此世不在，彼世来临。”“然后，在阳光西下时，我再徒步十里，一身热汗推开校门。那时，已是弯月斜挂，星辰点亮。我坐在灯光下，拿起笔，写下永恒的诗行。一个永恒的世界，一个现世之外的世界，矗立于身内。有一盏灯燃于身内，有一炷香，点在心上，有一刹那，有了出世的渴念。”[①]仅仅把《鸠摩罗什》理解为诠释佛教经典和塑造佛教人德的小说，是远远不够的，就像徐兆寿在《一切都有缘起——〈鸠摩罗什〉自序》中所说，他在那个学术传记体的《鸠摩罗什》（2015）写之前，已经“我第一次深入地领会了佛教如何汇入中国文化并成为中国传统文化的一部分”。《鸠摩罗什》就是用小说叙事文本，完整还原鸠摩罗什怎样将大乘佛教传入中国并且与儒家思想合流成为中国传统文化的一部分的。

① 参见徐兆寿：《荒原问道》，作家出版社，2014。

从《鸠摩罗什》这里，我们看到了先锋文学对作家徐兆寿影响的消褪，看到了作为虚构故事文本的小说与文化小说、历史小说的一种交融，看到了古典史传传奇小说文体资源和笔记体小说样式的有效借鉴和一种交融。“如果说我过去写的很多小说、诗歌、散文都是给少数人看的，那么，这本书一定要走向民间。写作的人物也决定了它必须走向普罗大众。”[①]这或许也可以看作是他对自己小说从先锋派影响痕迹更重，到走向和回归传统的一种自觉与主观心理动因。小说还原和塑造了“鸠摩罗什”这样一个伟大和感人的佛教大德形象，同时也呈现了五凉时代的文化盛景。塑造栩栩如生、令人信服的古时佛教经典人物形象，再现古中国西部文化盛况图景的诗性中国形象，对于作家的写作能力——纪实性与虚构性的有效平衡与谐和，是一种艰巨的考验，纪实性是要遵守的，翔实的史料材料是要仔细阅读和借鉴的，但不能让小说止步于系佛教书籍的一种阐释。单纯地进行历史的重现和再现，也并不现实，于是小说作为虚构故事文本的虚构性就显得较为重要，具有了合适合理的虚构性、故事性，自然就有了可读性，作家才能让《鸠摩罗什》为大多数人都能读懂、才能真正走向民间。而且，鸠摩罗什也远非一个佛教人物形象，他身上，寄寓了作家徐兆寿学者的哲思、智性思考和对精神世界的辩难与追问。而《鸠摩罗什》最为感人之处，其中就有作家所作佛教汇入情况下的古中国故事的还原和智性的思考，恰恰又多是在文学性书写维度打开。

---

① 徐兆寿：《一切都有缘起——〈鸠摩罗什〉自序》，载《鸠摩罗什》，作家出版社，2017，第3页，下同。

二、纪实性与虚构性的有效平衡与谐和

叩问文化传统，还原或者部分还原古代的时代盛景和古代文化，虚构出与地域有关的诗性虚构的中国故事、古中国的故事，是当下有些优秀的作家所惯会采用的一个艺术构思和小说叙事的角度和维度。比如，陈河的《甲骨时光》，他把大量的史料穿插在小说的诗性叙述中，诗性虚构出一个民国与殷商时期的中国故事。赵本夫的《天漏邑》，虚构、还原出一个古今天漏村（邑）的中国故事，并且使这个虚构的故事充满诗性的魅力。作家将文字学、考古学、古代文学、天文、地理、历史与天马行空、神秘瑰丽的想象结合在一起，塑造出一个谜一样的天漏村，许多叙事场景真实与虚幻交织，既有纪实性，又有离地三尺的文学性，在一种看似不失写实与纪实的天漏村当下的叙事——主要凭借田野调查、考古发现等手法——之上，与古时天漏邑的战争、民生和日常生活打通，很多片段气势恢宏，神秘悠远[①]。

大量借用和援引古代典籍和纪实性材料，可以说是《甲骨时光》和《天漏邑》共同的特点。比如，陈河凭借《诗经》里的短诗《宛丘》“子之汤兮，宛丘之上兮。洵有情兮，而无望兮”，就塑造出了与贞人大犬相爱的巫女形象，写出了一段最为伤感的爱情。但是细察就会发现，陈河对考古材料的倚重和借鉴，是更加突出和明显的。写作之前，陈河仔细阅读了李济的《安阳》、邦岛男的《殷墟卜辞研究》上下册、陈梦家的《殷墟卜辞综述》、杨宝

① 参见刘艳：《诗性虚构与叙事的先锋性——从赵本夫〈天漏邑〉看中国故事的讲述方式》，《中国文学批评》2017年第4期。

成的《殷墟文化研究》、郭胜强的《董作宾传》，等等[①]。所以你会发现，陈河可以较为自如地打开和展开殷商时期的古中国故事，而且并行的民国时期对甲骨文发现的“中国故事”可以在实际上分担一定的叙事份额和比例，缓解作家书写古中国殷商时期“中国故事”的叙事压力——古中国的诗性形象和诗性中国故事，对于纪实性和虚构性都有着相当的要求。设想一下，如果通篇都是殷商时期的古中国故事，对作家纪实性和虚构性能力，就设置了更大的难度、需要作家作笔力和叙事上的重大调整。而《天漏邑》由于“古天漏村”是作家虚构出的，实际上并不存在完全实存的古天漏村的大量史料和材料，作家赵本夫很智慧地——“将追索天漏邑之谜——还原古天漏邑的诗性中国叙事与追索者的当下叙事以及抗日战争叙事自如嵌套、复杂密织，其中还对抗日战争叙事作了延伸——到抗日战争胜利后、直到祢五常及其弟子们生活的当下——两者在此得以绾合。”[②]也就是说，小说叙事其实主要是宋源、千张子等人的抗日战争叙事及其在抗日战争胜利之后几乎是直到当下的生活叙事的延伸，与之相比占相对较少叙事比重的祢五常及其弟子的当下叙事的嵌套和绾合。一直满怀期望想更多了解古天漏村之古中国故事的读者，其实是对字里行间常常透露出的那个古天漏村充满阅读期待的，但这个阅读期待并没有得到满足，这样的希望与失望，其实是贯穿到小说结尾的。

2018 年 1 月 6 日在北京大学采薇阁的“西部文化的传统与当代书写：徐兆寿长篇小说《鸠摩罗什》研讨会”上，张晓琴曾经

---

① 陈河：《后记·梦境和叠影》，载《甲骨时光》，十月文艺出版社，2016，第 346-349 页。

② 参见刘艳：《诗性虚构与叙事的先锋性——从赵本夫〈天漏邑〉看中国故事的讲述方式》，《中国文学批评》2017 年第 4 期。

介绍小说由原本的两套叙事结构的嵌套——鸠摩罗什和五凉古中国故事与当下“我”和“张志高”故事的嵌套，最终调整为将当下叙事撤出，单独放在小说结尾，以“卷外卷”的形式附上。但她也提到了一条很有价值的史料：由于作家本人不在，她在将文稿发给出版社时，选错了版本，所以令小说在 325–331 页，仍然留了张志高、“我”现在生活一线的痕迹——正好释疑了我在阅读时候的疑问，小说第 325 页到 331 页，有“我”与“张志高”的内容，我读时即觉突兀，但听了她的解释，就清楚了个中缘由。这是一个在再版时很容易解决的错讹。听了这些创作背景资料，我同时也为作家能够作这样的叙事调整感到欣慰。《鸠摩罗什》说到底是要写好鸠摩罗什，那么当下的知识分子生活叙事，就是次要的甚至可有可无的，甚至可以作为创作谈而存在。如果追求叙事的技巧而去反复作叙事的嵌套，实际上会大大影响鸠摩罗什和古中国故事与古代文化传统的生动还原，反而可能会降低小说的可读性和故事性。徐兆寿对叙事结构和叙事策略的调整，是明睿的，也是他从更加呈现先锋精神的叙事，往中国传统史传、传奇小说叙事的一种回归和自觉调整。

即便是采用了合适的叙事结构和叙事策略，《鸠摩罗什》也远没有高校知识分子题材好写。在纪实性与虚构性的有效平衡与谐和方面，难度不小。本来学者写高校知识分子题材可谓轻车熟路，徐兆寿在《荒原问道》中很容易就打开了“西远大学”的平凡日常，其他学者作家写教授生活，差不多也全因对高校现实生活的了解较多。生活积累丰厚，从来就是作家写作相关题材作品的最可靠保障。我曾经指出，当下很多作家写作面对的是他们不熟悉的生活或者说他们不了解故事背后所涉及的人与生活——仅

凭想象、根据新闻素材来闭门造车式“虚构”故事，当然也可以说这样的“虚构”是一种缺乏生活有效积累、比较随意地编造故事的“虚”构。而有的作家能够在面对现实感很强、具纪实性的写作素材时，能够很好地解决纪实与虚构难以调和的矛盾，就是源自作家背后深厚的生活积累[①]。这是像作家刘诗伟能够出离那些作家改编新闻素材成故事易罹患的写作困境的原因，也是如贺享雍那样的基层乡土作家，反而能够最生动真实地写出乡村生活经验，“当下乡土小说的产量也可谓丰厚，为什么贺享雍的乡村志小说就能很好地继承和传承柳青《创业史》那样的文学成就？个人的文学造诣之外，对于乡村生活的熟知、深入、身在其中，是核心和关键的因素”[②]。写熟悉的生活，永远是作家写作的最可靠保障。那么，问题就来了，徐兆寿写《鸠摩罗什》，这一远离他实际现实生活的题材和素材，本身就标示了太大的难度。虽然是鸠摩罗什和五凉时期的古中国故事，同样要在纪实性和虚构性上颇费一番思量。

在准备写作阶段，徐兆寿就阅读了大量的资料，除了已有的积累，他花了几个月的时间阅读佛教方面的书籍，这些书籍、史料和材料，支撑起了他小说纪实性的要素，像后秦皇帝姚兴写给鸠摩罗什的书信《通三世论——咨什法师》，就出自《广弘明集》（325 页），而罗什答姚兴书，名为《答后秦主姚兴书》（331 页），而不久他又收到罗什的《通三世》一稿，看过以后，不停地念着如下几句：“众生历涉三世，其犹循环。过去未来虽无眼对，其

---

① 参见刘艳：《〈南方的秘密〉的“立”与“破”——论刘诗伟〈南方的秘密〉》，《当代作家评论》2018 年第 1 期。

② 参见刘艳：《如何乡村，怎样现实？》，《文艺报》2018 年 1 月 10 日。

理学在，是以圣人寻往以知往，逆数以知来。”他被打动了，想深谙其中佛法的玄秘，就专门去了一趟逍遥园找鸠摩罗什一探究竟（332–335 页）。这种基于史料文字记载的虚构，可能就是《鸠摩罗什》写作题材本身最为需要的一种虚构样式。正因为距离现在久远，在缺乏史料和材料情况下的虚构的写作部分，难度就很大。《一切都有缘起》中讲述了从 2015 年十二万字跨文体著作《鸠摩罗什》——本是学术传记，到大家都能读懂、写给大多数人看的小说的转变。要实现这个转变，必须注意小说艺术自身的要求——注意小说的虚构性、故事性和可读性。这个转变式的写作，就遇到了非常缺少史料和材料的一个时间段——“于是，我重新开始写作。但还存在着一个巨大的困难，这就是鸠摩罗什在凉州的活动，史料少之又少，民间传说也几乎没有。怎么写鸠摩罗什在凉州的十七年呢？”“资料还是极少。”于是，“我做了第二个大胆的决定：虚构鸠摩罗什在凉州的生活，重新呈现五凉时代的文化盛景”，“最后的写作难点便是如何解读鸠摩罗什的两次破戒”，当无以破解这个写作难点的时候，“我开始阅读罗什的一些笔记，阅读他翻译的佛经。当我读完《维摩诘经》时，便有了重新解读他的法门。”“最后的写作难点”，仍然倚重了现存的文字史料资料，当然还内蕴了作家本人对人性心理的理解。鸠摩罗什与阿竭耶末帝的破戒（185–187 页），读来确实生动、真实和达到了令人可以理解的叙事效果。两次破戒的描写，的确显现了作家虚构能力和破解这样一个写作难点的能力。

且不说还有史料和文字记载、民间传说欠缺的部分，就是材料充分的时候，如果一味照录佛教书籍的记载，小说的叙述就会变得乏味和缺少可读性乃至让很多人看不懂，这时候就需要作家

的虚构能力和文学性书写的本领。即便是对佛理的阐释和诠释，徐兆寿也很少作直接的解读和阐释，而是转换成一个个小说的情节、故事，变枯燥的佛理为生动有趣的故事情节。就像评论家张清华所讲，若想实现佛学话语与小说叙述的有效融合，难度很大。由一般的小说叙述话语向有着巨量佛学性质的叙述话语的转换，难度很大①。而我要说，要让佛学叙述话语转变为小说叙述话语，让其变得好读、生动有趣和富有哲理又有启发性，显示了作家徐兆寿极好的虚构能力——虚构故事，但这虚构的故事，又因作家一直扎根西部的生活基础（具体生活的日常，也是需要作家熟悉凉州生活与打开五凉时代日常及民生的虚构和文学性书写的能力）和对史料材料的尊重，而没有蹈入虚妄和面目可疑。小说全篇，似乎都是对佛理与佛教和儒家文化融合的一种诠释，但细心阅读就会发现鸠摩罗什和小说全篇，其实熔铸了徐兆寿作为学者的哲思、智性思考和对精神世界的辩难与追问。

三、学者的哲思、智性思考和对精神世界的辩难与追问

《鸠摩罗什》难道仅仅是为塑造佛教大德鸠摩罗什吗？小说更重要的意义或许在于今天写鸠摩罗什能给当下以什么样的启示和意义。鸠摩罗什是否仅仅是鸠摩罗什，还是他身上也寄寓了作家自己的很多精神思考和内容？果然，徐兆寿在《一切都有缘起》中诉述了自己的心得："今天写鸠摩罗什能给当世什么样的启示呢？说得再大一点，佛教甚至中国传统文化能给今天的人类什么

---

① 2018 年 1 月 6 日在北京大学采薇阁的"西部文化的传统与当代书写：徐兆寿长篇小说《鸠摩罗什》研讨会"上，张清华教授的发言。

样的启示？能解决今天人类精神生活的什么问题？如果没有什么启示，写作便毫无意义。于是，我在小说中引入一条副线，以便让诸君思考这个问题。当然，我只提供我个人思考的样本。”①

在鸠摩罗什身上，寄寓了作家本人很多的思考、辩难与追问——作为学者的哲思、智性思考和对精神世界的辩难与追问。这恐怕也是很多评论家想探寻鸠摩罗什和作家徐兆寿之间关系的问题。舍利弗如何修得天眼通以及鸠摩罗什与那个年轻僧人的辩难。僧人的辩难，还原了一个佛学故事：年轻僧人讲，舍利弗路遇在路上放声大哭的青年，青年说，我的母亲得了不治之症，医生说一定要用修道者的眼珠为药引熬药，母亲吃了病才能好……舍利弗一听，略一思考，便说，我是修道者，我愿意布施一只眼珠给你……青年要舍利弗自己挖下眼珠，当舍利弗用力挖出左眼珠给青年，青年大叫道，谁让你挖左眼了，我母亲的眼睛是右眼，我要的是右眼啊……舍利弗下大力气又把右眼珠挖了出来，递给青年说，这下可以了吧？……这个青年把舍利弗的眼珠放在鼻子上闻了又闻，然后往地上一摔，说，不行……年轻僧人说：青年骂道，你是什么修道的沙门？你的眼珠这么臭气难闻，怎么好煎药给我母亲用呢！他骂过之后，还用脚踩着舍利弗的眼珠……这不只是小罗什所经历的一个年轻僧人所讲佛经的故事，更是作家本人对佛学、对人的精神世界的一种辩难和追问。“众生难度，菩萨心难发”，可能惟有“先重在自身的修行”了。舍得，舍得，“舍”不一定有“得”，而且悯人与助人之心，反而可能招致不可预料的背叛与伤害……作家无法提出现实的解决之道，或许只

① 徐兆寿：《一切都有缘起——〈鸠摩罗什〉自序》，载《鸠摩罗什》，作家出版社，2017，序第4页。

有回到佛学当中才能化解（16–24页）。

《巴米扬拜师》里，法师收猛虎为弟子、度猛虎，吃人猛虎的前世今生于当下，是否也有很多启示？法师说，前一世里，它是一位将军，曾立下赫赫战功，但是，被自己最亲密的战友出卖，说他要图谋造反，本来国王就觉得他战功太显赫，现在一听此说，便立刻将他和他家人及所有亲近的人都杀了，一共三百二十人。死时他立誓，来世一定变作猛虎报仇，加倍复仇。于是，此一世，它便化作猛虎，四处作恶，至今已经吃了很多人，我前几日缚住它时，掐指一算，它已经吃了一百六十人。业报未了，同时，它的恶性已成，还将继续吃下去……然后为它说法，向它开示，让它看看它前世与今世的情景，它必定会有所醒悟……然后法师交待浮陀波利——你就是杀死猛虎前世将军的那位军人，本来也是要堕入地狱的，但你在杀死将军一家人的过程中，目睹了宫廷的残酷，便在上一世就出家为僧，一心拯救自己的灵魂。然后法师交待他，今天降服猛虎，其实我就在等你。也只有你为它说法，开示它，它才会真正收服其心，一心吃素，来生求得解脱……几十年之后，当罗什在夕阳中听到一声呼唤，便莫名地向着西方张望寻找时——他看见一只猛虎在夕阳中向东张望，目光已温柔无比，早已脱去野兽的凶猛，像一位兄弟。他伸出手，想拍拍它宽阔的额头（38–47页）。

《度化墨姑》对墨姑和罗什前世今生的探求，“做善事，信佛法，供养佛”，虽然看似是在阐释一种佛法和义理，实际上对于当世的芸芸众生如何重拾信仰、向善而为，都有着深刻的思考和启示意义（166–179页）。“佛教甚至中国传统文化能给今天的人类什么样的启示？”“于是，我在小说中引入一条副线，以便让读者诸君思考这个问题”。所谓的“副线”，其实亦是鸠摩罗什寄寓了作家学者的哲思、智性思考和对精神世界的辩难与追问的另一种表达方式而已。《鸠摩罗什》是记录高僧罗什的一生和他所行传入佛教、宣讲佛法和毕生修行的故事，但从头到尾，托物言志、托人言志，无不内蕴了作家徐兆寿作为学者的哲思、智性思考和对精神世界的辩难与追问。

四、古中国故事的还原和智性思考在文学性书写维度打开

2018 年 1 月 6 日，在北京大学采薇阁的“西部文化的传统与当代书写：徐兆寿长篇小说《鸠摩罗什》研讨会”开始前夕，我在会场附近偶遇作家本人，寒暄之后，我特别讲到的一句也是这个小说最打动人的地方之一，恰恰就在于它文学性书写的层面——古中国西部故事的还原和有关佛教、古代文化传统的智性思考，多在文学性书写的维度打开。徐兆寿在《一切都有缘起》中也特地讲过，“2015 年秋天时，我终于完成了十二万字的跨文体著作《鸠摩罗什》，里面有故事，有学术随笔，有诗歌，也有学术考证……但有两件事改变了我”（省略号为笔者所加），一件是给他家做饭的杜姐说，“很好啊，我看着都想出家了”，但同时她又说“有很多看不懂”；一件是“最早的时候，我是把这本书作为一本学术传记来写的，只是给少部分人看的，但与杜姐交流完的那天夜里，我睡不着，便翻看《妙法莲华经》，第二天清晨六点左右，我放下那部佛经时，做了一个大胆的决定，我要重新去写，要让大多数人能读懂。这才是方便法门”。徐兆寿的结论是：“如果说我过去写的很多小说、诗歌、散文都是给少数

人看的，那么，这本书一定要走向民间。写作的人物也决定了它必须走向普罗大众。”①

为了这个写作的执念和叙事动因，徐兆寿对于整个小说的叙事结构、叙事策略和如何形成有因果链的情节，肯定都重新作了考量。这无疑意味着先锋派文学影响痕退的消褪和写作手法上向传统的自觉回归。而且，关于古中国西部故事的还原和有关佛教、古代文化传统的智性思考，只有更多地在文学性书写维度打开和呈现，小说才具有更好的、更广泛的吸引力，枯燥的说教是行之不远的，不会有人流连于缺乏故事性、可读性和文学性的小说文本。

苻坚迎战慕容冲之时，对于当年他将十二岁慕容冲和十四岁清河公主双双带进宫来的回忆，很有将明清古典英雄传奇的文体资源加以借鉴、继承和转化的影子，但又不仅仅停留在古典传奇小说以情节胜出的层面，文学性书写的笔触直接细致入微进入了人物的心理层面，“很多年之后，她始终不明白，就是那一刹那，改变了她全部的心境与命运。她真心喜欢上了他，而他也喜欢上了面前这位青春才发芽的少女。这种变态的心境使他长期无法自我解读，但他知道，面前这位少女彻底地占有了他。他对皇后和其他妃嫔竟然视若无睹”。（163–165 页）《度化墨姑》一节对罗什度化墨姑的描写，也以文学性书写维度取胜。《罗什破戒》（180–189 页）也笔力细腻深致，对场景描写掌控有度，对人性心理的描写入情入理。《八怪之殇》一节，作家充分展开了文学性的想象和呈现文学性书写的维度（231–239 页）。《天梯山悟道》

① 徐兆寿：《一切都有缘起——〈鸠摩罗什〉自序》，载《鸠摩罗什》，作家出版社，2017，序第 3 页。

对于罗什等人在寡妇村一段经历的描写，颇有《西游记》“女儿国”一段的韵致和意趣，恍然间，让人误以为读的是古典小说中的段落（265–281 页），等等。小说《鸠摩罗什》以情节取胜——中国传统小说的一个典型特征，以故事性、可读性引人入胜。

即便是小说虚构的部分，也往往有来自作家平素生活积累的方面。文学性的书写，同样要在平素的生活积累和作家自身的文学造诣双向呈现和打开。《客在凉州》一卷中，“阿竭耶末帝一听，好奇地问道，什么是行面和转百刀？”：

> 下人说，行面就是前一天要把面和好，或者是今天上午就要把面和好，再把面放到暖和一些的地方行（醒）好，然后到中午时就可以拉成很精很精的面，做得好一些，一条面就可以盛一碗，拌上酸汤臊子，很香的，我们这边招待人都是这个。如果在定亲时，男方家里就要看女方能不能做行面，做得怎么样，做得好，基本上就行了，做得不好，男方可能就会给媒人说不行的话了。所以行面就是定亲的面，是鉴定女儿家能不能嫁出去的手艺活了。转百刀面则是把面和好，到吃的时候才切，把面先切成一半，放到一起再切一半，将它们都合起来，沿着边缘来切成细细的小拇指长的面条，煮熟后拌上做好的菜，或酸汤臊子，可香了。我们这里的人大多都是种田的，若苦了一上午，中午能吃一顿酸酸的转百刀面，则犹如神仙一样。
>
> 罗什听得笑了起来，说道，凉州果然是好地方，连吃的都这么考究。我中午要到将军府上去吃，你中午就

给公主做行面吧，晚上你做顿转百刀我尝尝。[①]

读到这里，不仅会为这日常细节所透出的文学性，备觉饶有趣味，而且会不由得感叹这一句，“凉州果然是好地方，连吃的都这么考究”，这哪里是鸠摩罗什的话，分明就是作家徐兆寿本人的心里话，作家如果平素缺乏对日常生活的细致观察和缺乏对凉州饮食嫁娶等民风民俗的了解，恐无以提供这样真实、生动的生活细节，虚构五凉时期鸠摩罗什在凉州十七年的生活，断然离不开对当下凉州生活日常的观察、了解和积累。而风景描写，更是小说文学性书写打开的一个层面和维度：“罗什看见这里的植被基本上与龟兹的差不多，而且胡杨树很多，此时正好是胡杨林最好看的时候。 ·片片胡杨与一片片秋水相遇，分外美妙。一路上到处都是农人们在放牧牛羊，有些还骑着驴和骡子。天空中盘旋着巨大的鹰，时而俯冲下来，像是看见了地上的某个猎物一样，但又刹那间盘旋而上，直到高天上，成为一个虚无的小黑点。”（206页）这样的风景，恐怕是古时的凉州和今日的凉州都会有的吧？

前面已经讲过，《鸠摩罗什》内蕴了作家徐兆寿作为学者的哲思、智性思考和对精神世界的辩难与追问。但这一切，不是仅仅和简单停留在佛教教义和佛法的枯燥宣讲上，作家都是作了文学性的叙事转换，而这一切文学性的叙事转换，都让小说远远超越了学术还原佛教文化和古代文化传统的层面，让徐兆寿的新长篇能够从以前写作只是“给少数人看的”，到“这本书一定要走向民间。写作的人物也决定了它必须走向普罗大众”——实现这

① 徐兆寿：《鸠摩罗什》，作家出版社，2017，第224页。

一叙事动因和叙事目的的转换。《鸠摩罗什》在学者写作层面、在佛教文化影响之下的小说写作层面，它的价值和意义目前看来都是独一无二的，而把它放到新文学发展的谱系当中去看，就更加能够发现这个小说的意义和价值，走向民间和进入文学史，是这个小说价值的真正体现。

第五节　家族叙事破译黄冈文化精神密码

——论刘醒龙的长篇小说《黄冈秘卷》

《当代·长篇小说选刊》2018 年第 2 期刊发了刘醒龙新长篇小说《黄冈秘卷》，《长篇小说选刊》2018 年第 4 期转载，并配发了刘琼的“《黄冈秘卷》同期评论”《以父之名，或向父亲致敬——从〈黄冈秘卷〉透视刘醒龙》——这是目前可见的较好的一篇《黄冈秘卷》的评论，不乏精彩的洞见，然遗憾篇幅所限，仍有言未尽意之处。2018 年 7 月，《黄冈秘卷》单行本由湖南文艺出版社出版发行。茅盾文学奖得主刘醒龙，一直是一位具有较为浓厚的历史意识、比较强烈的现实关怀，并且在题材和叙事上具有不断地自我超越意识的作家。早期《凤凰琴》《挑担茶叶上北京》等，既包蕴了他对中国社会转型过程中问题的思考，也是他将目光投注在故乡题材的写作，加之《分享艰难》等作品，使他成为 20 世纪 90 年代“新现实主义冲击波”中的代表作家。《圣天门口》《天行者》等具有较强的历史意识和现实关怀，有着繁富审美追求的《圣天门口》是“从革命的逻辑、传统文化与个体终极关怀价值等三个角度来反思现代革命”[①]。但如果没有故乡赋予的乡村经验，他恐怕不能完成《天行者》这部“零距离描绘中国乡村教育现实”的荣获“茅盾文学奖”的力作。上海文艺出版社 2014 年出版的《蟠虺》，则是驻笔国之重器、透视学界纠葛的现实力作：“它围绕着绝世精品曾侯乙尊盘的真伪之辨，在学界泰斗、政商名流、江湖大盗等各色人等的重重纠葛中，将浓厚的历史意识和强烈的现实关怀融为一体，展示了远古青铜重器中所蕴含的传统文化人格，及其与一群当代学人之间的心灵共振关系。”[②]

一、故乡书写与家族叙事

《蟠虺》中有着对传统文化人格加以赋形和重塑的作家主体的强烈的艺术诉求，历史意识、现实关怀和传统文化的缅怀都是清晰可见的。诗性正义、君子之风、守诚求真等，都让小说散发出熠熠生辉的精神品相。但与《黄冈秘卷》相比，还是后者笔力更加从容，从叙事结构到具体的细节描写，尤其是物事人情，只要进入黄冈和大别山的细部，刘醒龙的笔锋游走便宛若游龙，自在自如，似乎全然直觉行事。就像刘醒龙在《黄冈秘卷》后记中写道：“写《黄冈秘卷》，不需要有太多想法，处处随着直觉的性子就行。全书终了，再补写后记，才明白那所谓的直觉，分明是我对以黄州为中心的家乡原野的又一场害羞。”这种随着直觉的性子就行的写法，恐怕只有面对自己最为熟悉的故乡、生他养

① 周新民：《近二十年长篇小说乡村现代性叙事规范的拆解》，《文学评论》2013 年第 5 期。

② 洪治纲：《传统文化人格的凭吊与重塑——论刘醒龙的长篇小说〈蟠虺〉》，《文学评论》2014 年第 6 期。

他的地方进行书写时候才能够达到这样的自如和自觉。刘琼说："从《凤凰琴》到《黄冈秘卷》，刘醒龙完成了个人创作地理学层面的出发和回归——从故乡出发并回到故乡，从技术表达层面，也坚持了现实题材创作的一贯性。"

其实不只如此，从1984年发表小说处女作以来，刘醒龙的小说题材很多都是取自鄂东、大别山那片土地人情物事，即使不是故乡书写，也离不开故乡赋予他的艺术底蕴和写作视角。刘醒龙故乡鄂东，那里有苍茫雄浑抛洒无尽英雄热血的大别山脉，"故乡的山山水水、历史沧桑、民情风俗，都给他日后成为一个优秀作家积淀了厚重而轻灵、素朴而雄奇、现实而浪漫的艺术底蕴"，在他的创作历程当中，"无论外在的生活环境发生了怎样的变化，刘醒龙的小说题材大都离不开大别山那片沉雄奇瑰的土地，即使是写现代都市题材小说，他也总是无法割舍传统乡村的视角，以此作为批判现代都市异化病的精神资源"，"即使身在城市，他的心也还是在故乡的大别山区游荡着，作为大别山之子，只有那里才是他精神的故乡"。①

《黄冈秘卷》比此前的《蟠虺》更加从容不迫，信手拈来，与他再度回到了地域的故乡和精神的故乡的书写有关。其实不仅是对刘醒龙有着个人创作地理学的意义，故乡对于一个作家气质的养成的重要性毋庸讳言，与故乡相关联的，有着作家童年经验与地域性特征的民生、日常、风情、宗教、文化等的种种，这些，都是作家取之不尽、用之不竭的创作源泉。苏童在《创作，我们为什么要拜访童年？》中，曾经讲过童年经验对于作家而言，是"回

---

① 李遇春：《庄严与吊诡——刘醒龙和他的长篇小说〈圣天门口〉》，载《走向实证的文学批评》，广东人民出版社，2014，第283页。

头一望，带领着大批的读者一脚跨过了现实，一起去暗处寻找，试图带领读者在一个最不可能的空间里抵达生活的真相”[①]。“香椿树街”和“枫杨树乡”是苏童“作品中两个地理标签”，无不散发着他故乡的地域性特征和精神韵致。贾平凹最新长篇小说《山本》，作为一部“秦岭志”，似乎走出了棣花镇和商州，其实还是一个故乡题材的写作。2018 年 5 月 13 日，在北京师范大学国际写作中心召开了“高密东北乡的归去来辞：莫言新作研讨会”。很清楚可以看到，讨论的主旨是“高密东北乡的归去来辞”——从故乡出发，再度回到故乡的写作。《收获》2017 年第 5 期莫言的三个新短篇《左镰》《地主的眼神》《斗士》，构筑起“故乡人事”小说序列，堪称佳作，有一个重要的原因是莫言又回到了“高密东北乡”这块土地和童年记忆上，是一种对于过去的乡村记忆的复原和保存，较之他此前汪洋恣肆、纵横驰骋的文风——以及形成一种所谓的感觉的象征世界，显得书写较为节制，更加收放自如，也更讲究运笔的精到和洗练。《人民文学》2017 年第 9 期的《锦衣》，作为“戏曲文学剧本”，可以看到他对故乡地方戏曲的继承和化用，等等。总而言之，对于一个作家而言，一旦回到了故乡的题材写作上，他就挣脱了一切的束缚和羁绊，不会再有缺乏生活积累和生活经验的写作瓶颈与困难的问题。

《黄冈秘卷》真正回到了故乡书写，而且是家族叙事上：“《黄冈秘卷》将笔触深入到历史和人性深处，通过一个家族数代人的命运变幻，以一个奉行有理想成大事的老十哥刘声志和一个坚信

① 苏童：《创作，我们为什么要拜访童年？》，小说月报微信公号《我们为什么要拜访消失的童年》【小说公会】2014 年 8 月 3 日；摘自《中国比较文学》2012 年第 4 期。

有计谋成功业的老十一刘声智之间的恩怨纠葛为主要情节，揭示了黄冈人的独特性格和黄冈文化的独特气韵。”[①]《黄冈秘卷》不必再像刘醒龙此前的乡土小说或者说新乡土小说那样，此前的故乡书写尚要将故事和故事的主人公安置在并未突出就是“黄冈”的乡村的土地上。《黄冈秘卷》讲述的就是一辈子生活在故乡黄冈的父亲、母亲、十一伯、老十八、王朤伯伯、慕容老师，还有由父亲母亲所关及的兄弟姐妹儿孙辈、父亲的初恋情人海棠、海棠的表姐海若（“哑女”）、老十一的第六任妻子紫貂，以及“我”的蓝颜知己少川与她的女儿北童等人的故事，而且故事还上溯到曾是苦婆的曾祖母和曾为乡村织布师的祖父那里……《黄冈秘卷》可以清晰明白地昭告，这就是作家家乡黄冈地域上发生的故事，就是“我们的父亲”“母亲”和“我”、“我们”的故事。“母亲的老家麻城和父亲的老家黄冈，说是两个县，相隔并不远，在过去县界也是连着”，“虽然隔得不远，日常说话却是两个语系”，“我们的父亲从不学别人的话，走到哪里都是一口黄冈方言。母亲虽然努力了很多年，仍然不能将自己的麻城口音彻底地黄冈化。但是有一点例外，只要是父亲说过的话，母亲一定会模仿得惟妙惟肖”。不只是说话，这似乎也是“我们的父亲”和母亲在他们家庭当中的地位和关系的喻征，所有的次要叙事、副线叙事，其实都是在“我们的父亲”刘声志和母亲、在刘家大垸与“我们的父亲”同一天出生却性格迥异的老十一刘声智等人所形成的家族叙事的基础上，展开或者说形成旁枝陪衬的。而文中不断出现黄冈地区方言：嘿罗乎（很多）、嘿

① 徐颖：《刘醒龙和〈黄冈秘卷〉：嘿乎嘿的秘密与解密》，《楚天都市报》2018年7月24日。

乎嘿（比很多更多）、嘿罗乎嘿（更多）、不嘿乎（不多，或不咋地）、不罗嘿乎（语气更强的不咋地）……方言已经沁入了小说人物形象以及情节的肌理，别有意味。

回到故乡和家族叙事的文学书写，不是刘醒龙的突发奇想之作。在此前，刘醒龙在随笔《像诗一样疼痛》中，开篇便是："一个人无论走多远，乡土都是仍然要走下去的求索之路。""一个人学识再渊博，乡土都是每时每刻都要打开重新温习的传世经典。""一个人生命有长短，乡土都是其懿德的前世今生。"[①]而在《在记忆中生长》当中，刘醒龙不仅点出："依一个人的血脉所系，乡村老家理所当然只能在黄冈。"在这篇随笔里，他讲述了爷爷年轻的时候在"那户很久以来一直被人称为地主的人家"林家当了八年专事织布的雇工，林家"那个头上长有瘌痢的少年，像后来统率千军万马那样领着一群胆大妄为的孩子，砸了回龙山上那座庙里的菩萨"，"十几年后，随小儿子统帅的大军一道进入北京城，开始颐养天年的林家当家人，还记得爷爷，专门托人带信，要爷爷去北京，仍旧在林家做事。曾与爷爷一起在林家的另一位雇工去了。几年后，退役回乡，享受副营职待遇。爷爷没有去，但他一直判断，其实是林家当家人在北京过得没趣，想让他去陪着说说话什么的"。[②]凡此种种，都被刘醒龙在《黄冈秘卷》当中拉入取景框，演绎为更加生动细致的小说细节和情节。

而且，《黄冈秘卷》提供了一个正向生长的故乡书写和家族叙事，呈现出与那些启蒙理性目光观照之下的故乡书写不一样

① 刘醒龙：《像诗一样疼痛》，载《一滴水有多深》，地震出版社，2014，第183页。

② 刘醒龙：《在记忆中生长》，载《一滴水有多深》，地震出版社，2014，第207、208–209页。

的小说文本。与中国现代文学、当代文学里绵延而来的那些以批判封建专制或者重估传统文化等精神旨归都不一样的家族叙事形式，围绕“我们的父亲”的家族叙事，与20世纪90年代以来的“新革命英雄传奇”当中的父亲叙事和家族叙事也构成一种互补或者说对照关系。现代文学小说最早的故乡书写（其中家族叙事可见却未展开）可能要追溯到鲁迅的《故乡》，启蒙理性、国民性批判和反思以及象征主义的因素都很明显，以至于连作家毕飞宇都说《故乡》的“基础体温”是“冷”：“不是动态的、北风呼啸的那种冷，是寂静的、天寒地冻的那种冷”。[①] 巴金的《家》（1931）中那个高老太爷的父亲形象，是封建大家族的最高统治者，专横、衰老而腐朽，被认为是象征着旧家庭和封建专制制度必将走向崩溃的历史命运。虽然直接写高老太爷的章节不多，但他像一个无处不在的幽灵，直接或间接导致了一系列悲剧事件。20世纪30年代的经典话剧曹禺的《雷雨》，那个父亲形象周朴园也是浓厚封建色彩的资产阶级家庭的家长的象征，是一切罪恶的渊薮。当代陈忠实的《白鹿原》，主要是通过白嘉轩和朱先生两个人物形象的塑造，通过白、鹿两个家族的叙事，来表现乡村传统伦理价值历经风云变幻依然具有稳定性，小说可以说是重估中国传统文化思潮的产物。但刘醒龙的《黄冈秘卷》显然不是在做这样的家族叙事。兴于20世纪90年代中后期、到21世纪更加蔚为大观的“新革命英雄传奇”小说里，就有石钟山的《激情燃烧的岁月》，曾经热播的电视剧是以石钟山的“父亲”系列小说作为创作的基础的：四部中篇小说《父亲进城》《父母离婚记》《父亲离休》《父

---

① 毕飞宇：《什么是故乡？——读鲁迅先生的〈故乡〉》，载《小说课》，人民文学出版社，2017，第89页。

亲和他的警卫员》以及《幸福像花样灿烂》。与《激情燃烧的岁月》中的军人革命的历史和军人题材不同，《黄冈秘卷》中的父亲虽然也有现代革命的历史，也是离休干部，但是“我们的父亲”在1949年之后当过几个区的区长，最后是在物资局离休，王朤伯伯则是在供销社。《黄冈秘卷》是把对故乡的深情书写和“贤良方正”的故乡风范与父辈品格熔铸在了一起，可以说这是此前中国现当代文学中通过家族叙事所进行的故乡书写里所罕见的一种小说样式和体式。

《黄冈秘卷》的现实感很强，显示了作家炽热的现实关怀，与故乡密切关联，采用“我”的家族叙事的形式，可以调动作家本人的个人记忆和个人经验的丰厚积累，更加具备令小说活色生姿的条件。但是，小说毕竟是虚构故事的文本，怎样在现实性书写当中葆有足够的文学性观照的能力和虚构故事的能力，是作家所需要面对和解决的。刘醒龙在叙事结构和叙事策略等很多方面，都花费了心思。比如，“《黄冈秘卷》是以‘我们的祖父’‘我们的父亲’‘我们’这样的自述方式呈现，对父亲‘老十哥’的笔墨倾注了很深的感情”。这很容易让人想到这个形象会不会是以作家父亲为原型进行创作的？刘醒龙本人的回答，恰好也是我阅读《黄冈秘卷》时候的真实感受：“这个问题无法用‘是’与‘不是’来回答。我不能说‘是’，那样就容易被误解为自传体，这当然不是我的初衷，也与写作的真实不符。但我也不能说‘不是’的，小说中不少细节，真切地发生在我父亲及他的家庭与社会生活当中。”所以，作家刘醒龙“我实验性地使用了‘我们的祖父’‘我们的父亲’这一新的人称。从词意上看，‘我们’既可以是特定的几个人，也可以是很多人。我自己的用意，也不只是简单写祖父和父亲，而是由他们蔓延到上几代人可以统称的父辈。”①——巧用了“我们的祖父”“我们的父亲”，可以脱离自己祖父和父亲的唯一性、个别性，而上升和辐衍到父辈们的故事那里；而小说中很多的细节，其鲜活和具体，恐怕是真切地来自作家父亲及其家庭和社会生活当中。现实题材的小说能在这样的拥有创作主体的自我意识和自觉当中，将写实、纪实与虚构性、故事性加以调节、调适自如，作家主体与小说叙事之间距离感适度，未曾由于距离现实过近而呈现一种局促和压抑、焦虑感，或者因现实的扑面而来乃至峻切而过于紧绷，也是难得。

二、地方文化记忆与历史叙事

故乡书写和家族叙事，不只从一回到巴河藕汤、刘家大垸、南门大桥等，以及一回到对父亲、母亲的家庭生活场景的描写，小说家的笔触就游走自如而体现出来，也不只体现在小说既亲切自然又散发出黄冈浓郁地方特色气息和黄冈独有的物事人情等。而且，通过小说中要续修《刘氏家志》的副线，《黄冈秘卷》围绕“我们的祖父”“我们的父亲”，书写了远至1925年之前的刘家大垸的家族历史和其所关涉的黄冈地方历史，“被我们叫作伯的生身父亲生于一九二五年农历八月二十二日寒露节”。但是，刘醒龙其意是在写出一段历史？确切地说，他目的在于进行一段历史叙事吗？虽然他的小说素多蕴含较为浓厚的历史意识，尤其像《圣天门口》《蟠虺》这样的长篇小说，《黄冈秘卷》虽然也

① 刘醒龙语，参见徐颖：《刘醒龙和〈黄冈秘卷〉：嘿乎嘿的秘密与解密》，《楚天都市报》2018年7月24日。

映射出了1949年以来刘家大垸和黄冈的历史，但在我看来，这个小说更是在书写黄冈地方文化记忆。小说塑造“我们的父亲”刘声志是小说头号主人公，他是一个什么样的人物形象呢？小说中说：“老十哥从发出人生第一声开始，就注定了这一辈子是个没有心机、宁信忠勇不信计谋的堂堂正正的男人命运。”

刘醒龙是用了最大的诚意和力道，在“我们的父亲”刘声志身上，通过他一生命运的跌宕起伏，破译和诠释黄冈文化精神密码，诠释地方文化记忆中最有力道的一个词“贤良方正”。刘醒龙在《黄冈秘卷》创作谈《贤良方正即是》里说：“写《黄冈秘卷》时，我一直在心里惦记着‘贤良方正’这个词。‘贤良方正’的出现，正是对应爷爷说过‘黄冈人当不了奸臣，自古至今黄冈一带从没有出过奸臣’的那话。贤良方正的黄州一带，的确与众不同。从古至今，贤心贵体的君子出了许多，却不曾有过十恶不赦的大坏蛋。从杜牧到王禹偁再到苏东坡，浩然硕贤总是要以某种简单明了的方式流传。如果没有想起小时候听爷爷说过的这句话，大概就不会有这部小说了。”

我甚至可以说，《黄冈秘卷》其意更在书写黄冈地方文化记忆，而不是重点在历史叙事。刘醒龙所作的故乡书写和家族叙事，主要目的不是为呈现“历史”，而是为赋形黄冈地方文化记忆。这牵涉文学批评的两个重要概念：文化记忆、历史叙事。“文化记忆”的概念来自德国的扬·阿斯曼教授。从个体记忆、集体记忆到国家记忆，这个概念的广泛内涵引起了人们广泛的兴趣，开始从各个方面进一步拓展“文化记忆”的潜力。文化记忆可能是一种精神形式，也可能是仪式、图像、建筑物、博物馆的展品等实践活动方式或者实物保存方式。当然，文化记忆包括了历史叙事。评论家南帆专门撰文分析文化记忆与历史叙事及其与文学批评的关系问题，他在以往“人们更多地意识到二者之间诸多共同之处，例如回顾往昔，或者追求真实。事实上，文化记忆与历史叙事均是主体不可或缺的组成部分”之外，试图拆解文化记忆与历史叙事。在南帆看来：社会历史批评学派始终是文学批评的一个重镇。尽管如此，不同的批评家心目中，“历史”的含义存在种种差异。一些批评家关注作品显现的历史内容，包括这种历史环境之中的人物性格，他们力图证明作品是某一个时期历史的“镜子”；一些批评家擅长分析作家置身的历史环境，考察这种历史环境赋予文学何种想象力，一部如此奇异的作品为什么会在这种历史环境之中诞生；还有一些批评家的兴趣转向了读者……显然，历史环境同时塑造了读者[①]。南帆预言，如果炙手可热的“文化记忆”取代“历史”一词，文学批评不得不大面积地调整这些观念。在既往认可文化记忆与历史叙事互换结构的同时，南帆一直在思考的是理论可否澄清与描述其差异。而他得到的启示源于词汇的语义分析。他意识到，“记忆”是一个词组，“记”与“忆”可以拆开考察，二者存在微妙的差别。前者通常为 remember，后者通常为 memory 或者 recall。汉语使用之中，“记”与“忆”的差距可以显示得更为清楚——许多“忆”的使用不能替换为“记”。“忆秦娥”或者“忆江南”不可改为“记秦娥”与“记江南”。“记”必须精确、翔实、客观，不可由于各种原因而虚构或者删减各种情节；“忆”同样力求真实，但由于个体情感的介入——回忆可能篡改真实。回忆可能“真诚”地扩大或者缩小某些事实，

① 南帆：《文化记忆、历史叙事与文学批评》，《文学报》2018 年 6 月 28 日，第 18 版。

甚至按照某种意愿重构乃至虚构若干相关情节。在南帆看来，历史话语显然注重“记”，文学话语显然注重“忆”。南帆的用意是，对于文学批评来说，区分历史叙事与文化记忆的意义是，可以更为精确地使用“历史”这个概念。正如南帆所说：“文学话语可能证实历史话语，也可能某种程度地证伪历史话语。对于‘历史’而言，二者的对话关系构成了历史连续性的丰富理解。”①

由南帆的分析，我们进一步要指出的是，《黄冈秘卷》中，有历史的呈现的内容，如苦婆曾祖母养育了祖父，祖父为织布师及与林家大垸的交情，林家大垸参加了革命的小儿子；父亲认识了黄州旧政权显贵的女儿海棠，以及在海棠表姐海若所写字条的提醒下救了五大队的司令员，是1949年之前的一段历史；20世纪60年代初，父亲、母亲和我们所遭受的饥馑，吃无油无盐的野芹菜以致闻到野芹菜的味道就要呕吐；特殊历史时期，“我们的父亲”及慕容老师等人的遭际；而1949年之后父亲当区长，抗洪救灾，后来在物资局离休，经历20世纪90年代以来社会生活的种种变化，都是对现代、当代历史的呈现。但是，如果刻意考察《黄冈秘卷》所显现的历史内容，那么“历史”一词可能遇到某种障碍。当然也不能把《黄冈秘卷》形容为某一个时期历史的“镜子”。就像南帆说的：“历史叙事的注视焦点往往是社会的各种重大领域，只有真正撼动社会发展的大事件才能纳入‘历史’的范畴。”“文学批评必须承认，文学的意义显现为‘人生’的完整而不是‘历史’的完整。正如‘记’与‘历史’互为表里，

① 南帆：《文化记忆、历史叙事与文学批评》，《文学报》2018年6月28日，第18版。

‘忆’显然与‘人生’的范畴遥相呼应。”[①]刘醒龙《黄冈秘卷》虽然有着明显的历史意识，但是作家所关注的是“忆”的内容，诉述的是“人生”的范畴。

熟悉刘醒龙的创作就会知道，《黄冈秘卷》中的历史叙事，与此前他的一部长篇代表作《圣天门口》是那么地不同。《圣天门口》小说写了从20世纪初的辛亥革命到六七十年代大别山大半个世纪的历史风云和时代沧桑，很多研究者和评论家都注意到了《圣天门口》的历史叙事和这个小说与新历史主义思潮的关系。有学者曾说：“对于时下方兴未艾的新历史小说大潮而言，刘醒龙的长篇小说《圣天门口》贡献了一部将来会被证明是无法替代的文本。”“《圣天门口》既吸取了前人或侪辈的新历史叙事的艺术经验，又在题材的规模和视野的综合上作出了新的探索。”“刘醒龙其实是在神性与人性的双重视野中书写了一部二十世纪中国社会大变动的秘史”。[②]《黄冈秘卷》虽也有鲜明的历史意识，但小说的历史叙事是让位于文化记忆，确切说是黄冈地方文化记忆的生成的。将“忆”从“记”的语义背后解放出来，可以为批评家提供另一种异于历史叙事的文学分析范式；而刘醒龙的长篇小说《黄冈秘卷》所进行的也恰恰是一种将“忆”从“记”的语义背后解放出来，地方文化记忆的缅怀和复活。而我们应尤为重视的是，《黄冈秘卷》所解放出的“忆”，有着新历史主义的元素，但与《圣天门口》的新历史主义叙事相比已经发生了很大的变化。

---

① 南帆：《文化记忆、历史叙事与文学批评》，《文学报》2018年6月28日，第18版。

② 李遇春：《庄严与吊诡——刘醒龙和他的长篇小说〈圣天门口〉》，载《走向实证的文学批评》，广东人民出版社，2014，第285页。

三、富有包容性的现实主义叙事策略及其可能性

较之从前的《圣天门口》，《黄冈秘卷》虽然也还葆有一些新历史主义写作的特征，但现实感明显更重，刘琼意识到刘醒龙“他把现实当作一块丰满的肌肉，向现实的肌肉里注射了大剂量的主体意识，塑造了他理想中的人格和形象，比如君子形象和君子人格”。她想到了用“主观现实主义”来称谓刘醒龙的写法，并联想到了刘醒龙《黄冈秘卷》与胡风和七月派的创作，当然，胡风也是黄冈人。她说：“取材现实的书写，不一定就是现实主义，这里有复杂的文学重构问题需要解决。取材现实的刘醒龙，从一开始就不像爬山虎一样趴在现实的表层亦步亦趋，而是像凌霄花一样，借助现实的筋骨向上向外，伺机开出艳丽的花朵。”①

要知道，胡风和七月派诗人，他们的生活态度和创作实践是统一的，首先，他们反对亦步亦趋地“琐碎地”描摹“生活现象本身”，而主张凭借正确地把握历史的力量，“突入生活”，从生活现象突进、深入生活的底蕴，从客观对象具体形态中开掘出内在的深广的历史社会内容，创造出包含着个别对象，又比个别对象深广的、更强烈地反映了历史内容的（甚至比现实更高的）艺术形象。其次，他们反对冷漠地摹写生活，而主张以诗人的人格、情感、血肉、审美趣味强烈地渗透到客观对象中，达到主客观的互相拥抱、融合……② 在《黄冈秘卷》里，刘醒龙大力塑造他理想中的人格和形象“我们的父亲”老十哥刘声志，将君子形

① 刘琼：《以父之名，或向父亲致敬——从〈黄冈秘卷〉透视刘醒龙》，《长篇小说选刊》2018 年第 4 期。

② 参见钱理群、温儒敏、吴福辉著：《中国现代文学三十年》（修订本），北京大学出版社，1998，第 574–575 页。

象和君子人格注入其中，这的确与胡风和七月派诗人的主观拥抱生活形神俱似。“《组织史》”在老十哥的生命中意义非同一般，当年他接受了组织的考验带人去逮捕了海棠的父亲，与海棠分手娶了我们的母亲，成家后又很少照顾家人，总是那句：“组织更需要我！”为人处事，“但我们的父亲和王朋伯伯凡事肯定只用正面强攻，不屑于任何阴谋诡计”。凡此种种在塑造理想人格形象方面的用力，将其称为“主观现实主义”，一点也不为过。

但是，《黄冈秘卷》的确是现实感很强，而且也是现实主义的作品。不仅仅是因为小说的取材现实，小说的主体叙事更是现实主义无遗。它的故乡书写和家族叙事有着较强的历史感，但却不是传统意义上的历史叙事，小说重在地方文化记忆的复活和赋形。新历史主义的元素，较之《圣天门口》已经有大幅度的减弱。南帆曾讲：“对于再现历史的‘宏大叙事’来说，某个人物脸颊的一颗痣、桌子上的一道裂纹或者路面随风盘旋的落叶会不会是一种累赘——文学奉献的那些琐碎细节会不会成为一种干扰性的遮蔽？”[①]其实也是在担心新历史主义叙事的过度化所带来的遮蔽和偏离，在刘醒龙《黄冈秘卷》里，这样的担心成为多余。刘醒龙现实主义的叙事主线始终清晰，其中的现实感也始终明晰而炽热，刘醒龙之所以不必像爬山虎一样趴在现实的表层亦步亦趋，正是因为他在小说的叙事策略上面很是用了心思，这些心思也包括《黄冈秘卷》所展示的新历史主义的写作特征。

① 南帆：《文化记忆、历史叙事与文学批评》，《文学报》2018年6月28日，第18版。

新历史主义的写作特征，体现在刘醒龙所虚构的少川及其女儿北童这条复线所构成的故事上，刘醒龙可能是从现实中的“《黄冈密卷》”获得灵感，虚构出了《黄冈秘卷》。小说开篇，北童这“一个刚刚上高中一年级的花季女孩，从未见过面，第一次交谈，便恶狠狠地表示，要变身为杀手，到我的老家黄冈寻仇”。《黄冈秘卷》中有“最贵皮鞋的故事，基本上属于我们家的秘密”。“此时此刻，除了那几个负责编写的人，谁也不知道，即将出现在高中学生手里的《黄冈秘卷》（高中二年级秋季版）作文素材里，有着祖父不让我们的父亲迎娶海棠姑娘的故事。也不知道这篇作文素材名叫‘无情的甘蔗’。更不可能知道，我们的父亲原本要迎娶海棠姑娘，却被祖父那象征婚姻爱情的一捆甘蔗活活拆散的故事，会被用来考验高中二年级的少男少女们的爱情观。我是真的不知道，这一次会不会有人继续未经我的同意，继续收录与我们家或黄冈本地有关系的文字。”小说临近结尾，“最新版的《黄冈秘卷》，选用了一篇描写巴河藕汤秘密的文章”，等等。《黄冈秘卷》还串起了老十一刘声智和第六任妻子紫貂的故事——这对夫妻的故事是反衬我们的父亲和母亲的故事的，也是颇具新历史主义写作特征的故事序列。《黄冈秘卷》也串起了我、少川、北童、海棠和海若的关系——小说濒于结尾处解密少川是海棠的女儿。紫貂为报复自己高考落榜、故意刁难高考备考生考验其自信心，而自作主张在《黄冈秘卷》里设计几乎无解的“掉进陷阱里的熊是黑色的”的情节，就更加具有虚构叙事乃至黑色幽默的成分……《组织史》《刘氏家志》《黄冈秘卷》作为串起小说叙事所埋设的隐线，在小说主叙事是现实主义的前提下，让小说脱离亦步亦趋描摹现实的表层，使小说主叙事系现实主义的同时，

又呈现一种包容性的现实主义叙事策略的丰富性。

《黄冈秘卷》主叙事是现实主义叙事，同时又呈现富有包容性的现实主义叙事策略及其可能性。“我们的父亲”和母亲，无疑是小说的主线叙事，也是叙事结构的主干部分，而《黄冈秘卷》所关涉和关联起的少川和北童的叙事、父亲与海棠的故事、老十一与妻子紫貂的故事，等等，作为小说的复线叙事，提供的叙事效果，恰恰是可以让刘醒龙不必爬山虎一样伏在现实表层；也可以在叙事节奏上面，与对那位过于贤良方正的父亲的书写，构成一种对应或者说是互补关系。可以说，小说在叙事结构上，也呈现一种富有包容性的现实主义叙事策略及其可能性。我更愿意把复线的叙事，看作与主线叙事构成一种“皴法”的关系，而不是简单的主与副的关系。“皴法”其实指的是中国画中对山石树木的一种表现技法，是通过各种山石的不同地质结构，以及树木表皮加以概括而创造出来的一种表现程式。张大千曾经说过，画山最重皴法。用国画皴擦点染技法来形容《黄冈秘卷》的叙事结构和叙事策略，或许再恰当不过。一向研习书法的刘醒龙或许潜移默化当中也受了书画艺术的启发，也未可知。

还有一点需要强调的是，尽管有着新历史主义的写作特征，但《黄冈秘卷》其实是对过往和自 20 世纪 80 年代中后期以来繁盛一时、却也一度走偏的新历史主义写作的一种纠偏。我们知道，新历史主义后来的弊端也是显而易见的：“由于其逐渐加重的虚构倾向，由于其刻意肢解历史主流结构的努力，而走向了偏执虚无的困境。游戏历史主义不但是新历史主义的终极，同时也是它的终点和坟墓，从一定意义上说，正是这种过于偏执的游戏本身最终虚化、偏离和拆除了历史和新历史主义文学运动，这虽然是一个矛盾和一个悲剧，但却势出必然。”[①]在《黄冈秘卷》对黄冈贤良方正地方文化记忆的复原和赋形当中，我还分明感受到了一个“共和国儿子”的赤子之心。

陈晓明在分析王安忆的《长恨歌》时，曾经讲过，王安忆自觉是“共和国的女儿”，所以多年之后对于被定位于上海怀旧指南的《长恨歌》表示了不满。2004 年，王安忆和张旭东教授进行了一场十分深入的对话，王安忆认为自己“我恐怕就是共和国的产物，在个人历史里面，无论是迁徙的状态、受教育的状态、写作的状态，都和共和国的历史有关系”。王安忆表示：“‘共和国’气质在我这一点是非常鲜明的，要不我是谁呢？”陈晓明认为：什么是王安忆的“共和国气质”呢？首先，那就是承认自己是共和国的产物，按张旭东先生的看法，“产物就是成果”，这一定义在张旭东先生的论证中向着政治认同转发，张旭东先生说：“在文化史的意义上，对正当性是一个印证，正当性就是这样建构起来的。”这个“正当性”的概念相当复杂，陈晓明以为这几个层面是需要厘清的：其一，因为产生了王安忆这样的作家，共和国的存在是正当的，因为王安忆必然是共和国的成果。其二，王安忆这样的作家认同共和国是正当的，既然是其成果，岂有成果不认同母体之理？其三，正当性是唯一性的，正当性的根源是正义，而正义具有绝对性。对于一种历史存在来说，对于王安忆认同共和国这一政治选项来说，认同是正当的，不认同是不正当的。其四，也是基于这一逻辑，张旭东先生以法国作家与共和国的关系为参照，批评了那些不敢承认自己是共和国产物的作家，那些企

① 张清华：《中国当代先锋文学思潮论》（修订版），中国人民大学出版社，2014，第 187 页。

图撇清自己与共和国关系的作家，以及那些试图标榜自己是自由个体的作家[①]。在陈晓明看来，20 世纪 90 年代初及整个上半期，其实知识分子看不到历史的肯定性，也不能全部认可“正当性”，他们更愿意选择对历史的反思与怀疑，像陈忠实的《白鹿原》、贾平凹的《废都》、莫言的《酒国》《丰乳肥臀》，等等。王安忆也以《长恨歌》作了在历史的“阴面”写作。陈晓明说：“在 20 世纪 90 年代中期，中国作家，乃至中国知识分子群体，都不可能从‘长脚们’的身上看到现实的肯定性，也看不到历史的正当性，更不可能看到未来。大多数人到历史中去表达迷惘，王安忆却试图面对现实，但她并没有看清现实的未来面向。”但是，“在历史的阴面，王安忆并不能心安理得，对于她来说，还是要回到人民中间，还是要一种‘正当性’作底气”[②]。借陈晓明教授对王安忆《长恨歌》的研究，抛砖引玉，我想说的是，刘醒龙的《黄冈秘卷》在故乡书写、家族叙事，以及在对黄冈地方文化记忆的复活和赋形当中，我们分明看到了一个贤良方正的“黄冈儿孙”，也更加是“共和国儿子”。《黄冈秘卷》中，看不到作家对历史的怀疑。作家并无迷惘之感，《黄冈秘卷》充分显示了刘醒龙写作当中的“正当性”底气。王朋伯伯的儿女们在王朋伯伯突发急症辞世打电话叫车，车来迟了，人走了，儿女们想不通似乎有话要说时，“我们的父亲一挥手就将他们的念头压下去了：‘我晓得你们现在的想法，这种想法想想就行！到此为止，不要继续瞎想了，再瞎想下去，一对不起组织，二对不起组织，三还是对不

---

① 陈晓明：《在历史的“阴面”写作——试论〈长恨歌〉隐含的时代意识》，《文学评论》2013 年第 6 期。

② 陈晓明：《在历史的“阴面”写作——试论〈长恨歌〉隐含的时代意识》，《文学评论》2013 年第 6 期。

起组织’”。就连母亲单位发不出母亲退休后的工资时，父亲都要偷偷拿自己的钱转交给母亲，说是组织发的，就是为葆有母亲对组织的信任……陈晓明讲道，“有意识地站在阳面写作，即是指要有一种历史的前进性，要代表和体现一种批判性的历史意识，这无疑是一种强大的写作，在现代以来的文学中一度占据主流，在中国90年代以来的文学中渐渐式微。王安忆试图重新去建立这种写作的素质和态度，无疑是极其可贵的努力”①。我从《黄冈秘卷》中看到的，也是一种有意识地站在历史的阳面的写作，我们也从中明明白白看到了富有包容性的现实主义叙事策略及其可能性。

第八届茅盾文学奖对《天行者》授奖词如是：“《天行者》是献给中国大地上默默苦行的乡村英雄的悲壮之歌。刘醒龙以内敛克制的态度，精确地书写复杂纠结的生活，同时，他的人物从来不曾被沉重的生活压倒，人性在艰难困窘中的升华，如平凡日子里诗意的琴音和笛声，见证着良知和道义在人心中的运行。”其实，“他的人物从来不曾被沉重的生活压倒，人性在艰难困窘中的升华，如平凡日子里诗意的琴音和笛声，见证着良知和道义在人心中的运行”，也继续在刘醒龙的《黄冈秘卷》当中生长着。而且，《黄冈秘卷》不只是对贤良方正的地方文化记忆的复原和赋形，同时也兼具了作家在历史的阳面写作的正当性和共和国所需要的使命感和担当精神——或者也可以说是一种国家精神的自觉担当。

① 陈晓明：《在历史的“阴面”写作——试论〈长恨歌〉隐含的时代意识》，《文学评论》2013年第6期。

第三章

乡土书写新维度

第一节　素材如何进入小说，历史又怎样成为文学

——贾平凹《山本》的文学“史”观

一

在解读《山本》之前，有必要回顾一下近年来尤其近五六年贾平凹的长篇创作。贾平凹 2013 年的长篇小说《带灯》开启了一个新的审美领域——“新乡镇中国”的文学书写，以“当下现实主义”对新世纪正在剧变中的新乡土中国进行独特审美思考和精神探寻，不仅从题材上是对其以往文学创作领域的突破，而且把“乡镇叙事”的地域审美书写拓展为整个“新乡镇中国”的整体性空间及其现代性命运的全息性精神呈现[①]，有学者（李遇春）还将其称之为“微写实主义”——即对以往的现实主义书写的突破和越界。贾平凹《带灯》等乡土小说，满怀对乡土中国面临现

① 张丽军：《“新乡镇中国”的“当下现实主义”审美书写——贾平凹〈带灯〉论》，《文学评论》2014 年第 1 期。

代性社会转型所遭遇的经济急速发展乃至无数畸形现实所怀有的深刻思考和危机感，再或者是书写乡村文化传统是如何在文化消费主义面前不堪一击……2014 年的《老生》，可视为贾平凹对百年乡土中国持续不断的沉思，《老生》以四个相对独立的故事，讲述了乡土中国近百年的历史：从20世纪二三十年代的国民战争，中国共产党走农村包围城市的路线，到解放战争胜利；从 40 年代的土改运动，到 1976 年前乡村社会的各种经济结构改造实验和阶级斗争；从 1978 年后的改革开放基层干部想尽一切办法发展乡村经济，农民开始进城谋生，乡村的物质生活大大改善，到一场突如其来的瘟疫将一个村庄毁灭。小说以古籍《山海经》引入，以一位唱阴歌的乡村唱师的叙述视角，讲述乡村社会的人事兴亡和发展变迁，串起百年现代中国成长的历史。2016 年的《极花》则是一部女性被侮辱与被损害的戕害史，又是一部中国村庄最后面影的百科全书式的断代史。《极花》选择逃离乡村去往城市却被拐卖到更偏僻乡村的农村知识青年胡蝶为叙述者，讲述地方“传统”权威如何削弱和瓦解，乡村秩序如何变形和变质，农村知识青年如何成为上升无望的失败者，善良而怯懦的底层民众如何成为施暴者，最终缺少精神和信仰看护的中国农村如何成为涣散之乡和暴力之域[①]。中国农村的沦陷是 20 世纪 90 年代中期以来贾平凹小说集中书写的主题，他在《高老庄》《秦腔》《带灯》《极花》等作品中对其进行了持续而深刻的挖掘和揭示。

在这条蜿蜒绵长的写作脉络里，《山本》是自然而然生成的，可以见出与《老生》的气韵相通之处，但其气魄更大，文学性和艺术性也更加丰沛。“山本”这个书名，贾平凹在后记里有解释，

① 何平：《中国最后的农村——〈极花〉论》，《文学评论》2016 年第 3 期。

但我个人可能还是更加喜欢“秦岭志”。贾平凹从棣花镇、从商洛笔墨荡开去，写了关于秦岭的这本书。但贾平凹的志向和志趣又不仅仅止于此。秦岭是“一道龙脉，横亘在那里，提携着黄河长江，统领了北方南方，它是中国最伟大的一座山，当然，它更是最中国的一座山”。贾平凹为秦岭写志，其实就是为近代中国写志，秦岭是他窥见一段中国近代历史的切口，也只有秦岭的山高水长，苍苍莽莽，有这样深厚的历史底蕴、文化蕴藉，才可以令作家达成这样的写作目的。《山本》不再像《老生》那样，时间跨度百年，也不再是以一个人的叙述视角，反而可以将相对《老生》而言较短的一个时间段——一段秦岭在20世纪二三十年代并且上下各略有延伸——下可至40年代的历史，充分具象化和用多得数不清的细节性叙述将小说叙事丰赡和充盈起来。《山本》细腻充盈同时又气势恢弘，是对《老生》的超越。

我这里说贾平凹勾勒出了近现代中国史诗，并不是说要把《山本》去同历史史实作一一的比对。将《山本》归入历史题材，恐怕是有违作家写作初衷的。《山本》所涉及庞杂混乱的素材该怎样处理，对作家也是一个巨大的挑战。贾平凹在《山本》后记里也说道：“再就是，这些素材如何进入小说，历史又怎样成为文学？我想我那时就像一头狮子在追捕兔子，兔子钻进偌大的荆棘藤蔓里，狮子没了办法，又不忍离开，就趴在那里，气喘吁吁，鼻脸上尽落些苍蝇。”[1] 这是形象地说出了作家处理庞杂、体量巨大的素材，以及如何处理历史和文学关系的一种困顿不好厘清时候的境况。

---

① 贾平凹：《山本·后记》，作家出版社，2018，第524-525页。

一个并不太希望看到的情况是，评论和研究当中存在过多地将小说《山本》去与历史作比对和剖析的情况。《山本》甫一面世，就在小说与历史之间的关系问题上出现了两个层面的评论趋势。第一，是将《山本》与历史史实之间去作考察和挖掘，这其中又包含两个维度：一个是将《山本》归入历史题材小说，考察它作为历史题材小说的意义和价值；另一个则是承认小说书写的是传奇，但仍然在考察"传奇如何虚构历史"的问题，依然认为《山本》体现了作家书写历史的真诚和雄心，有的人甚至将小说与当时秦岭红军的历史和中国二三十年代的历史作比对和索隐式研究，甚至得出这样的结论："历史从虚构那里学会如何运用庄严的面相编织谎言，而虚构也会以谎言作为招牌重建一段历史"[①]。第二，与前一个层面的第二个维度相类，《山本》被归入"新历史主义"、历史的民间叙述之类的思想以及美学谱系被加以讨论，这其实是有违贾平凹创作初衷，研究者当然也不能将《山本》窄化为新历史主义小说。我们知道，20 世纪 80 年代中后期开始的一段"新历史主义"的文学叙述，是有它的文学史意义和历史功绩的，往往是以无数细节丰赡的叙述以及被原来的宏大历史叙事方式所忽略的文学与历史的一种叙述方式——以文学的方式重述历史，丰赡了有关历史的文学叙述的文学性。新历史主义的意图是要揭示被主流历史和话语叙述方式所一度忽略的民众生存本相、民族的生命史，比如，陈忠实的《白鹿原》、莫言的《丰乳肥臀》、张炜的《家族》和余华的《活着》《许三观卖血记》等。但新历史主义后来的弊端也是显而易见的："由于其逐渐加重的虚构倾向，

① 方岩：《传奇如何虚构历史——读贾平凹〈山本〉》，《扬子江评论》2018 年第 3 期。

由于其刻意肢解历史主流结构的努力，而走向了偏执虚无的困境。游戏历史主义不但是新历史主义的终极，同时也是它的终点和坟墓，从一定意义上说，正是这种过于偏执的游戏本身最终虚化、偏离和拆除了历史和新历史主义文学运动，这虽然是一个矛盾和一个悲剧，但却势出必然。”①

井宗秀和井宗丞是有原型的，其中的一些历史事件，似乎也是有原型可循。一些评论者便颇费工夫地去探究这里面的究竟。这种对井宗秀和井宗丞原型的考证，在贾平凹看来：“现在一些读者有兴趣考证井宗秀和井宗丞的原型，其实是不必的。井宗秀和井宗丞是有原型，但仅仅是攫取了原型极小极小的一些事，而最大的是通过那些历史人物了解那一时期政治、军事、经济、民生等一系列的社会情况，可以说以原型出发，综合了众多，最后与原型面目全非”②。以正史、野史或者新历史主义小说的概念来解读和对待《山本》，都是把小说与历史之间作了过于牵强的联系和比照。《山本》虽然也展示了20世纪二三十年代发生在秦岭的一些史实，但似乎更“是在天人之际的意义上考察历史、社会、人性种种方面的复杂的矛盾纠葛”。而有的评论者（杨辉）还是能够认识到：“整个作品的气象和境界与普通的历史小说还是很不一样的。”由于担心大家把复杂的问题看简单了，贾平凹自言：“我为什么要写这个题记。就是强调《山本》的目的，不是写秦岭那些历史，而是想从更丰富的状态中去写中国。”③从

---

① 张清华：《中国当代先锋文学思潮论（修订版）》，中国人民大学出版社，2014，第187页。

② 贾平凹语，参见贾平凹、杨辉：《究天人之际：历史、自然和人——关于〈山本〉答杨辉问》，《扬子江评论》2018年第3期。

③ 同上。

这个意义上讲，《山本》不是写历史的小说，不是传统和纯粹意义上的历史小说，也不是新历史主义小说；它自带的丰富性，一点也没有影响《山本》的复杂、繁富与宏阔，一点也没有影响它的史诗性。说《山本》书写了20世纪二三十年代近现代中国的史诗，是负责任的说法。这恰好可以解释，为什么陈思和先生认为《山本》是向传统致敬，他将《山本》与《水浒传》联系，认为《山本》深刻揭露了普通人性中的残酷基因——比如杀戮和剥人皮这些残酷的东西。贾平凹本人则认为自己重点不是写战争，而是写“林中一花，水中一沙”，“《山本》不是写战争的书，只是我关注一个木头一块石头，我就进入这木头和石头中去了”。贾平凹坚定地认为：“从历史到小说，它有个转换问题。”贾平凹认为《红楼梦》教会了他怎么写日常生活；《三国演义》《水浒》讲究传奇的东西，特别硬朗，故事性强，教会了他怎么把小说写得硬朗。细读《山本》就能真切体会到贾平凹的确是：“写《山本》时我要求‘现代性、传统性、民间性’，在写法上试着用《红楼梦》的笔调去写《三国演义》、《水浒传》的战事会是怎么样？”而“现代性、传统性、民间性”的融合，也是清晰可见的[①]。

二

《山本》这样的文学“史”观，落实到小说叙事上，也令《山本》与此前贾平凹小说的文本形式和叙事有些差别，小说叙事也更加繁富。正如贾平凹自己所说：“解读小说是有不同的角度，

---

① 贾平凹语，参见贾平凹、杨辉：《究天人之际：历史、自然和人——关于〈山本〉答杨辉问》，《扬子江评论》2018年第3期。

有的小说可能结构简单些，从一二个角度就能说清。或许《山本》要复杂些，‘正史’‘野史’说到底还是历史，而小说，还是那句大家都知道的话，是民族的秘史。这个秘史，不是简单地从‘野史’和‘正史’对立的角度说，而是说它还包含着更复杂的生活的信息。比如人的日常生活中的衣食住行、自然风物，以及二者之间的复杂关系等这些历史顾及不到的细节。它们可能呈现出历史更为复杂的状态。”[①] 还不仅仅止于此，《山本》的文学“史”观，还影响到了小说的文本形式和叙事。

如果说，前此的《带灯》《老生》《极花》等，还采用一定的章节设置的话；《山本》在小说文本和叙事形式方面，已经是章节全无，仅以“※ ※ ※”来区隔不同的叙事片段和作叙事转换。而若了解和深谙贾平凹的文学“史”观，就知道《山本》中的这种表现是贾平凹多年来小说叙事探索的一个自然而然的结果，而且是与他的《山本》所要表达的内容和素材处理等方面，都高度契合的。十几年前，贾平凹在《我心目中的小说——贾平凹自述》当中，就已经明确提出了他认为“小说是一种说话”的小说创作理念：“小说是什么？小说是一种说话，说一段故事”，“世上已经有那么多作家的作家和作品，怎样从他们的身边走过，依然再走——其实都是在企图着新的说法”。[②] 但是警惕过于追求小说结构和技巧的小说写法，他特地举了一个例子：“在一个夜里，对着家人或亲朋好友提说一段往事吧。对家人和亲朋好友说话，不需要任何技巧了”，“开始的时候或许在说米面，天亮之前说

---

① 贾平凹语，参见贾平凹、杨辉：《究天人之际：历史、自然和人——关于〈山本〉答杨辉问》，《扬子江评论》2018 年第 3 期。

② 贾平凹：《我心目中的小说——贾平凹自述》，《小说评论》2003 年第 6 期。

话该结束了，或许已说到了二爷的那个毡帽。过后一想，怎么从米面就说到了二爷的毡帽？这其中是怎样过渡和转换的？一切都是自自然然过来的呀！禅是不能说的，说出的都已不是禅了。”他特别强调：“小说让人看出在做，做的就是技巧，这便坏了。说平平常常的生活事，是不需要技巧的，生活本身就是故事，故事里有它本身的技巧。”他反思了有人越是要打破小说的写法，越是在形式上想花样，往往适得其反的情况：“因此，小说的成功不决定于题材，也不是得力于所谓的结构，读者不喜欢章回体或评书型的小说原因在此；而那些企图要视角转移呀，隔离呀，甚至直接将自己参入行文等等的做法，之所以未获得预期效果，原因也在此。”① 其实，作家贾平凹在这里不是说小说的题材和结构不重要，他真正在反思的是传统章回体和评书型小说已经不合时宜，而 20 世纪 80 年代中期以来一些小说过于追求叙事形式的所谓探索和求新已经将小说写作自蹈叙事游戏的困境乃至死局……作为一位几十年以来一直创作丰赡、走在内地文坛创作前沿的文坛“超级劳模”型作家，贾平凹在小说叙事上对传统章回体和过于追求小说叙事先锋技巧这两翼，是他近十几年来一直在警惕并以自己的实际创作作出反思的。这就一点也不奇怪贾平凹近些年的创作，在小说叙事上一路走来的变化。而这变化，到了《山本》达到了某种程度上的极致，也可以说是一种炉火纯青的境界。而深埋其中的，除了“小说是一种说话”的创作理念，还有他对小说体式和小说叙事的一种自觉。

对于文学应该有的“史”观，应该也是一直服膺他在《我心

① 贾平凹：《我心目中的小说——贾平凹自述》，《小说评论》2003 年第 6 期。

目中的小说》这篇文章当中所讲的“实与虚”的观念：“面对着要写的人与事，以物观物，使万物的本质得到具现。”“生活有它自我流动的规律，顺利或困难都要过下去，这就是生活的本身，所以它混沌又鲜活。如此越写得实，越生活化；越是虚，越具有意象。”“以实写虚，体无证有，这正是我的兴趣。”《山本》要想写出贾平凹想呈现的生活，写作成功而且写成更多地呈现物事人情的“秦岭志”——“以实写虚，体无证有”，取消了小说章节，整个小说全篇打通、贯通，无疑助益他达成了自己的写作目的。而吊诡的是，自言最不讲究小说体式和小说叙事技巧的贾平凹，借此却在《山本》中实现了对于他自己和当下小说创作而言，都是小说叙事上新的尝试。虽然《山本》小说叙事完全不是20世纪80年代中期开始的那一段先锋派文学所呈现的叙事技巧和形式特点，但谁能说这不是一种新的、有益的小说形式方面的探索和创新呢？当很多学者和评论家譬如陈晓明教授近年来一直在担忧，20世纪90年代以来，还远未获得成熟圆融的西方现代小说经验的中国小说如果一味地回归传统的写作态势，情况令人堪忧；当然，他也看到了如贾平凹、莫言等许多中国优秀的作家，仍然在寻求传统与现代融合的道路上孜孜以求，而他们对小说叙事的探索又何尝不是体现一种小说创作形式创新方面的先锋探索精神呢？这种富有创新意识的探索精神，可能也恰恰是贾平凹的创作一直保持旺盛的生命力，一路发展而来终于产生了这部最具有大师气象的长篇小说《山本》的一个重要原因。

分析至此，如果再把《山本》视为纯粹历史题材的小说，或者视之为新历史主义小说，就有点不厚道了，甚至是拔着自己的头发非要离开地球一样的情况了。中与西、传统与现代的融合，已经是近些年来贾平凹越来越在表达和表述的一种创作的理念了。《我心目中的小说》里贾平凹自言，面对《阿Q正传》，“如果在分析人性中弥漫中国传统中天人合一的浑然之气，意象氤氲，那正是我新的兴趣所在啊”；而《山本》所透露出来的贾平凹的写作理念和文学“史”观，正是他想在生活物事人情的繁富与千头万绪当中，表现和探求一种意象氤氲、天人合一的浑然之气，一种禅境。《山本》小说叙事形式上的浑然一体，已经在帮他实现这个夙愿了。果然，贾平凹在《山本》后记中，这样写道：“说实情话，几十年了，我是常翻老子和庄子的书，是疑惑过老庄本是一脉的，怎么《道德经》和《逍遥游》是那样的不同，但并没有究竟过它们的原因。”“一日远眺了秦岭，秦岭上空是一条长带似的浓云，想着云都是带水的，云也该是水，那一长带的云从秦岭西往秦岭东快速而去，岂不是秦岭上正过一条河？河在千山万山之下流过是自然的河，河在千山万山之上流过是我感觉的河，这两条河是怎样的意义呢？突然省开了老子是天人合一的，天人合一是哲学，庄子是天我合一的，天我合一是文学。这就好了，我面对的是秦岭二三十年代的一堆历史，那一堆历史不也是面对了我吗，我与历史神遇而迹化，《山本》该从那一堆历史中翻出另一个历史来啊。”①

很清楚可以看到，《带灯》还是分“上部　山野”“中部　星空”“下部　幽灵”，每部长短不同的段落前，会有无数“高速路修进秦岭”“樱镇”等这样的小标题。《老生》分“开头”“第一个故事”“第二个故事”“第三个故事”“第四个故事”“结

① 贾平凹：《山本》，作家出版社，2018，第524-525页。

尾”。《极花》里分“1. 夜空”“2. 村子”“3. 招魂”“4. 走山”“5. 空空树”“6. 彩花绳”。《老生》《极花》里每个叙事章节里，会有叙事区隔的标志“* *”来区分不同的叙事段落。而《山本》已经取消了叙事的章节题目，仅以“※ ※ ※”来作不同叙事片段的区隔。而且有意思的是，50万字庞大的小说叙事，被“※ ※ ※”区隔成了一共81个叙事片段。不知道这是不是贾平凹有意为之的，我想是的。《山本》里的人经历九九八十一“难”才修成，而小说也经历了一共九九八十一个段落的叙事才完结。小说叙事虽看似圆满修完了，但是落实到每个人物和人物命运等，却未必圆满和完满。《山本》以事事处处很“实”的书写，表达了很多“虚”的东西和意象。于是，也就可以理解贾平凹所说的：“陆菊人和井宗秀是相互凝视、相互帮扶，也相互寄托的。如果说杜鲁成、周一山、井宗秀是井宗秀这个书中人物性格的三个层面，陆菊人和花生是一个女人的性格两面。我是喜欢井宗秀和陆菊人合而为一，雌雄同体。”①

“以实写虚，体无证有”，有什么样的文学“史”观，就有了什么样的小说叙事。《山本》也就只会让陆菊人与井宗秀互相凝视而不会有真正的俗世男女情爱；小说会安排陆菊人为井宗秀培养了一个女子“花生”嫁给他，而他却又失去了作为男人的性能力，花生与井宗秀也不能真正地结合。就像郜元宝在分析赵本夫的长篇小说《天漏邑》时所讲：每个人都是天漏村居民，都是天漏文化的组成部分，都带着与生俱来的“漏”来到人间，经历一世——在佛家所谓“有漏之学”，指人间一切“解法”都不完

---

① 贾平凹语，参见贾平凹、杨辉：《究天人之际：历史、自然和人——关于〈山本〉答杨辉问》，《扬子江评论》2018年第3期。

善[1]——这一点上，《山本》与其倒是气韵亦相通的。《山本》，小说在叙事上处处呈现情节的非二元对立和非开端、发展、高潮、结局的情节完整性，比如剩剩腿跛了——一个长一个短，井宗秀安排人去找莫郎中给剩剩来治病，结果杨钟死了，冉双全则因误会失手打死了莫郎中，剩剩的跛脚再也无人能治。杨钟一直不是陆菊人心里所仰敬和喜欢的男人，但当杨钟死了，陆菊人又念起杨钟百般的好……人生终无尽意处，“秦岭却依然苍苍莽莽，山高水长，人应该怎样活着，社会应该怎样秩序着，这永远让人自省和浩叹。”在贾平凹看来，“好多人在读《水浒传》《三国演义》《红楼梦》这种名著的时候，都是在吸收怎么活人的道理，而不是想解释目前社会上发生了什么问题。”“小说里的任何情况处理，尤其结尾，多义性最好，由读者各自去理解”。“我们曾经的这样的观念，那样的观念，时间一过，全会作废，事实仍在。历史是泥淖，其中翻腾的就是人性。”[2]贾平凹剪裁《山本》书中叙事，靠的是情节及其衔接点，但更是与他的小说观念、与他小说所持有的文学“史”观相融合和吻合的。若对《山本》的小说叙事形式加以研究，会有更多更深的发现。

① 郜元宝：《天漏，人可以不漏——赵本夫新作〈天漏邑〉读后》，《当代作家评论》2017 年第 6 期。

② 贾平凹语，参见贾平凹、杨辉：《究天人之际：历史、自然和人——关于〈山本〉答杨辉问》，《扬子江评论》2018 年第 3 期。

第二节　抵达乡村现实的路径和新的可能性

——以贺享雍《人心不古》和《村医之家》为例

通过贺享雍《乡村志》系列小说，可以看到柳青及《创业史》的写作成就在当下的最好的继承、传承以及新的生长点。改革开放以来的乡土小说写作可谓丰赡，但似乎都与柳青式文学书写——将写实的传统、文学为人生的传统和文学表现社会历史相结合的书写方式，有着或多或少显在的差异性。贺享雍的乡村志小说却能够很好地继承、传承并且创造性发扬柳青《创业史》式书写传统和文学成就，这与作家深深扎根乡村生活、小说内置的乡村视点与预期受众密切相关。在众多或者通过带有浓重社会问题性质的事件书写“中国最后的农村”，或者满怀对乡土中国面临现代化社会转型所遭遇的经济急速发展乃至无数畸形现实的深刻思考和危机感来书写乡土，再或者是书写乡村文化传统在文化消费主义面前是如何不堪一击的乡土小说当中，贺享雍《乡村志》小说可谓独树一帜，其书写了传统乡村伦理当下依然存续以及新的可能性，小说呈现“新乡土中国”的整体性审美书写向度。贺享雍的乡土小说，内蕴四川乡土文学的方志文化传统和自觉的方志意识，但文学性书写审美维度令小说超越简单的地方性知识和地域性经验，令作品所呈现的地域经验上升到中国经验，以贺家湾的故事象征和隐喻当代的中国故事。

乡土作家贺享雍的创作目标是十卷本史诗性系列乡土小说“乡村志”，现已出版和发表九卷——卷一《土地之痒》、卷二《民意是天》、卷三《人心不古》、卷四《村医之家》、卷五《是是非非》、卷六《青天在上》、卷七《盛世小民》、卷八《男人档案》，加上已经发表的《大城小城》（《中国作家》2017 年第 7 期，2018 年 8 月单行本出版），卷十《天大地大》既定由《中国作家》首发。十卷本创作目标的完成，指日可待（四川文艺出版社拟在 2019 年国庆以前，将《乡村志》一至十卷重出，为中华人民共和国 70 周年献礼）。想以十卷本、三百余万字的鸿篇巨制的体量，从农村土地变革、乡村政治、民主法制等关及乡村生活的各个方面，打造这样一个多卷本乡土小说系列，这在中国现代、当代乡土文学史上，无论过去、现在还是将来，可以说几乎都是独一无二的。贺享雍最初的写作计划就是，每本书讲述一个不同的故事、表现一个不同的主题，但各卷故事均有所照应和衔接，人物亦有所交叉，各分卷合起来可以让全书成为一幅气势恢弘、人物众多的清明上河图似的当代农村生活的历史图景。因为作家秉承“为时代立传，为乡村写志，替农民发言”的创作宗旨，所以他把总书名定为了《乡村志》。贺享雍在一篇关于《乡村志》的对话中表达了他的创作意图和美学追求：“以志书式的实录方式，来创作一部多卷本的长篇小说，将共和国成立六十多年的特别是改革开放以来的乡村历史，用文学的方式形象地表现出来，使之成为

共和国一部全景式、史诗性的乡土小说。”这样的写作抱负很像柳青，贾平凹说过柳青受人尊敬，首先是他有“旷世才华和他的文学上的远大抱负”，“所以他常讲文学是马拉松长跑，是以60年为单元的。他的强大的内心就是《创业史》的写作动力”[①]——在贺享雍身上，我们也看到了这样的精神传承。

一、抵达乡村现实的路径：扎根生活，内置的乡村视点与预期受众

在贺享雍《乡村志》小说这里，我们看到了柳青及《创业史》的写作成就在当下的最好的继承和传承以及新的生长点。1960年因出版“反映我国农村社会主义革命的史诗性”的“长篇巨著《创业史》”，柳青被称为“当代文学史上的一位杰出作家”。重写文学史思潮后，《创业史》及柳青文学史地位的跌落，与新时期文学观念的重新洗牌有关，也与1979年的“农村家庭联产承包责任制”政策——政策的变迁带来阅读《创业史》的障碍有关，等等。但是，谁又能够否认，一直以来研究界虽有“三红一创”之说，但综合来看，不是《创业史》成就最高呢？何西来对柳青和《创业史》的评价是中肯的：“《创业史》是柳青小说创作所达到的最高成就，也是他个人创作生涯的终结。正是这部作品，决定了20世纪他在中国当代文学史上一流作家的地位。”何西来可以说是深味柳青《创业史》不可避免的局限性却同时又具无可否认的文学价值：“尽管《创业史》存在着题材本身所必然带来的历史局限和作家本人政治立场、政治倾向的局限，但是因为

① 贾平凹：《纪念柳青》，载董颖夫、邢小利、仵埂编《柳青纪念文集》，西安出版社，2016，第7页。

柳青在创作原则上忠实地贯彻了现实主义的创作方法，就使他在艺术图卷的展示上坚持了从生活出发而不是从既定的理念、政策条文出发的相对客观的立场。”——这使“《创业史》也仍然有其认识的价值”[①]。何西来尤为强调柳青的艺术图卷是从生活出发展示的，能够从生活出发创作的作家，必然在深入和扎根生活方面具有不一样的刻苦与努力。从1953年到1967年，柳青在长安县王曲区皇甫村半山坡那座旧庙中宫寺一住就是14年。柳青起初去长安县是为写作，却能在深入生活的过程中，“他就有了一般作家所缺乏的使命感。这才有了他参与农村一切事务的行为，把自己变成了一个农民，变成了一个农村基层干部，变成了与人民同呼吸、共命运的一个作家，而不是一个搜寻写作材料者、一个旁观者、一个局外人”[②]。这样的深入生活，与今天很多作家蜻蜓点水式到基层、乡村转一转的“采风”绝然不同。

当下乡土小说的产量也可谓丰厚，无论是像贾平凹《极花》为代表的、通过带有浓重社会问题性质的事件（拐卖妇女）所书写的“中国最后的农村”，还是像贾平凹《带灯》等乡土小说所着意体现出的危机感——对乡土中国面临现代性社会转型所遭遇的经济亟速发展乃至无数畸形现实所怀有的深刻思考和危机感，再或者是书写乡村文化传统是如何在文化消费主义面前不堪一击……似乎都与柳青式文学书写——将写实的传统、文学为人生的传统和文学表现社会历史相结合的书写方式，有着或多或少显在的差异性。为什么贺享雍的乡村志小说就能很好地继承和传承

① 何西来：《流派开山之作》，何西来为《创业史》重印本所作的序，《延河》2006年9月号。

② 贾平凹：《纪念柳青》，载董颖夫、邢小利、仵埂编《柳青纪念文集》，西安出版社，2016，第7页。

柳青《创业史》式书写传统和文学成就？个人的文学造诣之外，对于乡村生活的熟知、身在其中和深入扎根，恐怕亦是核心和关键的因素。柳青当年就不像20世纪50年代有些作家把“深入生活”当成走马观花，而是真正扎根于农民中间。“他不仅在县上兼了一定的领导职务，而且简直把自己变成了农民中的一员，与他们同甘苦共忧乐。因此，他对农民有了很深的感情。”① 这些史料文献让人看到，一个高级干部（行政10级），宁愿放弃在北京和西安本该享受的优越的生活待遇，放弃独栋小楼、司机、勤务员和厨师，穿中式对襟的衣服，而选择戴农夫的草帽、拄着拐杖，与皇甫村的农民和基层干部朝夕相处。而且据说他的举止言谈和黝黑的面孔，已与当地农民无异。

深入生活、扎根生活，对乡村生活血脉相融的熟悉，贺享雍与柳青很是相像。贺享雍在谈到自己的创作时，曾经说到自己：“无论是在构思或在创作时，我都没有感到多大的难度和压力，相反，我写得非常顺手，每天四五千字，写后心情十分愉快，每天基本上都处于一种快乐写作之中。”能达到这种状态，在他看来其中优势之一即他非常熟悉乡村生活：“是对农村生活的熟悉。我种了四十多年庄稼，当过乡上‘八大员’，做过乡党委副书记。后来虽然进了城，但县城是城乡结合部，加之还有亲人在农村，从没割断与农村那份天然的血脉联系。就像许多评论家在研究我创作时所指出的那样：贺享雍是一个把身子和血脉都扑在农村的作家。正因为对乡村生活的这份熟悉，我在进入创作时，并不需要刻意去编造、追求什么，人物和故事就自然涌到了笔下，我把

① 何西来：《流派开山之作》，何西来为《创业史》重印本所作的序，《延河》2006年9月号。

他们记录下来，不管是人物和故事，都会活灵活现，读者进入书中以后，往往会忘了在读小说，而是随我进入了一个村庄，当起一个农民来。这是生活馈赠给我一个优势。”他给自己预设的创作原则，排在首位的就是：“坚持写熟悉的生活。我一如既往地以自己熟悉的川东农民、农村为描写对象，从农民日常的凡俗生活出发，生动展现每一个细微的生活场景。半个世纪特别是改革开放以来农村所走过的道路、农民的遭遇和经历，以及‘三农’的困境、农民的心路历程，均以艺术真实性原则做准确而客观的描绘，力争能为今天或今后的读者认识一个真实的从 20 世纪中叶开始到21 世纪初期的中国农村提供一个形象而有益的图景。”[①] 扎根乡村生活，令贺享雍乡土小说拥有内置的乡村视点成为可能。学者赵雷认为：“九十年代以来的乡土小说基本可以总结为三大主题，即‘乡村现状的观照’‘传统文化的哀挽’‘诗意家园的溃败’，贺享雍的小说基本可以归入第一类。”[②] 这个判断是准确的，能够如是，也正是得益于乡村内置视点的存在。

中国从现代以来，鲁迅等人的涉及乡土的小说，形成了中国现当代文学史上乡土文学一脉，成就斐然。但是，五四以来的新文学作家们的乡土小说，多是他们在离开乡土多年以后、回望乡土之作。写作中更多启蒙和知识分子立场，小说的隐含作者在叙事动因方面，更多怀有启蒙家乡民众的一种外部利益观照的视角和眼光。包括当前一些作家写作乡土题材的小说，由于作家本人已经离开乡村多年，作家们写作素材更多来自社会新闻的改写，

① 参见向荣、贺享雍：《方志意识在小说创作中的自觉追求与艺术表达——关于系列长篇小说〈乡村志〉创作的对话》，《文学自由谈》2014 年第 5 期。

② 参见赵雷：《家族史·地方志·乡土情——评〈乡村志〉》，《扬子江评论》2015 年第 3 期。

或者至少是灵感来自于各种新闻和社会消息。比如有研究者已经注意到，2000 年之后出现了不少根据新闻报道改写的小说，作者甚至包括一些有名的作家，更甚者还曾经闹出了雷同或抄袭之事。但最后的事实证明，这样的改写并不成功，原因系对现实的重新叙事化的无力。当作家面对的是他们不熟悉的生活或者说他们不了解故事背后所涉及的人与生活——仅凭想象、根据新闻素材来闭门造车式“虚构”故事，当然也可以说这样的“虚构”是一种缺乏生活有效积累的、比较随意地编造故事的“虚”构[①]。这样的写作，与贺享雍这样实际务农有四十载，对乡村的一草一木皆熟稔于心的土生土长的作家的写作，是完全不一样的。无论是对于有乡村生活经验的阅读者，还是对于没有和缺乏乡村生活经验的阅读者和评论者，从贺享雍小说中，感受到的是乡村生活的真实。贺享雍的乡村生活小说，不似当前有的乡土小说中存在明显的编造和假造乡村生活经验的嫌疑。比如《村医之家》中贺万山从小的成长环境，他如何给村子里的病人看病，他对本乡本土生长的那些中草药植物的了解，他对乡村物事人情乃至独属于乡村的气味的熟悉等——这些，都不是不生于斯长于斯的人所能了解的。《人心不古》中各种乡村生活场景，都不是缺乏乡村生活经验的人凭想象能够写出来的。

乡村生活经验、内置的乡村视点，在当前乡土小说写作中显得凤毛麟角，就是考察五四以来的小说创作包括乡土文学创作，更加会发现其可贵与殊异之处。五四以来的小说创作多是以有文化的知识分子为预期受众，解放区大部分作家的写作，虽然号称

---

① 参见刘艳：《〈南方的秘密〉的“立”与“破”——论刘诗伟〈南方的秘密〉》，《当代作家评论》2018 年第 1 期。

大众化写作并且自称是工农兵文学，但作家还是持五四启蒙知识分子写作的价值立场，预期受众都还是知识分子，不能拥有真正内置的乡村视点，比如解放区文学经典之作《暴风骤雨》和《太阳照在桑干河上》等。所以有研究者在从后经典叙事学出发来分析赵树理文学叙事模式深层结构的时候，发现了“赵树理文学的隐含作者是一个农民出身又受过现代启蒙教育的乡村观察者、体验者和思考者。或者说是一个具有了现代思想的本土农民”。而预期受众是农民，从而认为赵树理超越了同期的解放区文学的叙事语法规则①。考察贺享雍《乡村志》小说，尤其读《人心不古》与《村医之家》就会发现，贺享雍乡土小说的隐含作者亦是一个农民出身又受过现代启蒙教育的乡村观察者、体验者和思考者。贺享雍乡土小说中的隐含作者，已经不同于赵树理文学中那个隐含作者，这个乡村农民是经历了改革开放以来40年的政治、经济包括文学发展的洗礼的，可以说20世纪80年代以来的文学经验包括先锋派文学都不可避免地影响了贺享雍的文学观和他实际的创作，就像他自己说的：“坚持现实主义创作方法，坚持从人物的环境、行动、语言和细节中塑造人物，刻画人物形象。同时，也借鉴现代主义的一些创作方法，如变形、夸张、魔幻现实等，努力使每部作品中都能有一两个立得起的人物形象。注重故事的波澜起伏，做到好看又耐看。”②可以说，贺享雍的创作是吸收了20世纪80年代以来的文学经验的。但贺享雍小说中的预期受众，已经不是赵树理时期文化程度不高的农民，而是既包含当下

① 刘旭：《隐含作者与虚构：赵树理文学的深层结构分析》，《文学评论》2013年第3期。

② 参见向荣、贺享雍：《方志意识在小说创作中的自觉追求与艺术表达——关于系列长篇小说〈乡村志〉创作的对话》，《文学自由谈》2014年第5期。

乡村的农民——这里的“农民”已经在文化程度和审美体验等方面远远超过赵树理文学写作时期的“农民”，更包括城市里的读者——其中亦包括知识分子和专业读者。而且内置的乡村视点，会令无论是乡村读者还是城市读者，都可以真切感受到，贺享雍小说的叙述都不是借助一个外来者的视点来完成，是由一个甚至比柳青更加能够融入乡村生活、身在乡村的人来叙述的，他不会像柳青那样在叙事动力上是更坚定地实行表现“新的人物，新的世界”的决心、更重视农村中先进人物的塑造，等等。贺享雍的小说更意在展现乡村历史和现状，倾向于书写传统乡村伦理存续以及新的可能性，贺享雍乡土文学是真正的乡村“本地人”写作，又因其文学的造诣令其乡土小说别具文学性的价值和意义。

二、失落还是存续？书写传统乡村伦理存续以及新的可能性

虽然是深入生活的典范，但柳青《创业史》当中似乎仍然缺乏一种内置的乡村视点，不是真正的乡村“本地人”写作。洪子诚在《当代文学史》中对赵树理和柳青的叙事动力也做过比较：柳青等更坚定地实行表现“新的人物，新的世界”的决心，更重视农村中先进人物的创造，更富于浪漫的理想的色彩，具有更大的概括“时代精神”和“历史本质”的雄心。所以，有研究者就认为，柳青也许更像是乡村的“外来者”，虽然他与所描写的土地和生活于其上的劳动者努力建立密切的联系，但由于知识分子的身份而无法真正达到融入乡村……所以他的小说在关注、支持农村的变革和“现代化”进程，关注“新人”的出现和伦理关系

的调整和重建时，柳青等更为重视的是新的价值观的灌输[①]。柳青在皇甫村的14年，与他想全身心融入基层生活，他的小说也是想努力反映农业合作化运动和配合国家工业化的政策，怀有努力表现“新的人物，新的世界”的决心，其写作自然也烙印着“十七年”乡土文学的审美品格。跟柳青自我下放到皇甫村相比，贺享雍却是土生土长的川东人，不是什么乡村的“外来者”，他曾经多次讲过，他写《乡村志》是想写一部“全方位描述与展示中国乡村半个多世纪特别是改革开放三十多年政治、经济、文化、观念到日常生活发展变化全景式著作”，秉承的是“为时代立传，为乡村写志，替农民发言”的创作宗旨[②]。顺其自然地叙述和展示川东农村其实也是中国农村半个多世纪尤其改革开放三四十年来的发展和变化，作为“本地人”叙述乡村自在自为的生态和状态，发现和发掘传统乡村伦理当中那些依然生命力持续的质素和它在当下存续的可能性，这些令贺享雍的乡土小说与柳青《创业史》相比，有着新的生长点，也与同时代的绝大多数乡土小说写作拉开了距离，独具意义和价值。

能够“本地人”式叙述乡村自在自为的生态和状态，除了作家主体的原因，其实与时代环境的变化和时代语境也是息息相关的。《创业史》更加能够寄寓作家在文学一体化时代复杂的心曲，呈现文学梦想与现实要求之间的复杂张力，有研究者就通过论柳青《创业史》中的改霞形象，谓之以“一个未完成的梦”。改霞形象寄寓着柳青的文学理想，有着同时代其他作品中女性形象少

① 参见刘旭：《赵树理文学的叙事模式研究》，北岳文艺出版社，2015，第68页。

② 参见向荣、贺享雍：《方志意识在小说创作中的自觉追求与艺术表达——关于系列长篇小说〈乡村志〉创作的对话》，《文学自由谈》2014年第5期。

有的浪漫气质的审美和些许现代的精神个性，但改霞这个人物形象塑造始终处于比较模糊和矛盾的状态中，性格未能得到充分发展，形象内涵亦欠完备。改霞形象塑造的被抑制和最终被舍弃，是立志于写作“社会主义历史史诗”的柳青的必然选择，是时代和作者共同的选择——走向现实主题的必然结果。以致于被研究者这样认为：“从这个意义上说，柳青只真正完成了《创业史》第一部也许是一件幸事。他没有贪图数量、追求小说体量而将《创业史》写完，对于他内心的文学梦想而言未必不是好事。”[①] 柳青本人的思想就是承担革命与文学的双重职责，时代和现实又有着具体的要求和约束，故柳青写《创业史》很难呈现“本地人”写作的自在自为状态。潜藏在《创业史》文本表层背后审美和文学的复杂性以及各种矛盾与艰难，在贺享雍的乡土小说中已经消遁不见，《村医之家》中的彩虹、《人心不古》中的佳兰等女性形象，也呈现她们在乡村自由生长、自在自为的生命形态，再不会像《创业史》中改霞那样承载复杂和多元化的审美意蕴、寄寓作家太多的主体矛盾心理。贺享雍的《乡村志》小说，更多呈现自然生态图景式的乡村志和时代传记的审美特征，“本地人”叙述和内置的乡村视点，打开的是更加自然和谐和自在自为的乡村生活艺术图卷。

人是自然和社会环境的产物，柳青也是20世纪50—70年代社会历史的产物。与柳青相比，贺享雍的创作环境是更加优容和自在的，不必怀有过重的希望向乡村灌输新的价值观的作家主体心理负荷、背负急于改变乡村的思想负累。内置的乡村视点，令

---

① 贺仲明：《一个未完成的梦——论柳青〈创业史〉中的改霞形象》，《文学评论》2017年第3期。

贺享雍“为乡村写志，替农民发言”的写作愿望成为可能，这其实解决了自解放区文学以来乡土文学作家一直都未曾解决好的一个问题，“从建构叙事之前的叙事动因开始，就很少真正为农民思考，再加上这些作品几乎无一例外地采取了高高居于乡村之上的外来者视点，这种视点强化了叙事文本意义层面的知识分子化与革命相混合的特点，与农民接受者的距离更远”；而对于柳青而言，“柳青的自我下放到农村，实际也是主动承担了外来者的责任。就是说，那些符合党的需要的现代叙事作品的叙述中心，都是外来者的角色，他们代表着先进的现代思想的携带者”[①]。《村医之家》用的是第一人称“我”（村医贺万山）的角度来叙述，至于时常会插入一句类似“大侄儿你说没累，那我接着讲”如何如何，可以看作是对古典文学讲述体的一种有意的借鉴和参鉴，没有比第一人称“我”的讲述，更能够带来身临其境的真实感的了——通过一个一直生在乡村、长在乡村的村医的讲述，产生将读者带入乡村生活的真实感。其讲述却又明显不同于知识分子精英化叙述那种“自叙传”色彩的叙述方式，其情节和话语叙述的故事性、虚构性，也与非虚构写作拉开了距离。《人心不古》中的贺世普是主要人物，小说所写是他和妻子佳兰退休后回村生活的一段经历以及围绕他们发生的种种故事。但读过小说就会发现，这个本应最能代表“外来者”、回村的贺世普与贺家湾竟然完全不“隔”。虽然在对于法律的理解上，贺世普好像与遵从“就活人不就死人”的贺家湾人有点“隔”，但通过他的视角所讲述出来的贺家湾的风俗、民情、物事等，全是带有地域性显著特征的

① 参见刘旭:《赵树理文学的叙事模式研究》，北岳文艺出版社，2015，第122页，第43页。

贺家湾的标签和印记，也完全不是一个外来者的从外部观照的视角，也不是那种从外部难以进入乡村内部和细部的叙事眼光和小说叙事方式。之所以如此，原因恰恰在于小说自带的内置的乡村视点。

乡村的失落是改革开放以来尤其20世纪90年代中期以来，乡土小说一直在反复申说的主题。包括像贾平凹在《高老庄》《秦腔》《带灯》《极花》等小说，也是对这一主题持续而深刻地揭示，作家对中国传统乡村日渐消逝的表现，是满怀五四以来作家作为受苦先知、意图拯救乡村和对乡村未来抱有来自知识者的期许的文学理想。《带灯》中，作家把文学叙事的基本单位从乡村调整为“乡镇”，似乎更宜安置主要人物“带灯”这一外来者并以之为叙事视点。带灯，是樱镇综治办主任，是贾平凹为樱镇这一“新乡镇中国”诸种危机事件设置的目睹者、亲历者，也是作家心目中樱镇现状和困境的探索者和拯救者，宛若一只漫漫黑夜中带灯独行的萤火虫。小说其实是以带灯这一外来者的视角，全面展示乡镇维稳压倒一切的现实和乡土中国社会已经经历经济和历史剧变的问题，虽然是一种“当下现实主义”或者说“微现实主义”的新乡镇中国的全景展示，但彼时的带灯和贾平凹，都是彼时乡村的“外来者”，已经无法真正地融入乡村或者说从内置的乡村视点来看取乡村生活。被称作书写“中国最后的农村”的《极花》，就更是通过一个被拐卖到圪梁村的农村知识青年胡蝶作为叙述者，帮贾平凹完成直面一座座后继无人的中国村庄即将凋敝的现实图景的逼视。“《极花》选择逃离乡村去往城市却被拐卖到更偏僻乡村的农村知识青年胡蝶为叙述者，讲述地方‘传统’权威如何消弱和瓦解；乡村基层政治如何变形和变质；农村知识青年如何成为上升无望的失败者；善良而怯懦的底层民众如何成为施暴者；最终缺少精神和信仰看护的中国农村如何成为涣散之乡和暴力之域。”[①]《带灯》通过种种具体的事件，不仅逐层揭出“礼失而求诸野”已经不再可能，宣示乡间“礼”原本的精神内核也已经不复存在，而且揭示了中国乡镇民间文化心理结构已经和正在恶变。《极花》中老老爷的权威是遵从长者和知识的文化传统赋予并自然生长出来的，但就是老老爷的权威也在被挑衅和日渐失去。“在贾平凹的思考中，正是地方性传统消逝和‘传统’权威失势，中国农村成为信仰缺失的‘废乡’。”[②]地方性传统消逝和“传统”权威失势，农村成为传统价值伦理缺逝的“废乡”，无不传达出“乡村的失落”的主题和审美意蕴。

当下乡土小说写作，以外来者为叙事视点，自然加以观照和揭示的是传统乡村伦理价值的逝去和崩毁。这其实与20世纪50年代至70年代“农村题材”长篇小说惯用的外来者的叙事视点可以说是一脉传承的。有研究者在评论社会主义现代叙事经典《暴风骤雨》和《山乡巨变》时说：“都有一个外来者‘进入’的相似的开头，这是一个具有象征意味的场景：旧有农村秩序的破坏及重建是由外来者的进入来完成的，或者我们可以说小说的叙述是借助一个外来者的视点来完成。不过这个外来者是党的化身。”[③]贺享雍的乡土小说最为显明的一个艺术特征，就是将外来者的叙事视点，转换为内置的乡村视点——“本地人”叙述，由此贺享雍的小说更倾向于发现和发掘传统乡村伦理存续和依然有生命力

① 何平：《中国最后的农村——〈极花论〉》，《文学评论》2016年第3期。
② 何平：《中国最后的农村——〈极花论〉》，《文学评论》2016年第3期。
③ 萨支山：《试论五十至七十年代“农村题材”长篇小说》，《文学评论》2001年第3期。

的质素。《村医之家》里“我”（贺万山）的亲生儿子贺春把贺建春、贺建华、贺建国的都要满八十岁的老娘医死了，结果他们既没来打官司也没来砸诊所，在“我”赔了一万块钱后，事情竟然妥妥当当就解决了：

> 你一定会觉得奇怪，一场医疗纠纷怎么就这样容易解决了，如果放到城里，还不把天都闹垮？其实说怪不怪，正如贺世忠所说，大家都住在一堆一块儿，你知我识，每个人都处在一个人情关系中，没有哪个人不受人家的人情，欠了一个人情，就好像矮了人一截。另外，在一个小村子里，大家打交道不像城里人那样打一次就算了，是会一辈子把交道打下去的，所以哪个都不想一次就把事情做绝，断了自己以后的后路。这就是熟人社会的好处，有时人情会大过人命，所以贺建春、贺建华、贺建国没找我们闹，反过来还安慰我们。①

这个“熟人社会”有多重要呢？它简直就是传统乡村伦理的承载者和具体的现实呈现。石一枫代表作《世间已无陈金芳》中，陈金芳在生死一搏的投机生意中被骗而彻底崩盘，而她的资金，是从家乡乡亲们那里骗来的——从非法集资到诈骗。小说最后，不仅姐姐姐夫找上门来，警察也找上们来，陈金芳被带走了。“陈金芳在乡下利用了‘熟人社会’，就是所谓的‘杀熟’。她彻底破坏了乡土社会人际关系的伦理，因坑害最熟悉、最亲近的人使

---

① 贺享雍：《村医之家》，第188页，四川文艺出版社2014年版。

自己陷于不义。”[①]《村医之家》里，通过一个身在乡村的村医的叙事视角，全面展示了无论社会怎样发展、国家所涉及农村的医疗政策怎样变化，村医因其存在的必要性和重要性，在乡村熟人社会当中是总是受到大家尊重和爱戴的。即便是不肖之子医死人，也会因村医行医一生行善积德所累积下的人情，而不会陷入医疗纠纷，更不会陷于闹得天塌地陷之虞……《村医之家》中医疗纠纷这种“就活人不就死人”的传统乡村伦理，在《人心不古》当中，其实被描写和展示得更加充分。连小说出版时内容提要的首句，都是：“这是一部描写现代法律与地方性本土经验和文化相互博弈的长篇小说。”做过县重点中学校长的贺世普退休之后，与妻子佳兰回到家乡贺家湾居住。回家乡的导火索也颇有意味，是腊八节儿媳妇闫芳不习惯婆婆多年在贺家湾就养成的一个习惯，把青菜萝卜都混到锅里一锅烩的煮法而发生了口角。贺世普担任了贺家湾村矛盾纠纷调解小组组长，以他在贺家湾的辈分和在贺家湾人看来他曾多年为官（中学校长）的威望或者说余威尚在，他的确轻松调解了不少邻里纠纷，解决了一些大大小小的问题。但是，贺世普靠法制解决问题的理想主义想法，遭到了三重失败：第一重，县林业局想把贺家湾的“风水树”——古树老黄葛树“保护性移栽”走的时候，与保护树的大成和村民起了冲突，贺世普靠自己曾经的威信和“依照法律，有理有利有节的方式才是一种现代文明的、理性的处理方式”（第195页），好容易奋力将村民劝住，接下来不仅没有等来县上的答复，反而在信访办和涂县长那里碰了一鼻子灰。事情的解决靠的是在县里经商的贺

① 孟繁华：《当下中国文学的一个新方向——从石一枫的小说创作看当下文学的新变》，《文学评论》2017年第4期。

世海偷偷找了省电视台和省报的记者来，分别作了《“保护性移栽”与权力滥用》和《谁该保护？谁该挪位？》报道，事情才得以妥善解决，而最终村民知道解决问题的是贺世海而不是靠贺世普在县里的威望和他口口声声宣扬的法律，他的威信也逐渐失去。第二重，贺世普小姨妹佳桂与丈夫贺世国口角和被丈夫打之后，本想故伎重演喝农药吓唬丈夫，怎奈世国睡过去、耽误了救治佳桂的机会，导致佳桂不幸身亡。贺世普一心想将既是自己远房兄弟、又是邻居还是小姨妹丈夫的贺世国绳之以法、送进监狱，却遭到了来自村庄包括岳母一家人、世国与佳桂两个儿子“就活人不就死人”的阻挠，最后落得十分尴尬。第三重，是贺世国记前仇，在建房时，有意刁难贺世普夫妇，他将原本计划的二层楼房建成三层，并且要在三层楼上面加盖人字形的屋顶——不仅把贺世普房屋挡在了后面、不合风水，而且还严重影响了房屋的采光。贺世普拿起法律武器为自己维权，以“影响他的采光权和通风权”为由，将贺世国告上法庭，宣判的结果出乎贺世普意料，明显是偏向贺世国的。法庭闭庭时方才知道，汪庭长手里有密密麻麻写满了贺家湾村民名字的请愿书——贺家湾村民希望法庭为贺世国主持公道的请愿书。世普所倚仗的法律，最终也向村民的请愿、乡村社会的人情法则作了让步和妥协。失了村民的信任和人心所向，世普携佳兰离开村庄回城里去了，而且决意不会再回来了。整部小说，从表面看，是法律不敌乡间民情。往深层看，是在曾经的解放区文学经典叙事作品那里所惯有的“旧有农村秩序的破坏及重建是由外来者的进入来完成的”，到贺享雍《人心不古》这里，“外来者”的帮助作用——完成旧有农村秩序的破坏及重建，已然失效，传统乡村价值伦理依然存续且有生命力；而“或者我们可以说小说的叙述是借助一个外来者的视点来完成”的情况，也被贺享雍乡土小说内置的乡村视点所取代。连“外来者”贺世普贯穿全篇的《人心不古》这里，我们所能看取的，也完全是一个内置的乡村视点和传统乡村伦理依然存续、生命力顽强，乡村并没有凋敝，它在一个自给自足和自洽自为的生态系统当中自然运行。其实，《人心不古》的编辑王其进在编辑手记里已经对贺享雍的这个创作特点有着最为感性的评价：“中国农民的人心，最难懂，也最好懂。能否深入群众是关键。通过描摹自己熟悉的贺家湾的变迁，管中窥豹，以此读懂民心，是贺享雍的想法。这种努力，比单纯的指责，强烈的批判，尖刻的讽刺，要难得多。”①

如果说，贾平凹在《带灯》中，表现了他对于“高速路修进秦岭”、樱镇工业园建设的不会终止等——乡镇中国面临现代性社会转型所遭遇的经济亟速发展乃至无数畸形现实所怀有的深刻思考和危机感，表达了他对民间文化生态恶化的深重忧虑，让我们惊悚地发现不止乡村的文化传统已然逝去，现代以来所形成的新传统，同样在文化消费主义面前不堪一击；如果说，《极花》当中，小说向我们宣示传统权威在乡村遭遇危机和坍塌，新人难以成为独立自主的新人，农村日渐成为没有前途和希望的涣散无神的农村——这是“中国最后的农村”（何平语）；那么，贺享雍的《人心不古》《村医之家》等乡土小说，却由一个内置的乡村视点，由一个本地人叙述，告诉我们传统乡村伦理依然存续与拥有顽强和韧性的生命力，它的自洽自为自在，给我们展示了一个在其他乡土文学当中看不到的乡村——一个有着生命力和希望

① 王其进：《为回乡筑路——贺享雍〈乡村志卷三·人心不古〉编辑手记》，四川省作协《作家文汇》2014年8月号。

的乡村，从这个意义上讲，贺享雍的乡土小说或许是从乡土书写方面对如何拥有和展示一种文化自信，提供了一个很好的例证和非常生动的小说样本。

三、《乡村志》：超越地方志的文学性书写审美维度

中华人民共和国成立以来特别是改革开放近四十年来，中国农村发生了巨变和剧变，乡村的各种伦理秩序、价值观念也在不断地消失和改变。这些历史巨变不可避免地会令农民的生活方式、心理与情感都产生了巨大波澜和变化。这些，也触动了身在乡村、心系乡村的贺享雍。他直言："在这种背景下，2009 年我写完《拯救》后，萌生了一种以志书式的实录方式，来创作一部多卷本的长篇小说，将共和国成立六十多年的特别是改革开放以来的乡村历史，用文学的方式形象地表现出来，使之成为共和国一部全景式、史诗性的乡土小说。我最初的计划是写 8—10 卷，每卷 30—40 万字，每本书讲述一个不同的故事，表现一个不同的主题，但各卷故事均有所照应和衔接，人物亦有所交叉，分别涉及农村土地、乡村政治、民主法制、医疗卫生、家庭伦理、婚姻生育、养老恤孤、打工创业等诸多领域，合起来便让全书成为一幅气势恢弘、人物众多的清明上河图似的当代农村生活的历史图景。"①

"以志书式的实录方式"，是贺享雍起初就有的创作意图，并且被他很好地贯彻到了他的写作当中。四川从汉以降，始终保持和弘扬着方志文化传统，四川历代文人都关注地方志、风土志、

① 参见向荣、贺享雍：《方志意识在小说创作中的自觉追求与艺术表达——关于系列长篇小说〈乡村志〉创作的对话》，《文学自由谈》2014 年第 5 期。

民俗志等的修撰事宜。方志传统对四川现当代文学的影响也深刻悠久。20 世纪 20 年代，中国乡土小说初兴时期，四川作家陈铨在他的长篇小说《天问》中，就用风俗志的实写笔法描绘了故乡的风光和民俗。李劼人对方志的热爱和研究，也对他的文学创作产生了特殊的审美影响。有人说李劼人的小说是四川尤其是成都的百科全书，而郭沫若也说他的大河小说是“近代的《华阳国志》”。四川其他现代、当代乡土小说作家，均有程度不同的方志意识，这可能也是四川乡土文学独特的一种文化表征。贺享雍自己也非常喜欢阅读方志，他保存和阅读了大量的方志：他保存的《渠县志》，既有清乾隆、嘉庆、同治和民国时期的老志，也有改革开放后编撰的新志。这些志书在他手里，有的已经翻卷了边，有的翻脱了线，有的上面划了一道道杠杠。然后是川东北各县的方志。他还分别搞到了《万源志》《宣汉志》和《开江志》等方志。另外，还有《大竹志》《达县志》《巴中志》《通江志》《邻水志》《南充志》和《广安志》等。除此以外，他还喜欢收集其他地方的志书。他觉得拥有一部志书就是拥有一座宝藏，志书给他《乡村志》的写作带来了重要的帮助。他曾以卷一《土地之痒》为例，说明他的写作在对现实生活做真实反映的同时，也注重对影响人们行为的风俗习惯、宗教信仰、神话传说等民间文化的深入挖掘。那些风俗习惯、宗教信仰、神话传说等“地方色彩”和“民俗风情画面”，多取自县志上的风土民俗篇。[①] 他举例渠县人爱吃稀饭，是“稀饭县”，“往那水里加些经饿的杂粮、红苕、洋芋或蔬菜，一锅烩了来吃”的情况，其实在《人心不古》

---

① 参见向荣、贺享雍：《方志意识在小说创作中的自觉追求与艺术表达——关于系列长篇小说〈乡村志〉创作的对话》，《文学自由谈》2014 年第 5 期。

等篇里也同样可见。

当然，贺享雍对小说不应该仅仅停留在地方志书写的方面，还是有着自觉和本能的警惕的——从审美视阈来看，如果对地域生活的特殊性过度书写，也可能带来叙事的局限性，导致文学普遍意义的某种缺失或匮乏。“乡村志”的写作愿景，让我们不由得想起巴尔扎克在《人间喜剧》中提出的作为“风俗史”的小说。巴尔扎克曾言：“历史的规律，同小说的规律不一样，不是以一个美好的理想作为目标。历史所记载的，或应该是，过去发生的事实，而小说却应该描写一个更美满的世界……可是，如果在这样庄严的谎话里，小说在细节上不是真实的话，它就毫不足取了。”[①] 对于贺享雍来说，乡土小说不止要具有细节上的真实，还要在细节描写方面，具有超越地方志的文学性书写审美维度。《人心不古》中贺世普来到贺中华鱼塘边，“中华来到鱼塘边，放下了背篼。世普一看，背篼里全是又嫩又细的麦芽草。这种草长在麦地里，叶片细细的、长长的，形状和麦芽也差不多。这草营养价值很高。小时候世普养过兔子，到了冬天，他便是把这种草扯回来喂兔子，兔子特别爱吃。只是扯这种草要有耐心，因为它很细，扯半天还扯不到一把。可是中华却背了这样一背来，可见中华两口子费了多大工夫，才给鱼塘的生物们备下这样一顿丰盛的午餐”。[②] 世普目睹中华喂鱼时候的情景则是：

中华见世普怔怔地看着他的鱼塘，便抓起一把青草

---

① 巴尔扎克：《〈人间喜剧〉前言》，载《西方文论选》（下册），上海译文出版社，1979，第 173 页。

② 贺享雍：《人心不古》，四川文艺出版社，2014，第 65 页。

朝水中撒去。青草还没落入水面，奇迹便在世普眼前出现了。他先是听见从水中传来一阵扑喇喇的响声。接着，便看见像是天空起了乌云一样，那水面上迅速聚集起了一片黑压压的鱼群，朝着他们的方向游过来。它们的动作是那样整齐，一条鱼将尾一摆，要转过身去，千百条鱼儿仿佛得到号令一般，也同时将尾一摆，转过身去，全部露出肚腹的银色的光辉，像是对着岸上的世普炫耀似的。它们的目标也仿佛十分明确，那就是在青草落入水面的那一瞬间，一个个张开圆圆的嘴巴，来争抢这从天而降的美食。有的鱼甚至跃起身子在空中来接。一时，只见水面银光道道，无数的气波闪闪烁烁。中华一边向水里撒食，一边像是对着自己的孩子爱不够疼不够似的说："慢点嘛，抢什么？有你们吃的！"尽管这样，每撒一把饲料下来，仍有无数的鱼齐聚在水面，张着圆圆的嘴来争抢。世普从没见过这么多鱼争食，此时看得呆了，等中华把背篼里的青草撒完了，才对中华问："这么多鱼，你是啥时放的？"①

现实主义文学长篇写作，是否能够拥有足够的真实感，离不开细节的文学表达，细节的真实和细节描写为作家所提供其文学书写方式的数据，无比重要，它们是写作本身得以确立的根本。而能够在细节处辗转腾挪、自动生成的文学性书写审美维度，令贺享雍的乡土小说在审美意蕴等方面远远超越普通地方志的书写之上。

① 贺享雍：《人心不古》，四川文艺出版社，2014，第66页。

从语言能力和小说技巧方面看，贺享雍《乡村志》小说也都内蕴着值得挖掘的财富，其审美意蕴已远不是地方志所能够涵括。在当下乡土小说写作中，贺享雍的写作让我们重拾对于这种题材创作的信任，重燃我们对乡土文学所曾经寄寓但一度灰黯的希望之光。贺享雍的文学才华，成为他进行乡土小说写作的有效保障。他把四川的方言土语，自然融入人物语言和叙述语言，进入小说风俗、民情、物事等的描写，但又不任由方言的随意铺排和放任恣肆。其乡土小说地域性特征显著之余，又不失其“中国性”——他的乡土小说可以让各个地域的中国人读懂和读得津津有味，不存在因方言和地方色彩过重导致的阅读障碍。贺享雍有很强的叙事能力，既具有场景描写的把握和调配能力，同时又具有对人物心理和言行的精准把握，比如对佳桂和世国冲突的描写——佳桂挨打、佳桂喝农药前的场景和心理描写，将人物形象刻画得栩栩如生，显示了作家能够贴着人物写得很好的细节描写艺术功力。贺享雍还有很强的景物描写能力，常常是寥寥几笔，略加点染，便能写出乡村风景以及风景中自带的诗意，使人有身临其境的真切感。贺享雍《乡村志》小说叙事，显示了乡土文学和现实主义文学长篇写作具有强韧的生命力和在当下的新的可能性。

贺享雍的“乡村志”小说，已经远远超出了“地方志”所能够呈现和达致的记录和书写层面。他以真诚的写作态度、良好的文学修养和写作才华，让乡土小说这一中国现当代文学的重要流脉，在当下得到了令人欣喜的继承和传承，并且能够在他身上发扬光大。从中，我们可以感受到基层写作者、作家写作所体现的乡土文学鲜活的生命力和自带的生命能量。

第四章

先锋的转型及“续航”

第一节　无法安慰的安慰书

——从北村《安慰书》看先锋文学的转型

《花城》杂志一直被视为先锋派文学的重要阵地，花城杂志、花城出版社培育和形塑了北村、吕新等先锋文学作家。2016年，《花城》杂志刊发了吕新的《下弦月》和北村的《安慰书》[①]，花城出版社出版了单行本，并且重版了他们的代表作《抚摸》和《施洗的河》。围绕两书，分别有了11月21日北师大的研讨会，即“‘先锋的旧爱与新欢’——《下弦月》《安慰书》北京首发式暨研讨会”成功举办；而南京系列活动，则包括11月25日的先锋对谈和11月27日南京师大的研讨会和先锋书店读者见面会。在近两年以“先锋文学三十年”为主题的系列纪念活动中，大多是以相关话题展开讨论，先锋文学是作为文学史的一个话题和研究对象，被探讨、被追溯、被缅怀，等等，而《花城》杂志和花城出版社刊发、出版两位代表性先锋作家的新作，可以说是别立新声的，无怪乎有人会说“吕新、北村的新作问世，更像是一种提问和质疑：重提

① 吕新：《下弦月》，《花城》2016年第1期；北村：《安慰书》，《花城》2016年第5期。

先锋，意欲何为？”[①]

20世纪80年代是20世纪中国文学史上第二次的引入西方文艺思潮的高峰时段，其中就在70年代末80年代初引入了意识流手法，以刘索拉、徐星两个中篇为代表的“现代派”和韩少功、阿城、李杭育、郑万隆等人的“寻根文学”为代表，令1985年毫无疑问地成为当代文学史的标志年份。不同的学者批评家，对先锋派文学，有不尽相同的命名和指认，甚至开出的作家名单也不尽相同：陈晓明认为，“得到更大范围认同的先锋派文学是指马原之后的一批更年轻的作家，苏童、余华、格非、孙甘露、北村，后来加上潘军和吕新”[②]；南帆也直言，“我愿意对‘先锋文学’的团队构成表示某种好奇。通常，批评家开出的名单包括这些骨干分子：马原，余华，苏童，格非；叶兆言、孙甘露或者北村出镜的频率似乎稍稍低了一些，尽管他们的某些探索可能更为激进。另一些批评家或许还会在这份名单之后增加第二梯队，例如吕新、韩东、李洱、西飏、李冯、潘军，如此等等”[③]；张清华则认为单就小说而言的“狭义的先锋文学”，“是指分别于1985年和1987年崛起的两波小说运动”，前者是“新潮小说”与“寻根小说”的结合体，后者是“先锋派”和“新写实”的双胞胎，在他看来，“这个小说思潮或者运动大致是从1985年到1990年代中期，大约持续了将近十年时间”[④]。虽然大家的指认稍有出入，但先锋派文学的命名是共识，而且其文学经验一直留存到了今天。单

① 方岩：《先锋的旧貌与新颜》，《文学报》2016年12月16日。

② 陈晓明：《先锋派的历史、常态化与当下的可能性——关于先锋文学30年的思考》，《文艺争鸣》2015年第10期。

③ 南帆：《先锋文学的多重影像》，《文艺争鸣》2015年第10期。

④ 张清华：《谁是先锋，今天我们如何纪念》，《文艺争鸣》2015年第10期。

纯地以先锋派集体叛逃、江郎才尽、先锋文学骤然休克，来宣布“先锋文学”作为文学史喧闹的一页骤然翻过，似乎稍嫌草率了一些。且不说先锋派几乎是直接催生了20世纪90年代的长篇小说热，新世纪以来，当年的先锋作家，皆有新作问世，苏童的《河岸》《黄雀记》、余华的《兄弟》《第七天》、格非的《江南三部曲》《望春风》，虽已经不是先锋小说，却在提示我们，先锋文学经验在今天是否还可能存在，并且以何种方式在继续生长和变异？有研究者甚至从年轻一代作家已经对文本试验、对挑战既定的历史经验和文学经验不太感兴趣时候，反而是“50后”作家比如贾平凹、莫言等人，如何在历史意识、现实感和文本结构、叙述方面不断越界，寻求把传统小说与戏剧经验与西方现代主义小说经验混合一体的方法，藉以来探究主流文学中看似常态化的文学经验，其实就包含了先锋意识[①]；甚至通过莫言发表在《收获》2003年第5期的一个短篇小说《木匠和狗》，通过“歪拧”的乡村自然史来考察中国现代主义的在地性问题[②]。

的确，先锋不分先后，先锋也不分年龄，正当陈晓明等研究者担心先锋老龄化的现状时，新书腰封上赫然印着“归来依然是少年”“先锋作家最新力作”的《下弦月》和“先锋作家北村沉寂十年之作”的《安慰书》，的确给人以震撼，把“重提先锋”的问题，又再度呈现在了我们面前。它们的意义和价值，已经让“重提”远远超越了对先锋文学的纪念层面，直接向我们提供了

① 陈晓明：《先锋派的历史、常态化与当下的可能性——关于先锋文学30年的思考》，《文艺争鸣》2015年第10期；陈晓明：《我们为什么恐惧形式——传统、创新与现代小说经验》，《中国文学批评》2015年第1期。

② 陈晓明：《“歪拧”的乡村自然史——从〈木匠和狗〉看中国现代主义的在地性》，《文学评论》2017年第1期。

先锋作家新作、转型之作的新鲜的文本、文学样本，让我们去思考先锋文学经验在新世纪、在当下的合法性、在地性问题，思考先锋文学作家的转型究竟应该如何去看和理解，先锋文学经验生长和变异以及未来的可能性还有多少并且路径在哪里。《下弦月》书写的还是一段过去的历史，“献给那片不长水果的苦寒之地以及那些随风远去了的岁月”；北村的《安慰书》却是直接把笔触投向了先锋作家本最不擅长的现实题材——现实事件与现实生活故事的叙事，难上加难的是，题材来源竟然是新闻事件，怎样处理好文学与现实的关系，让现实在作家心灵之光照耀过之后，能够比那些拘泥于写实的小说更加具有对现实生活的提炼与抽象能力。小说叙事方面，已经不是早期的那种先锋姿态——对现实主义规范全面僭越之后的朝着形式主义的方向越界，小说既讲究了小说的可读性、小说所反映现实的真实性、可信度，又在叙事方面颇费心机。故事与话语，情节与叙事里面蕴含了作者太多的心思与玄机：叙述的角度，叙事的距离，小说情节在悬念中推理式前进，随意赋形的叙事，多个人物的转换型限制叙事……所有这些，都是先锋作家在当下转型当中所作的一种艺术探索，这其中，可能就有着先锋作家乃至中国当代文学重构本土与传统、与世界文学经验关系的努力，《安慰书》中的那些叙事的关节和技巧处理方式，已经不是早期先锋派那种明显的形式主义倾向，但北村对叙事的讲究和叙述方法的强调，到了无以复加的程度。在研究者对中国当代小说还远未获得成熟、圆融的现代小说经验的忧虑当中，《安慰书》从小说叙事和文本内部，通过作家自觉与自主的叙事探索，显示当代小说内化重构的深度和可能性。先锋派作为一个派，已经无法在当代文化中存在，但先锋作为一种精神和

意识，依然存在于作家的创作中。《安慰书》中对于人的主观心理感觉的强调，感觉的象征化、具象化，善与恶的对峙以及恶导致的赎罪、悔罪而恶本身并无法被宗教式救赎和解脱的主线，也无不说明先锋作为一种精神和意识，隐藏在了小说看似已趋常规化和常态化的叙述当中，这无疑是北村先锋文学姿态的一种自觉保留，并显示了作家一种能力，能够在当前的汉语文学写作中开辟和拓展出一条先锋派作家顽强生存的路径。“直至今天，开辟汉语文学的可能性还是需要先锋精神。”①

一、文学与现实，先锋文学转型的当下可能性

先锋派作家处理不好文学与现实的关系，几乎是一种共识。20 世纪 80 年代后期的先锋派小说本来就是对现实主义规范的僭越，南帆在 20 世纪 90 年代论述“先锋文学”时就说过：“他们并非为历史与经验而写作，而是用写作创造崭新的历史与经验。”②张清华曾经把先锋小说分为三个分支：一是“新历史主义”的一支，另一支是“面对当下生存情状的寻索者”，还有一支是先锋小说旁侧的“新写实”。连张清华自己也承认，从严格意义上说，“新写实”并没有明显的先锋性。跟现实关系最密的当下生存情状的寻索者们——从 80 年代中期的残雪到稍后的马原，以及跨越八九十年代的余华、格非、孙甘露等，基本上都是以“寓言”的形式写人的生存状态，如马原的《虚构》、格非的《褐色鸟群》

---

① 陈晓明：《先锋派的历史、常态化与当下的可能性——关于先锋文学 30 年的思考》，《文艺争鸣》2015 年第 10 期。

② 转引自南帆：《先锋文学的多重影像》，《文艺争鸣》2015 年第 10 期。

《傻瓜的诗篇》、余华的《现实一种》《世事如烟》甚至其长篇《许三观卖血记》（1995）等作品，都是一些类似于卡夫卡、加缪、娜塔丽·萨洛特式的存在主义寓言。从叙事角度看，它们无不具有“隐喻式超现实叙述的特点”。先锋派对待现实社会和现实书写的态度，已然如是，在他们“新历史主义”的文学书写当中，结构主义的方法使它打破了传统历史主义关于“历史真实性”的神话，认为历史不过是某种“文学虚构”和“修辞想象”，而存在主义的启示则使它形成了个人与心灵的视角，认为历史不过是“一团乌七八糟的偶然事件”，真正重要的只是“人的历史”，需要立足于“人性”，“把历史变成我们自己的”，变成“主体与历史的对话”。苏童、格非等人的“家族历史小说”、过去年代的“妇女生活”小说，叶兆言的“夜泊秦淮”等历史风情小说，以及晚近的陈忠实的《白鹿原》、莫言的《丰乳肥臀》等长篇，都是这一新的历史观念与思潮的产物。在这一观念的外围，更是出现了大量的“新历史小说”文本[①]。

20世纪80年代中期以来的新历史主义思潮，以及由其催生或者陆续出现的其他“从民族国家拯救历史”的小说，能够提供一种“复线的历史”（杜赞奇语），对于纠偏或者说补充“十七年文学”两种基本类型的小说“红旗谱”和“创业史”那种宏大的民族国家单线历史叙述的方式，是有价值和意义的。《红高粱》《古船》《活着》《白鹿原》《长恨歌》《尘埃落地》《丰乳肥臀》等小说的出版，令中国当代文学中的“从民族国家拯救历史”已经成为一种成熟的叙述模式，“村庄史”“家族史”“民间野

① 参见张清华：《中国当代先锋文学思潮论》（修订版），中国人民大学出版社，2014，第11-13页。

史”和“个人史”等对应于“民族国家史”的“小历史”，也不断成为批评家和文学研究者评价这类书写中国近现代历史小说的常用研究视角。但研究者已经意识到并加以反思，小说作为历史建构的一种方式提供了远远比历史研究丰富的日常生活审美，而且，“复线的历史”似乎并不必然地带来文学审美的丰富性，一种极端的倾向，是忽视人在历史中的复杂性，甚至将暧昧、幽暗、矛盾的人历史符号化。所以，像迟子建新世纪长篇小说《额尔古纳河右岸》和《群山之巅》，虽然所涉及的题材都已经在中国当代文学被许多作家做成了“民族志”和“村庄史”。研究者考虑的却是，迟子建怎样舍弃建构“复线的历史”的努力，转而将自己融入人间万象，和小说人物结成天然的同盟，形成共同的担当，“从历史拯救文学”，进而逐步建立以“伤怀之美”为核心的文学和日常生活的美学[①]。

就是这样吊诡，即便是似乎可以避开现实社会、旁逸到“历史”书写的一支，最终也会由于其历史观而滑入叙事游戏的空间，而终结其先锋本质。小说所涉及的题材，哪怕是可以做成“史”的题材，最终还是要回到日常生活中来。写作《安慰书》的北村，可以说深味小说之脉，他说，“只有作家光照过的现实，心里面的现实可能比外面的现实更真实，这就是为什么时代过去以后，历史教科书是一部分，作家描述的、记录的历史可能更为真实的，也就是心灵的历史”，尽管他自言“我主要探讨的不是现实问题，这也不是一部现实小说”[②]——这其实主要是就小说的叙事和叙

① 参见何平：《从历史拯救小说——论〈额尔古纳河右岸〉和〈群山之巅〉》，《中国文学批评》2017 年第 1 期。

② 北村：《北村：人像一个秤砣 恶会把他拉着下坠》，搜狐独家，2016 年 12 月 7 日。

述等方面而言的，下面我还要详析，但他的确是在小说中选择和触及了最为重要的现实问题。在采访他的导语里，记者都说“这本新书讲了一个中国改革三十年来的故事，和拆迁有关，和一桩谋杀案有关，它近得让人觉得，简直不像文学”①。一个“近”字，直击小说与现实关切密切的真相，而且还是如此沉重的现实题材，更何况在手持新书的时间，社会上因拆迁而杀人的现实依然存在着②。但小说与现实如此近切，素材又来自新闻事件，这本身就是极大的难度和挑战，不要说是先锋作家，就是非先锋的作家，也往往要付出牺牲文学性的代价。

在有些当代作家越来越依靠新闻资料来写作的时候，其中的问题和弊病也日渐突出。迟子建曾说：“有的作家仅靠新闻资料去写作，这种貌似深刻的写作，不管文笔多么洗练，其内心的贫血和慌张还是可以感觉到的。”③有研究者更是对新世纪以来新闻事件入小说的问题作了探究：2000 年之后出现了不少根据新闻报道改写的小说，包括李锐、刘继明等名作家，甚至闹出了雷同或抄袭之事，刘继明在 2004 年第 9 期《山花》发表的小说《回家的路究竟有多远》，李锐于《天涯》2005 年第 2 期发表的《扁担》，高度雷同地讲述了农民工断腿后爬回家乡的悲惨故事，以致掀起了抄袭风波。后来从作家的辩解中才明白，两位知名作家的素材居然都来源于中央电视台《今日说法・千里爬回家》……在研究者看来，对现实的重新叙事化的无力，是这样的改写并不

① 参见《北村：人像一个秤砣 恶会把他拉着下坠》导语，搜狐独家，2016 年 12 月 7 日。

② 2016年11月中旬，河北贾敬龙因遭遇强拆而用射钉枪杀害村长何建华的事件，为媒体所关注和追踪报道。

③ 参见《埋葬在人性深处的文学之光——作家迟子建访谈》，《文艺报》2013 年 3 月 25 日。

成功的原因。小说情节在叙事过程中虽然比新闻有了文学化的改编，但其叙事终点却都与新闻报道毫无差别，最终由于作家的虚构能力和超越能力不够而让人叹息。这正是作家的文学部分与现实部分太近造成的结果，文学才华被过于具体的现实压制了[①]。北村所写《安慰书》，素材无疑来自新闻事件，小说触及的现实，又如此近、近到扑面的程度，这其实是对作家叙事策略、叙述方面作出自主性艺术探索，提出了很大的挑战。“新闻事件成为作家写作的一个重要的来源。一旦社会新闻被作家拿过来用了之后，事件就已经离开社会新闻，就变成作家自己的，纳入到作家整个理想中。”[②]

同样是暴力强拆，在另一位先锋作家余华的近作《第七天》里，是叙述者杨飞“我”（亡灵）游荡中所遇：

> 我向前走去，走到市政府前的广场。差不多有两百人在那里抗议暴力强拆……他们是不同强拆事件的受害者，我从他们中间走过去……另外一些人在讲述遭遇深夜强拆的恐怖……有一个男子声音洪亮地讲述别人难以启口的经历，他和女友正在被窝里做爱的时候，突然房门被砸开了，闯进来几个彪形大汉，用绳子把他们捆绑在被子里，然后连同被子把他们两个抬到一辆车上，那辆汽车在城市的马路上转来转去，他和女友在被捆绑的被子里吓得魂飞魄散……汽车在这个城市转到天亮时才

---

① 参见刘旭：《文学莫言与现实莫言》，《文学评论》2017 年第 1 期。

② 何平评价《安慰书》，参见《作家的牙齿必须能咬开这个时代 | 吕新北村 @ 南京》，2016 年 11 月 30 日“花城”微信公众号。

回到他们的住处，那几个彪形大汉把他们从汽车里抬出来扔在地上，解开捆绑他们的绳子，扔给他们几件别人的衣服，他们两个在被子里哆嗦地穿上了别人的衣服，有几个行人站在那里好奇地看着他们，他们穿上衣服从被子里站起来时，他看到自己的房屋已经夷为平地……[①]（省略号为笔者所加）

他房屋没有了，女友没有了，自己也因惊吓而阳痿了……哪怕是强拆这样的事件，也被余华直接将现实事件乃至新闻事件“以一种‘景观’的方式植入或者置入小说叙事进程”、以现实“植入”和“现实景观”的方式来表象现实[②]。这种新闻事件以“景观”式植入小说叙事的方式，让人似乎再度重温先锋文学曾经的叙事游戏态度，新闻事件的无深度拼贴当中，后现代主义的戏谑情调再度浮出字里行间。北村在一部《安慰书》里，能够以怎样的技巧处理方式来处理同样来自新闻事件的素材，围绕暴力强拆的叙事他该怎样展开并且有深度地表现？就像他自己说的“作家的牙齿必须能咬开这个时代，而不只是用舌头舔一舔”[③]？用牙齿咬开这个时代的难度，是显而易见的。

① 余华：《第七天》，新星出版社，2013，第 17 页。

② 徐勇：《以象征的方式重新介入现实——论苏童〈黄雀记〉的文学史意义》，《文学评论》2014 年第 2 期。

③ 参见《作家的牙齿必须能咬开这个时代 | 吕新北村 @ 南京》，2016 年 11 月 30 日“花城”微信公众号。

二、叙事层次、限制叙事、叙事框架、悬念以及随意赋形的叙事

《安慰书》小说开篇一句“众水落去，我们才发现，自己成了一个孤岛。这是哪个名人说的？”紧接其后“我是石原”，引出一个先当记者后做律师的人，接手了一个案件，官二代陈瞳（即将退休的副市长陈先汉的独生子），开车撞了一个孕妇，不仅如此，还狂刺孕妇16刀，捅死了她，系“民愤极大”的一个恶劣事件。但这个事件只是一个表相，律师“我”（石原）在为他寻求证人、证据辩护的过程中，就像一个侦探，将真相剥洋葱般一层一层剥开，揭开了背后复杂而沉重的故事：改革30年来几个家庭（族）围绕强拆（拆花乡建高铁）发生的罪与恶，受害者锲而不舍地复仇、施害者悔罪而终于于事无补、无辜者再度被曾经的受害者加害……来自新闻事件的素材，经过北村在叙事方面的刻意讲究，既有很强的真实性、真实感，又在一种悬疑推理的可读性当中，情节不断推衍、真相逐渐浮出水面。而北村所作叙事方面的自主性探索，最为突出的一点，就是他搭建出了一个多层、细密的叙述框架，将中国作家一向不够擅长的限制叙事，发挥到了淋漓尽致的程度。

中国古代小说中已见限制叙事的情形，但实在不能与西方现代小说的限制叙事技巧等同。20世纪初西方小说大量涌入中国以前，中国小说家、理论家从未形成突破全知叙事的自觉意识。俞明震在时人多从强调小说布局意识入手悟出限制叙事时，从柯南道尔选择“局外人”华生为叙事角度，接触到了如何借限制叙事来创造小说的真实感问题：“……作者乃从华生一边写来，只须福终日外出，已足了之，是谓善于趋避……福案每于获犯后，详述其理想规画，则前此无益之理想，无益之规画，均可不叙，遂觉福尔摩斯若先知，若神圣矣。是谓善于铺叙。因华生本局外人，一切福之秘密，可不早宣示，绝非勉强。而华生既茫然不知，忽然罪人斯得，惊奇自出意外……”[①]（省略号为笔者所加）研究者分析了很难找到限制叙事对“新小说”改造的成功范例的原因：

> 也许，这跟“新小说”家的矛盾心态有关：一方面想学西方小说限制叙事的表面特征，用一人一事贯穿全书，一方面又舍不得传统小说全知视角自由转换时空的特长；一方面想用限制视角来获得“感觉”的真实，一方面又想用引进史实来获得“历史”的真实；一方面追求艺术价值，靠限制视角来加强小说的整体感，一方面追求历史价值（“补史”），借全知视角来容纳尽可能大的社会画面。[②]

这些问题虽然不是全盘被当代文学继承和延续，但舍不得全知视角自由转换时空的特长，和虽然想借限制视角来获得“真实感”却不能真正实现的情况，依然在当代小说哪怕是先锋作家以及先锋作家转型之后的小说中，广泛地存在着。有人认为苏童的近作《黄雀记》因结构上分为上部“保润的春天”、中部“柳生的秋天”、下部“白小姐的夏天”，而认为它们分别以保润、柳生、白小姐“为叙事主体或传主”，说《黄雀记》“是对明清‘后传奇’的多中心人物史传组合式结构的创造性转化”尚属有理，但

① 觚庵（俞明震）：《觚庵漫笔》，《小说林》1907 年第 5 期第 1 卷，。
② 陈平原：《中国小说叙事模式的转变》，北京大学出版社，2010，第 68 页。

说上中下部"它们分别从不同视角讲述了同一个故事的不同阶段，这是后现代小说的多中心叙述视角实验"①，似有牵强。细读就会发现，小说的上中下部，限制叙事往往是让位于第三人称叙述加全知叙事的，叙述者虽然很用心地克制自己全知的倾向，但与转换型人物限制叙事还是有很大不同。

北村在《安慰书》中，几乎把限制叙事发挥到了极致。贯穿小说始终的是叙述者"我"，由"我"的过去和现在所关涉到的所有人，都在我寻求证据、寻求证人、探寻历史旧案真相的过程中，与"我"打交道、发生关联，"我"在《同城时报》做记者、报道强拆事件的历史，让"我"与陈先汉、刘青山刘种田兄弟、开推土机轧残刘青山（最后又被利用杀死了刘青山）的李义、李义当年强拆队工友刘大志、"我"在《同城时报》的徒弟唐松、唐松的警察兄弟唐山等人物，发生关联。而现实中，刘青山的女儿刘智慧（父亲被致残后做了刘种田女儿）是"我"儿子的幼儿园阿姨，委托我辩护的是陈瞳母亲杜秀丽，李义的儿子李江是我接手陈瞳案的年轻检察官，孙小梅是李江的女朋友，李江与刘智慧既是仇人之子之女、又有着情人关系，刘大志的女儿刘菊是刘种田的情人，李江、陈瞳与刘智慧又是同学……他们是小说中的人物，却也是除叙述者"我"之外的一些叙述者，处于不同的叙述的层级。

作者可以通过结合运用第三人称和第一人称叙述者来写作一部小说，同样道理，作者也可以结合不同的叙

---

① 李遇春：《"传奇"与中国当代小说文体演变趋势》，《文学评论》2016年第2期。

事层次（narrative level）来安排话语。这样，一个被讲述出来的实施行动的角色，他自身在一个被嵌入的故事中又可以充当叙述者。在这个故事内可能又有另一角色讲述另一故事，依次类推。这一等级结构中最高层次是真正被置于第一故事的行动之“上”的那一个。我们称这一叙事层次为故事外层（extrdiegetic）。传统上第三人称叙述者正是被置于该层次，它拥有对于行动的全知视野，常常也拥有对于角色的思想和感情的知悉。①

律师石原“我”是实施行动——寻求证据证人和案件真相与历史强拆案真相和后续刘青山死亡事件真相的行动者、不断对事件作悬疑推理的行动者，但“我”自身又被嵌入当年的强拆致死致残事件、尤其是被嵌入当前陈瞳杀人案当中。“我”是叙事层次等级结构中被置于最高层次的那一个。但让人惊异的是，《安慰书》的隐含作者是把第一人称“我”（律师石原）而不是第三人称叙述者置于该层次，而且“我”也不拥有对行动的全知视野。“我”对每个“我”的行动所涉及人物的思想和感情根本达不到“知悉”的状态。“我”所知有限，“我”部分地被嵌入历史强拆事件——我当年只看到了真相的一些方面而已，“我”更是被嵌入了当前的陈瞳杀人辩护案，但是“我”又分明是一个“局外人”，“我”对当前的陈瞳杀人案的缘由知之甚少，对曾经的历史强拆也只是在替刘青山刘种田兄弟和乡民通过舆论赢得了他们应得的

① [挪威]雅各布·卢特：《小说与电影中的叙事》，徐强译，申丹校，北京大学出版社，2011，第32页。

补偿款，让杀人者李义及其背后主使陈先汉受到了应有的和一定的惩罚。对于历史真相和当下的案件真相而言，“我”是局外人，只能取限知视角和限制叙事。从另一个角度讲，在我接下陈瞳案之后，陈瞳案所关联的人物还在发生着故事，比如刘智慧从要为陈瞳作证减刑辩护到拒绝做证人，最后心灵忏悔又想做证人但已经救不了陈瞳，对于这些在小说叙事中继续发生着的故事，“我”也是局外人。“我”需要通过自身的努力，从李义、刘大志、刘菊、刘智慧、唐松唐山等人乃至陈先汉、杜秀丽等人口里，了解和还原事件真相和历史真相。比如，刘青山被强拆致残后过了几年死掉了，到底是尿毒症而死？还是被兄弟害死？这需要从不同人物口中去探求和还原，由于“我”是局外人，所知有限乃至知之甚少，“我”还要从不同人物的话中去辨明真伪和设计谈话策略——比如设计策引刘大志和刘菊等人去还原真相，从李义和陈先汉的陈述中去拂去假象、辨明孰是孰非和真相所在。从刘种田口中真正知道真相之前，“我”只有不断地从其他人口里尽可能多地套出线索和真相。“我”的局外人身份，让叙事层次最外层、也是叙事层次等级结构中最高层次叙述者“我”的叙述，首先就呈现一种限制叙事——也是为整部小说多层级、分层次限制叙事定下基调。

限制叙事，直接关涉北村在《安慰书》中的小说结构和布局，也让小说免去了对新闻事件的无深度拼贴之虞，扑面而来的是“真实感”目标的实现——中国现代以来作家一直想通过限制叙事所追求到的“真实感”，在北村的《安慰书》里，成为可能。中国当代作家常常在限制叙事时，露出全知叙事的马脚，或者看似披了限制叙事的外衣，仍然常常流连于全知叙事。这也难怪，在小说中，隐含作者要把自己的姿态放低到跟人物持平、乃至低于人物的程度——“我的人物比我高”（萧红语），实在不是一件容易的事情。可是，北村在《安慰书》中做到了这一点，而从“我”开始的限制叙事，“我”的行动和推理，无不构成推动情节发展的悬念。像我无意有意地跟踪了刘智慧，发现她母亲还活着，只是变成了植物人——当年强拆被轧后点燃煤气罐，“我”和所有人都以为她死掉了，她竟然还活着——“一路上两人都没有吱声，倒不是被医院里的那个黑色的活物吓坏了，而是我们（“我”、唐山，笔者注）都意识到了：在那具活死尸的裹布下面，还有一个像深渊一样的秘密”[①]。凡此种种，小说在许多类似的悬念和“我”的悬疑推理当中，情节一环扣一环发展。

由于小说是在多个不同人物对同一事件的叙述和追述当中完成悬疑推理、情节发展的。每个人物的叙述，未必是可靠的，也就是说可能是一种不可靠叙述。但“不可靠叙述”在北村《安慰书》里，已经褪去先锋作家当年故意追求叙述圈套和阐释难度的形式主义极致化追求。在《安慰书》里，与其说是多个人物的不可靠叙述，不如说或者说更恰当的表述，应该是多个人物的限制叙事。概原因有以下几点：第一，叙述者对其叙述对象的知识或者说洞察力有限，叙述者只是部分“知情”，比如刘大志、刘菊，唐松、唐山等，都是部分知情的人物。比如，刘种田刘青山的矛盾，刘种田把刘智慧当作女儿的无条件的宠爱，刘智慧与李江的关系等，“我”都从刘菊口里了解到了很多，“我开始相信刘菊是知道部分内情的人，但显然她不想一下子跟我透露那么多，她并不完全

① 北村：《安慰书》，花城出版社，2016，第 109 页。

明白我的来意”[①]。后半句，显然加了“我”的推想，其实前半句才是切中肯綮的，即刘菊只“知道部分内情”。她的身份（刘种田情人、同居者），也不可能知道更多。或者说，作为人物限制叙事的需要，只能让她说那么多。第二，叙述者有着强烈的个人沉湎（在某种程度上会使他的叙述表达和评价都明显主观化）。这一点在小说中，也表现突出。比如李义对待陈先汉的所有陈述，他固然有怨恨陈的一面（刘智慧的复仇计划，是他当年点拨的，用刘智慧的话说“一个李义恨死了陈先汉，另一个李义爱死了陈先汉”），但更加主宰他的，是他对陈先汉这样“坚持拆迁建高铁”和“英雄创造”历史的“改革英雄”的无条件膜拜和崇拜，他会在陈述中偏袒陈先汉、替陈先汉遮掩，用他儿子话说他是陈先汉“忠心耿耿的拥护者和崇拜者”。再比如，李义对儿子李江和来自己家做义工的女子刘智慧的讲述，也由于他精神方面已出问题而处于部分知情乃至完全不知情的境地，加上他个人对刘智慧的喜爱（希望她能作儿媳），而作出带有他自己强烈个人沉湎的叙述和评价。第三，叙述者讲述的事情与作为整体的话语所显示的价值系统相冲突。这一点，在杜秀丽、陈先汉、刘种田等人身上，表现得很显著。谈到历史旧案时，杜秀丽替丈夫陈先汉申辩：“杜秀丽看着我：石律师，你当年是反对我们的，现在时过境迁，你说一句公道话，恶，是不是推动历史进步的力量？”“也没想到，李义真那么狠，她说。我家老陈是实在人，实干家，所以他要背黑锅，改革就要有代价，现在高铁开成了，花乡发展了，还算不算过去的账？怎么算法？退回十年你算得过来吗？预计到了今天

① 北村：《安慰书》，花城出版社，2016，第 92 页。

的好处了吗？很多人都希望当年老陈坐牢，甚至被枪毙，我说幸亏当家的明理，否则人头落地，老陈现在只能冤为刀下鬼了！”[①]在杜秀丽的叙述里，她的价值观与道德评价体系与小说整体的价值系统是不符的，这其实也是一种限制叙事，明显带有为自己丈夫所犯下罪恶辩护性质的说辞，部分显示、还原了事件的真相亦即当年罪恶发生的真相，让小说呈现一种真实感。多个人物的限制叙事，甚至叙述相左、相互为补充，反而令小说的情节呈现更多的真实感，也成为悬念产生的契机，层叠密织、一环套扣一环的悬念当中，小说情节一步步发展、走向最终的真相揭出。

《安慰书》通过多个人物的限制叙事，创造了小说的真实感，让不同的人物重复叙述、追忆同一个事件，产生悬疑推理，剥洋葱般一层一层剥开，最终让真相浮出水面，这已经偏离了当年先锋文学的通常做派。比如，跟“先锋文学的正果”李洱的长篇小说《花腔》——让不同的人物重复叙述同一个历史事件——的叙事效果相比较，就有着很大的不同。《花腔》共由三个部分组成：“有甚说甚”“喜鹊唱枝头”“OK，彼此彼此”。每一部又包含正文和副本两部分，正文是三个讲述者在不同时代讲述关于葛任的历史。小说单行本卷首语末段又提到了有关对葛任的历史进行构建的第四个叙述人“我”：“最后必须说明的是，虽然我是葛任还活在世上的惟一的亲人，但书中的引文只表明文章作者本人的观点，文章的取舍也与我的好恶没有关系。请读者注意，在故事讲述的时间与讲述故事的时间之内，讲述者本人的身份往往存在着前后的差异。正是由于这一差异，他们的讲述有时会出现一些观

① 北村：《安慰书》，花城出版社，2016，第122、123页。

念上的错误。”[①] 而前面又有：“读者可以按本书的排列顺序阅读，也可以不按这个顺序。比如可以先读第三部分，再读第一部分；可以读完一段正文，接着读下面的副本，也可以连续读完正文之后，回过头来再读副本；您也可以把第三部分的某一段正文，提到第一部分某个段落后面来读。正文和副本两个部分，我用‘@’和‘&’两个符号做了区分。之所以用它们来做分节符号，而不是采用通常的“一、二”这样的顺序来划分次序，就是想提醒您，您可以按照自己对故事的理解，重新给本书划分次序。我这样做，并非故弄玄虚，而是因为葛任的历史，就是在这样的叙述中完成的。”[②] 与新历史主义叙事策略不谋而合的《花腔》经由不同的叙述者叙述同一历史事件，“每个讲述者都有充分的理由对那段历史进行遮蔽或扭曲。这是作者设置悬念的手段”；“因为说到底所有关于那段历史的记忆在本质上也是靠不住的，因为事后任何人都无法再度进入历史，个人的记忆是按照‘对自己有利’的原则得以实现，或者说记忆在被讲述之前可能已经出了问题，更不用说经叙述而成的历史叙事。《花腔》关于葛任历史的叙事似乎导向了虚无”[③]。所以，在单行本《花腔》里直接就有：“其实，‘真实’是一个虚幻的概念。如果用范老提到的洋葱来打比方，那么‘真实’就像是洋葱的核。一层层剥下去，你什么也找不到。既然拿洋葱打了比方，我就顺便多说一句，范老所说的阿庆吃洋葱一事是值得怀疑的，因为白陂种植洋葱始于 1968 年。”[④]

---

① 李洱：《花腔》，人民文学出版社，2002，第 2 页。

② 李洱：《花腔》，人民文学出版社，2002，第 1、2 页。

③ 张岩：《历史的回声——重读李洱的长篇小说〈花腔〉》，《文学评论》2014 年第 5 期。

④ 李洱：《花腔》，人民文学出版社，2002，第 282、283 页。

与《花腔》不同的是，《安慰书》中通过多个人物限制叙事，而重复叙述同一个事件，最终导向了事件和历史旧案的真相渐次浮出水面，而不是导向了虚无。而且，《安慰书》由于环环相扣，也根本不可能不按小说本身的排列顺序去读，这本身也是由于北村搭建了一个细密如织、环环紧扣的叙述框架所致。《花腔》中，是洋葱一层层剥下去、什么也找不到，甚至连洋葱是否存在都是个悖谬问题，与《花腔》恰恰相反，北村在《安慰书》中是要把洋葱一层层剥下去，也就是通过悬疑推理，抽丝剥茧，最终找到真相或者说呈现出“真实”。北村自己对《安慰书》的创作总结，也验证了我的如上判断：“我觉得在用这种推理形式时，可以慢慢的抽丝剥茧的，把很多发生的真相，首先是事实真相，然后是精神真相慢慢剥离出来，为什么要慢慢的剥离出来呢？中国大(疑为“作”，笔者注)家可能很缺乏一种透视、剖析、理性的思辨的力量，太多是一种感受性的东西。既然要有思想，就不能光有思想动机，必须要形成思想过程，这个思想过程实际上就是一个思辨过程，这个思辨过程如果放在小说的叙事里头就变成一个抽丝剥茧、慢慢揭开的峰回路转的过程，也是不断的自我否定这样一个过程。”[①] 虽然北村自言《安慰书》不是一部现实小说，但他应该主要是针对小说手法不符合经典现实主义规范而言，但就小说所反映问题的现实性和真实感备至的情况，小说已经俨然不是早期的先锋做派，至少已是先锋作家的转型之作。

北村在《安慰书》中搭建的叙述框架，是让人赞赏的。叙述层次最高等级、最外层的“我”作为叙述者，在其他人物从其视

① 北村：《北村：人像一个秤砣　恶会把他拉着下坠》，搜狐独家，2016年12月7日。

角作叙述的时候，限制叙事的效果，其实是与叙述者“我”有关的，因为言语先由人物说出，才会被叙述者呈现。由于第一人称的叙述者“我”既参与了情节（或部分的情节），又就该情节与对面的人物交流、甚至还要考虑与读者交流的问题。所以说，第一人称叙述者“我”（石原）在言语的呈现中发挥了关键的作用。当然，说到底是隐含作者在小说的限制叙事和叙述框架、言语的呈现中发挥着主导作用。为此，北村在叙述者“我”、不同人物的叙述和“我”与人物的对谈中，用了大量的自由直接引语式的叙述——省去了引号等规约性标志的直接引语，更适合表现人物内心独白式的叙述；而且还用了少量的自由间接引语——谁在说话？叙述者石原“我”？还是人物？需要读者加一番辨识，而这辨识，本身也让人推敲这叙述背后的可信度，等于让受述者、读者与“我”（石原）一起投身了悬疑推理，这或许也是北村在《安慰书》中制造悬念的一种方式。在这个完备的叙述框架里，延伸着数条线索，每条线索既可以梳理出其清晰的逻辑——这与先锋小说有意制造形式复杂性和阅读障碍已经完全不同，各条线索又互相缠绕、发生影响，线索的缠绕本身也让悬念的产生成为可能，北村自言他很少修改，在提纲里，他已经把“里面几条线的冲突，它的命运线，思想线，感情线等等，各个线我都先让它们博弈一遍”[①]，非得作家有强大的思考、思辨能力，始有如此自在自为的一种艺术生发的状态。可以说，小说的整个叙述框架细密、繁复，容不得错讹，非得小说家具备强大的叙事能力并且掌握现代小说所需的纯熟的叙事策略以及技巧所不能够为之。

---

① 北村：《北村：人像一个秤砣 恶会把他拉着下坠》，搜狐独家，2016年12月7日。

"随意赋形"的叙事——随着自己所要表达的意思赋予它形状，小说的写法根据自己的内心体验来表达，北村的确做到了这一点。北村在后记里的那段话："只有探索人性是迷人的。人性是精神的核心。而小说的叙事是跟着灵魂走的，如影随形，走出故事，走出结构，走出语言，随意赋形，并浇筑出整个形式和风格的大厦。"[①] 这句话，让我们看到了他身上先锋精神的遗留、或者说潜藏于其中的先锋精神，又或可视作他对自己《安慰书》小说叙事取得成功的总结之语。

三、潜藏于其中的先锋精神

《安慰书》是以新闻事件作为小说素材的，尤其又是截取了案件——杀害孕妇的案件和强拆致死致残、致兄弟手足相残的历史旧案，有些人说案件远离现实，不痛不痒，不是文学，有的人会说，这个太过接近生活了，是新闻报道，写的都是浅薄的，幸亏北村"对这两个问题持不同意见"，北村在《安慰书》中书写了作家心理观照过的现实。不仅是心理观照过的现实，《安慰书》中，北村的确具有一种足够坚韧的力量，用他足够坚硬的牙齿，咬进了现实。你可以说，《安慰书》不是一部现实主义小说，但是如前所述，小说家强大的叙事能力、叙事策略，尤其是限制叙事所产生的"真实感"，都无不在诉述小说具有鲜明的"现实性"。小说的真实感、反映现实的峻切性和对现实的穿透性，其叙述建立起来的进入现实主义却又不是传统、经典现实主义的那种力道，

① 北村：《安慰书·后记》，花城出版社，2016，第 285 页。

都无不表明小说具备顽强的先锋意识。选自新闻事件的素材、截取的是案件，却能够成功避开由于缺乏足够的虚构能力和超越能力而令文学性缺乏或缺失的危险，又能够没有滑入后现代主义的对新闻事件的无深度拼贴和戏谑情调，实属不易。心理观照过的现实，小说抽丝剥茧悬疑推理当中的理性思辨力量，尤其是其中恶与善的思辨、交战的全过程，无不说明潜藏于其中很有力道的先锋意识，也显示了北村对艺术创新的孜孜不倦、锲而不舍。

先锋文学曾经遭到现实主义文学诟病，言其无视常识，其文学世界“不真实”。先锋文学却说，文学实验可能产生另一种“真实”的观念，甚至产生另一种“真实”本身。这固然有强辩之嫌，但的确可以让我们思考，并非是经典的现实主义规范、客观写实乃至白描手法，才能真实和忠于现实。当“50后”作家们比如贾平凹都在不断越界、突破自我，不满于自己所曾采用过的现实主义叙事模式而即便是现实书写也走向“微写实主义”[①]的情况下，当年的先锋作家更有可能对如何表现现实、如何让小说具备真实性，作出自主性探索。作家心理观照过的现实，可能更具现实性、真实性和震撼人心的力量。以表现强拆的场景描写为例，是拼贴一个戏谑化场景，还是用牙齿咬进现实、获得直入人心的力量？《安慰书》中以自然回忆或者转述的画面，来复现当年为建高铁暴力强拆霍童花乡的惨景，唐松、“我”、孙小梅一起喝酒聊天：

> 我说唐松，我哪有你能耐？你写了一篇小说，是那篇小说扭转乾坤的吧？孙小梅急忙问小说是怎么回事，

① 参见李遇春：《贾平凹：走向“微写实主义”》，《当代作家评论》2016年第6期。

我告诉她，当时拆迁方强暴拆迁，有个领头的农民以身阻挡推土机，他老婆点燃了煤气罐，结果严重烧伤，老公则被压在推土机下面，下半身粉碎，就像一盆番茄酱。孙小梅感觉要吐了。唐松写了一篇小说叫《我的下半身（下半生）哪里去了？》，主人公被推土机全部碾平，变成了一张薄薄的血纸，由于全部碾平了，所以面积扩大了几倍，血尸像煎饼果子那样被摊平，但还是人形，于是在大地上形成了一张巨大的像麦田圈一样的人皮，仿佛向天空无言地诉说和呼喊：人呵人！……当时民众把唐松这篇小说误以为是我写的真实报道，引起的愤怒似狂潮一样席卷同城，虽然我经过多次澄清，民众后来分清了我的报道和唐松小说的区别，但被推土机压烂下半身是事实，所以小说反而为报道加分，平添了新闻无法达到的情感烈度，市领导直接在我的报道上批示，霍童乡强拆案终于获得了圆满的解决。我成了最大的功臣。如是云云。孙小梅听傻了……（省略号为笔者所加）①

这是小说第一次对强拆场景的描写和再现，很好解答了“我”、唐松与当年强拆事件的关系，而“我”的报道与所谓的唐松小说之间的关系，也恰是一个象征和隐喻，隐喻了强拆这样改革历史当中普遍发生的事件与小说文本《安慰书》之间的关系。小说不是新闻报道，却达到了新闻报道难以达到的真实感和震撼力。小说第二次强拆场景复现是“我”和唐松拜访刘种田，看到刘青山

① 北村：《安慰书》，花城出版社，2016，第 29、30 页。

遗像时“我”的一段回忆，回忆当时村民和拆迁队“血地”抗争的历史场景和刘青山被轧后的惨状：“刘青山被抬出来时，已经不能说话了，用手指指自己的裤子口袋，刘种田从里面掏出了一百块钱，已经被血染红了，轧碎了一半，他以为口袋还在，实际上他的一半胯部已经没了。刘种田抱住哥哥号啕大哭！”[①]作家让裤子口袋里的一百元钱只剩一半，另一半随着已经没了的胯部轧碎了，以裤子里的只剩一半的一百元钱这样一个物象来象征并极写当时境况的惨烈。而孙小梅喝酒之后向我倾倒的李江（李义之子）的很多秘密，就“包括当年花乡惨案对他的影响。最骇人听闻的细节就是：少年李江那天晚上发现出事的原因，居然是从仓皇回家的父亲李义脚指头上发现的一块小肥肉开始的，那块小肥肉拇指指甲大小，有些黄，他还拿来玩了半天，后来才知道这是一块人的脂肪。当整个事件的报道铺天盖地而来时，李江才意识到父亲真的卷进了一个命案中。无论父亲如何向儿子辩白他并没亲自轧死人，但那块人类脂肪总是在李江眼前出现，拍打着他的神经。”[②]花乡惨案，是那天晚上仓皇回家的父亲脚指头上的“一块小肥肉”——“一块人的脂肪”，这块小肥肉，是意象，也是象征，象征着拆迁的惨烈，也成为李江一生挥之不去的心理阴影。在弗洛伊德看来，在所谓的最早童年记忆中，我们所保留的并不是真正的记忆痕迹而却是后来对它的修改，成人的记忆是一种“掩蔽性记忆”[③]，但童年记忆里的事，即便可以遗忘、修改，长大后的李江，也不会淡忘夜间仓皇回家的父亲脚指头上的一块

① 北村：《安慰书》，花城出版社，2016，第46页。

② 北村：《安慰书》，花城出版社，2016，第52、53页。

③ 弗洛伊德：《日常生活的精神病理学》，载《弗洛伊德主义原著选辑》（上卷），辽宁人民出版社，1988，第105页。

小肥肉。他后来对陈瞳、实际上是对陈先汉的复仇，都缘于那块人类脂肪的深刻记忆。“孙小梅关于李义脚指头上一块人的脂肪的描述，差点让我恶心得吐了出来。”

> 它勾起了我非常不良的回忆：出事的那天夜里，我记得很清楚，人们从现场把人拖出来，抬上担架，耳边一片哀嚎声，有人纵火，一个保管寮起火了，我突然看见才五六岁的刘智慧竟然也跟到了现场，她就那样眼睁睁地看着自己的父母血淋淋地被人从推土机下拖出来，她母亲痛得大声呼叫，父亲从腰以下内脏褴褛，惨不忍睹！我冲过去紧紧抱起刘智慧，转过身去，但她却扭过头去直视着母亲的肚肠在地上拖着……她的表情异常平静，是因为太小，还是完全被吓呆了，看不出一丝惊恐来，只有巨大的眸子里映照着熊熊烈火……我蒙上她的眼睛，拼命地往回跑。直到把她交给刘种田时，她仍然没有害怕的表情，只是在黑暗中睁着亮亮的眼珠。[①]

“我”的这段回忆，融入了“我”太多的主观心理感觉，强拆的“现实景象”是经过我的主观心理过滤过的场景复现，它不是纯粹写实的，但比纯粹写实更加真实，因为它是作家主观心理观照过的现实。小说后面还有几次对当时强拆的场景复现，由不同的人重复叙述同一个事件，从不同的角度、维度补充甚至是强调当时的景象，每一次复现，都会因为其真实和沉重，敲打着人

① 北村：《安慰书》，花城出版社，2016，第 53 页。

心，让人不能承受之重。这种场景复现，也从小说叙述逻辑的角度，解释了燃起李江、刘智慧心中复仇火焰的缘由。而“我”每一次重回陈曈案发生地、地上的“石板”都作为一种意象和象征，复现血案发生时的情形。小说第一章，我再度经过陈曈案发生地的时候：

> 我心情转为轻松，拢紧风衣穿过广场。突然我站住了：离我大约几十米的前方，就是陈曈案发之地，我慢慢地走过去，蹲下来，凝视着石板路面：唐山曾经带我来实地看过，他描述陈曈行凶时的表情，不知道是哭着还是笑着，表情很古怪，一手狠狠按在她脖子上使之不能反抗，另一只手紧握尖刀丧心病狂地捅着她的肚子，他成了一个血人，看着像鬼似的，“丧心病狂”是唐山当时使用的词汇，警察一般不使用这样非专业描述的语言，他可能也被陈曈的暴行震惊了：由于反复捅刺的部位一致，导致被害孕妇的肚子开了一个大洞……汹涌的血水喷薄而出！流得到处都是，完全染红并覆盖了十几块地板石。①

“我”再度经过凶案发生现场时，对石板路面的凝视，让我回忆起了唐山向我描述的陈曈行凶时的表情及惨烈程度，是对唐山事后叙述的再叙述、场景再现的再现。足够激烈强度的场景，但如果作家场景复现仅止于此，并不能够达到最佳的叙事效果。

① 北村：《安慰书》，花城出版社，2016，第 18 页。

因为不管怎样强烈，都是叙述的再转述，距离较远，没有佐证的话也难有足够的可信度和说服力。可是，小说家没有止步于此，他继续写道：

> 我低下头凝视着石板：环卫工人连续刷洗了几天，血印都没有完全褪去，而是深深渗透进了石板，这种石板有着像根脉和树杈一样的裂纹，血迹就深深嵌入那里，像人身上密布的神经和大脑的沟回一样，十分瘆人！连石板都记住了血腥的暴行，某种恐怖传闻开始在同城奔走，唐松在他的微博上写道："石头也在控诉官二代的肆意横行，它记住了仇恨"，来血纹石板上献花和点蜡烛的人越来越多……[①]（省略号为笔者所加）

这一下子又把距离拉近，近到是正身处广场的"我"凝视着脚下的石板，我的低下头凝视，看到的石板景象，是现实景象、现实实存，也让"我"的叙述，在叙事距离上由远及近，这种叙述者和其中事件的距离变化，本身就对叙事虚构和作家能够手法灵活地表现事件的激烈程度和产生真实效果、震撼力，发生作用。要知道，距离概念揭示了叙事虚构（特别是小说）的一个基本特征：如果叙事虚构异常灵活并以激烈强度表现事件和冲突，它本身就由一系列距离化的手段构成[②]。石板已经成为记录暴行的意象和一种象征，在陈瞳案当中发挥着作用，"市府意欲拆掉这

① 北村：《安慰书》，花城出版社，2016，第 18、19 页。

② [挪威] 雅各布·卢特：《小说与电影中的叙事》，徐强译，申丹校，北京大学出版社，2011，第 35 页。

几块石板，重新铺装路面，但居然被一个人拦下来了”，这个人就是李江。这些场景复现和景象呈现，都不是经典现实主义的描写手法，是熔铸了作家主观心理感觉的情景描写和现实景象。有研究者认为，莫言在《檀香刑》之后的小说当中，把感觉推到一个超感觉的象征世界，感觉象征化是现代小说的重要标志，也是莫言成为大作家、具有莫言式先锋性的关键一步[①]。我倒觉得，像北村这样，把作家的主观心理感觉融进现实，实存的物象作为一种意象和象征，不是拘泥于纯粹写实的景象描写和场景复现，反而更加具有现实冲击力和真实感，潜藏于其中的是一种先锋意识，烙印着作家转型之后依然具有先锋意识同时又深具现实感这双重的印记。

“血石”不只是血案的证据，还是情节发展的动力。小说第四章：

> 从岳母家回来，经过成功广场，又在陈瞳行刺的地方的石凳上坐了下来。这已经是本周第三回啦。我抽着烟，低头看看那块血石，抬头望着人来人往，好像能想清楚一些事情。已经是初秋，地上铺了稀稀落落的树叶，虽然还不够红，但远远看去，还是在我眼前幻化为一抹凝固的血迹。一个穿着栗色风衣的女子从眼前匆匆走过，踩死了一只正在过街的小蟾蜍。我看她犹豫了一下，还是踩了上去。在一瞬间这桩命案就发生了，也许这个风衣女子正赴一场约会，验证美好爱情，抑或是去做一件

---

① 谢有顺：《感觉的象征世界——〈檀香刑〉之后的莫言小说》，《文学评论》2017 年第 1 期。

好事和义工，这是一种合理冲撞和损耗？至少无须查验追责和辩护。我记得在大学时老师曾给我们做过一个实验：用图钉扎甲虫，一种据说没有痛感的动物，因为没有痛苦，所以施害者并无道德责任？但我已经不记得我当时的结论是什么了。[①]

面对血石，连落叶都依然“在我眼前幻化为一抹凝固的血迹”。而在这个场景中驻足，看到匆匆走过的女子踩死一只过街小蟾蜍，我内心的一系列心理活动，其实是关系到我对陈瞳案和历史旧案中施害者与受害者、施害与受害的一种思考和思辨的过程。

《安慰书》有一个最为重要的方面，就是作家对善与恶尤其是恶与罪的一个思考的过程，思辨性和近乎“天人交战”（北村语）的情形，贯穿小说始终。北村自言不喜欢东方的故事传统和叙事传统，不喜传统的“传奇”小说，在他看来，传统的传奇主要是描述故事的表面，北村要在他的文学中讲究心灵的冲突，“你外在的思辨的或者情节冲突的逻辑，就必须符合内在的精神冲突的逻辑”[②]。卡夫卡曾经说道：“对于我们来说世界上有两种不同类型的真理。我们可以把它们描绘成认识之树和生活之树，也可以说成行动真理和休息真理。在第一种真理中善和恶是分开的，而第二种真理并不是别的什么东西，它就是善本身，它对善和恶都是一无所知。对于第一种真理我们确实很熟悉，而对于第二种

① 北村：《安慰书》，花城出版社，2016，第 61、62 页。
② 北村：《北村：人像一个秤砣 恶会把他拉着下坠》，搜狐独家，2016 年 12 月 7 日。

真理我们却只能去猜想，这是令人悲伤的景象。”[1]据此，彼得—安德雷·阿尔特进一步说：“由于人固守在感官世界里，因此他就必然生活在恶那里。而恶不允许他清楚地感知到自己的境遇，只允许他感知到认识的表面现象。”[2]在卡夫卡和阿尔特看来，善与恶分开而恶普遍性存在着，纯然的善只能去猜想，人在恶里时，恶并不允许作恶者清楚地感知自己的境遇，所以恶是这样普遍、广泛、不可更移地存在着。《安慰书》中，把对恶的展示、审视和思考，几乎做到了极致。

在杜秀丽、陈先汉乃至李义看来，“恶”是“推动历史进步的力量”，强拆的施害者，成了他们意念中的“英雄”，受害者，成了阻碍社会进步的“蚂蚁”。吊诡的是，施害者也可以变成受害者，陈先汉的独生子陈瞳，成了替父辈赎罪的牺牲品，随着落入刘智慧圈套后，这个善良的年轻人与刘智慧一起做义工，随刘智慧去面对她的植物人母亲、一次次接受心灵的拷问，爱上刘智慧、在当众表白后，遭到羞辱而“冲动”杀人、葬送了自己年轻的生命。而陈先汉在得知儿子被判死刑后与刘种田（刘种田害死哥哥刘青山的事情被刘智慧知道）在楼顶不期而遇、都想跳楼自杀，最后陈先汉抢先了一步，跳楼身亡。李义、李江本是受害者，但同时又是施害者。当年李义以陌生人身份现身，挑动了幼小的刘智慧的复仇火焰，教授她复仇的办法，李义当年轧残了刘青山，后来又被陈先汉、刘种田利用，第二次动手、杀死了刘青山，自己也癌症晚期死掉了。李江直接在陈瞳案中，夹带私货亦即私仇，

---

① 参见［德］彼得—安德雷·阿尔特：《恶的美学历程：一种浪漫主义解读》，宁瑛、王德峰、钟长盛译，中央编译出版社，2014，第420页。

② ［德］彼得—安德雷·阿尔特：《恶的美学历程：一种浪漫主义解读》，宁瑛、王德峰、钟长盛译，中央编译出版社，2014，第420页。

导致陈瞳被判死刑，却因在陈瞳案中的伪证罪失去了检察官资格。小说结尾，李江坐上了往刚果的班机但却未必能够与刘智慧双双团圆……刘青山刘种田兄弟本是受害者，在花乡集团发展的利益面前，兄弟反目，刘种田竟然与原来的冤家对头陈先汉联手，杀死了自己的亲哥哥。复仇成功的刘智慧，并没有获得真正的解脱，小说“尾声”，她在非洲做了一名修女，“染上了一种很难治愈的新型流感，现已病危”。

《安慰书》中，贯穿着一条很重要的复仇叙事的线索。当然，这个复仇故事的真相，在小说临近结尾，才得以揭示。所以，小说整个悬疑推理的过程，与其说是围绕复仇叙事展开的，不如说是围绕北村对善与恶、尤其是恶的一个思考和思辨过程展开的，这在以前的当代小说中，是少见的，甚至是仅见的。乔叶的近作《认罪书》也是复仇叙事，却与《安慰书》有着很大的不同。乔叶《认罪书》，复仇的缘起，是由于金金被“始乱终弃”这样一种女性的情感仇怨，后来才转向对梁家家族罪恶和历史之恶、普通个体身上“平庸的恶”的揭示和反省，而这一切，经历了一个叙事逻辑的转换，就是对于恶的揭示，让位于一种复仇叙事。故有研究者认为：“小说以金金为主线进行的叙事，偏重的是对复仇行为、复仇过程和复仇结局的展现，而行为主体因复仇所形成的罪，以及由此可能产生的灵魂的激荡和道德的焦虑并未得到丰沛的呈示”；“当金金的复仇目标达成后，小说也以善必胜恶和因果报应的逻辑匆匆结尾，小说中的人物面对罪行而进行的自省、挣扎和承当的叙述空间、长度和深度被大大挤压。”[①]《认罪书》

① 沈杏培：《〈认罪书〉：人性恶的探寻之旅》，《文学评论》2015年第5期。

的复仇叙事，更多体现中国复仇之作所惯常的“更多地激发善必胜恶的愉悦感”和因果报应的善恶伦理。

《安慰书》中对善与恶尤其是恶的一个思考和思辨过程，是传统文学所没有的，潜藏于其中的，是丰沛的先锋意识和先锋精神。有研究者（张柠）认为，北村从《愤怒》到《我和上帝有个约》和《安慰书》提供了当代作家思想问题进入情节和形象的非常好的经验。传统小说向来缺乏思想如何进入形象和情节的方法，而北村在这点上十几年来一直在探索。“只有让思想进入我们的民族自身的人物形象中去，小说才能变得鲜活。而不是直接把观念移过来，移过来是容易的，但要把观念变成具体可感的情节和形象是有难度的。”① 北村在《安慰书》中，毫无疑问地解决了这个难题。《安慰书》，名曰“安慰书”，实际上写的还是人的“没人安慰”和“无法安慰”，这说到底探索的仍然是人的生命存在与人性的根柢，这也正是先锋文学作家北村所一直在意、着意和执着探索的。北村自言：“《安慰书》实际上是没办法安慰。《圣经》有一句话是非常合适的，它说被欺压者流泪，没人安慰；欺压人的人也流泪，也没人安慰。大家互相欺压都很孤独，彼此成为孤岛。”② 或可用一句话来概括小说的主旨：无法安慰的《安慰书》——从中，我们看到了先锋文学的转型，而且，先锋精神，是不灭的。

① 参见《吕新与北村：重新打开先锋文学之门的密钥——先锋小说在“花城”》，作者赵芯竹，来源：百道网，2016 年 12 月 13 日。

② 北村：《北村：人像一个秤砣 恶会把他拉着下坠》，搜狐独家，2016年12月7日。

第二节　先锋的“续航”及现实抵达

——评曹军庆中短篇小说集《向影子射击》

湖北省作协专业作家曹军庆25万字中短篇小说集《向影子射击》，2018年8月由天津人民出版社出版。共收录了中篇小说《云端之上》《落雁岛》《滴血一剑》和《我们曾经山盟海誓》；收录8个短篇小说《向影子射击》《请你去钓鱼》《和平之夜》《一桩时过境迁的强奸案》《风水宝地》《胆小如鼠的那个人》《时光证言》和《请温先生喝茶》。正如大家所几乎共识的，近些年是一个长篇小说处于绝对强势的时代——近年每年近万部长篇小说体量的产出——但是，新长篇小说一俟出版就被湮没的情况，也比比皆是。中短篇小说集，要想引起读者和评论界的注意，尤非易事。而曹军庆的中短篇小说集《向影子射击》，在用先锋手法、先锋叙事处理现实题材、书写和逼近现实方面，在近年来转型或者“续航”后的先锋派作家所做的转型和续航的文学写作当中，可谓是成功的范例。阅读曹军庆中短篇小说集《向影子射击》的过程中，心中不禁升起一层又一层的感慨和感喟，感动于作家在写作上所达致的成就——我们几乎可以毫不怀疑地这样认为，

曹军庆的写作，对当下先锋叙事如何书写现实，具有示范作用。

一、先锋“续航”的可能：更为丰赡的社会现实

前面研究中已述及，20世纪80年代是20世纪文学史上第二次引入西方文艺思潮的高峰时段，其中就在70年代末80年代初引入了意识流手法，以刘索拉、徐星两个中篇为代表的“现代派”和韩少功、阿城、李杭育、郑万隆等人的“寻根文学”为代表，令1985年毫无疑问地成为了当代文学史的标志年份。不同的学者批评家，对先锋派文学有不尽相同的命名和指认，甚至开出的作家名单也不尽相同：陈晓明认为，“得到更大范围认同的先锋派文学是指马原之后的一批更年轻的作家，苏童、余华、格非、孙甘露、北村，后来加上潘军和吕新”[①]；南帆也直言，“我愿意对‘先锋文学’的团队构成表示某种好奇。通常，批评家开出的名单包括这些骨干分子：马原、余华、苏童、格非；叶兆言、孙甘露或者北村出镜的频率似乎稍稍低了一些，尽管他们的某些探索可能更为激进。另一些批评家或许还会在这份名单之后增加第二梯队，例如吕新、韩东、李洱、西飏、李冯、潘军，如此等等”[②]；张清华则认为单就小说而言的“狭义的先锋文学”，“是指分别于1985年和1987年崛起的两波小说运动”，前者是“新潮小说”与“寻根小说”的结合体，后者是“先锋派”和“新写实”的双胞胎，在他看来，“这个小说思潮或者运动大

---

① 陈晓明：《先锋派的历史、常态化与当下的可能性——关于先锋文学30年的思考》，《文艺争鸣》2015年第10期。

② 南帆：《先锋文学的多重影像》，《文艺争鸣》2015年第10期。

致是从 1985 年到 1990 年代中期，大约持续了将近十年时间”[①]。笔者也在文章当中指出过：虽然大家的指认稍有出入，但先锋派文学的命名是共识，而且其文学经验一直留存到了今天。单纯地以先锋派集体叛逃、江郎才尽、先锋文学骤然休克，来宣布“先锋文学”作为文学史喧闹的一页骤然翻过，似乎稍嫌草率了一些。且不说先锋派几乎是直接催生了 20 世纪 90 年代的长篇小说热，新世纪以来，当年的先锋作家，皆有新作问世，像苏童的《河岸》《黄雀记》、余华的《兄弟》《第七天》、格非的《江南三部曲》《望春风》、北村的《安慰书》和吕新的《下弦月》（2016），等等，虽已经不是当年意义上的先锋小说，却在提示我们，先锋文学经验在今天是否还可能存在，并且以何种方式在继续生长和变异。[②]

2015 开始并且持续了一段时间，“先锋文学三十年”是很多学术和文学刊物都在集中探讨的论题。很多研究者提出了先锋文学在当下转型的问题，吴俊教授则在立足先锋派转型之后的两部新作——北村《安慰书》和吕新《下弦月》的基础上，重新回溯和梳理了 20 世纪 80 年代以来的中国当代文学的一个重要的创作思潮——先锋文学的整个的发展和历史脉络问题。他以一个学者、评论家、理论家和文学史家的眼光，提出了先锋文学的“续航”概念。吴俊指出：“先锋文学的续航概念旨在促使文学批评清理并开拓有关先锋文学发展流变的意义和分析视野。就 20 世纪 80—90 年代中国文学的发展生态、实际状况及其价值关怀和基本诉求而言，现代主义文学和先锋文学实为二而一的同一个对象。

① 张清华：《谁是先锋，今天我们如何纪念》，《文艺争鸣》2015 年第 10 期。

② 参见刘艳：《无法安慰的安慰书——从北村〈安慰书〉看先锋文学的转型》，《当代作家评论》2017 年第 3 期。

先锋文学是文学创造的精神潜流和发展常态，有着动力机制作用，现代主义文学则是特定范畴的文艺思潮或运动。以叙事文体的自觉创新意识为主导的先锋文学是20世纪80年代以来一以贯之的当代中国文学创作思潮，先锋文学的最重要意义和价值是体现并发挥了文学创新的动力功能。”又：“80年代中国的现代主义和先锋文学的两者关联或许可以这样来表达：现代主义文学（的发生）就是一种先锋文学精神的体现和实践，先锋文学则从现代主义文学中获得了相对丰富和系统的文艺理论与文艺实践的经验支持。换一种说法，先锋文学应该是文学创造的精神潜流和发展常态（动力机制），现代主义文学则是特定范畴的文艺思潮或运动，多是有着具体目标指向的特殊案例。”① 在他看来，20世纪80—90年代中国文学里面，现代主义（现代派）文学和先锋文学恐怕不仅说是难以切割，甚至不妨说这两个概念所指的其实是二而一的同一个、同一种对象。

20世纪80年代后期的先锋派小说本来就是对现实主义规范的全面僭越，南帆在20世纪90年代论述“先锋文学”时就说过“他们并非为历史与经验而写作，而是用写作创造崭新的历史与经验”②。马原的“叙述圈套”，余华在20世纪80年代中期以后的一系列作品，如《四月三日事件》（《收获》1987年“实验文学专号”，同期还有马原的《上下都很平坦》、洪峰的《极地之侧》）《一九八六年》（《收获》1987年第3期）等作品中现代主义色彩浓厚，怪诞的心理叙事是其典型特征之一。此后，余

---

① 吴俊：《先锋文学续航的可能性——从吕新〈下弦月〉、北村〈安慰书〉说开去》，《文学评论》2017年第5期。

② 转引自南帆：《先锋文学的多重影像》，《文艺争鸣》2015年第10期。

华将暴力、死亡、变态等叙事美学一度发挥到了极致，如《河边的错误》（《钟山》1988 年第 1 期）、《现实一种》（《北京文学》1988 年第 1 期）、《世事如烟》（《收获》1988 年第 5 期）、《难逃劫数》（《收获》1988 年第 6 期）、《鲜血梅花》（《人民文学》1989 年第 3 期），等等。格非更是擅用迷宫结构的小说叙事形式。先锋文学文体探索的极致，小说叙事滑向叙事游戏的空间，似乎也已成为文学史上较有共识的一个结论。陈晓明也说："20 世纪 80 年代中国的现代主义不了了之，90 年代中国文学转向传统，乡土叙事构成了主流，也取得瞩目的成就。很长时间当代文学已经遗忘了现代主义这类艺术上的探索。"① 虽然不能认为先锋文学作为文学史喧哗的一页骤然翻过、难以为继、江郎才尽，但是，这个作为与现代主义是难以切割，甚至是二而一的同一个、同一种对象的思潮的先锋文学，不再以原初的形式和形态继续，却是为大家所共同体会和意识到的。那么，我们不禁发问：曾经畅行 20 世纪 80 年代中后期的中国的现代主义，后来为何就不了了之了？说他们处理不好文学与现实的关系，这很容易。但这个先锋文学处理不好文学与现实的关系，所隐含的更深层的问题是什么？仅仅以形式主义发展到极致之后难以为继、陷入叙事游戏的偏隅，就能够将深层的问题敷衍过去吗？而且，形式的探索和文体实验，怎么就会一定而且必然地导向一种叙事游戏或者是"编造"倾向呢？

我想，除了学习马尔克斯或者博尔赫斯时候，在技法上还处于初习阶段。更为深层的原因是，20 世纪八九十年代，尤其 80

① 陈晓明：《"歪拧"的乡村自然史——从〈木匠和狗〉看中国现代主义的在地性》，《文学评论》2017 年第 1 期。

年代中后期的一段中国社会现实，并不能够十分充盈地对应现代性、现代主义的思潮，现代主义好比衣装，现实好比是人的身体，外在和衣装离开适合衣装的身体，不仅会神不合，貌也会不合。与20世纪80年代中期开始的那一段先锋文学盛行的社会现实和时代语境相比，曹军庆所要处理的——文学所要表现的现实，在精神内质方面，在现代性、现代主义乃至后现代主义方面，都与先锋文学的先锋精神和文体实验更加贴合。也就是说，近年的中国社会现实，更加能够为富有先锋探索精神的作家，提供令先锋叙事丰赡的、可供表现和抵达的现实。曹军庆中篇小说《云端之上》里的焦之叶，开篇就是，“那一年，焦之叶决定就此宅在家里了”。小说叙事展开之后，读者就会发现，这个刚刚大学毕业的焦之叶，学途是反复的——他二度进大学。他读了一个武汉的名牌大学，却因为挂科退学。退学后，其实他已经独自在西房里“宅”过一年，他选择了复读备考，重新考上了武汉的另一所名牌大学。但毕业后，竟然是小说开篇的情节——他又“宅”在了家里。一个人，名牌大学后“宅”在家里，后来把自己的父亲、母亲先后“宅”死了。自己也因“宅”而死掉了。小说结尾，竟然是一个很偶然的车祸——十七岁少年彭加元（“他当然是富二代”）酒后无证驾驶、玩飙车，车撞了焦之叶的房屋，令焦之叶的房屋在这起车祸中变成了废墟，交警在查验现场时发现焦之叶早就死了，而他并不是死于这场突如其来的车祸。吊诡的是，车祸竟然帮助完成了难以完成的拆迁任务——滨河大道上的钉子户被铲掉了。不读这个小说，很难想象，竟然有作家能够动用多种叙事技巧，把一个大学毕业后不就业、宅男（当然现实中其实也有宅女）的生活、生命存在样态，加以这样既宏阔又细密幽微地展示。说它宏阔，是因为焦之叶所处的家庭环境，包围家庭环境周围的邻里环境，邻里环境之外的社会大环境、时代环境，无比宏大、宏阔，让一个家庭、一个个体，被扔到一种不可捉摸的空间里——他最终将自己幽闭在他自己的小房间里。宏阔的环境里，时时伸出枝节，影响和逼视、逼仄着宅在小房间里的这个个体。这个个体，从来也没有脱离周围和社会的大环境。但这个大环境，是不可靠的、充满各种未知的危险因素的。诚如那段被广为征引的福柯的话所说："我们所居住的空间，把我们从自身中抽出，我们生命、时代与历史的融蚀均在其中发生，这个紧抓着我们的空间，本身也是异质的。换句话说，我们并非生活在一个我们得以安置个体与事物的虚空中（void），我们并非生活在一个被光线变幻之阴影渲染的虚空中，而是生活在一组关系中，这些关系描绘了不同的基地，而它们不能彼此化约，更绝对不能相互叠合。"[①] 焦之叶所生活、居住的空间和他周围的社会关系，与他之间，充满了现代性的惶惑和后现代的焦虑，彼此的隔阂、对立，不能沟通，却又不知道原因到底何在，正是这个小说幽幽地向我们传达出的一种气息和社会现实。

《落雁岛》里，沈旺秋经过了"很难说它是一道门，那么不是门它是什么。看上去那地方那么破旧，没有栅栏。外表像是废弃了的什么地方，但又不是或者不知道是什么地方"——这样的诡异之处，他甚至是开着车经过了一片更加诡异的墓地，来到了武汉东湖背面的"落雁岛"。他掏出植入了高科技芯片的证件，证件的发放者是"康大中文系 1978 级同学会筹委会"。受邀者

① 福柯：《不同空间的正文与上下文》，载包亚明主编《后现代性与地理学的政治》，上海教育出版社，2001，第 21 页。

要在落雁岛上一起度过15天假期，而且到了落雁岛所有的人都是假面人，都不能再以真面目示人。假面之下，种种悬疑与猜测，包括对下届岛主的遴选，也诡异无比。这个活动的策划者到底是谁？也似可寻觅踪迹，其实也并未给予明晰的答案。还有假面下，人人本性的暴露无遗——偷盗岛上的古董或者物件、放在自己的行李里想夹带出去。一个个侍者，在赵公馆里却摇身一变、成了一个个刑讯者，而刑讯逼供出的，未必是现实中的小偷小摸，可能是被刑讯者在历史和久远的年代里所犯下的罪过——似乎是这样，却又好像不一定是这样。曹军庆把这个时代的，和来落雁岛的每个人所能携带的现实的碎片，在落雁岛的15天所谓的同学聚会和度假生活里，聚合，呈现，似是而非，朦胧不确，却又很真实，并不显现那种20世纪80年代先锋作家叙事圈套和叙事游戏的极致化表达方式。曹军庆有着强大的文学想象能力，但他不是脱离现实的想象，他的想象和先锋手法，表达的恰恰是现在种种的社会现实，而且他是将平常大家俗常习见的同学聚会、物是人非、人性人心、当下社会以及历史上的曾经和过往，都做了一个聚合式呈现。

《滴血一剑》中的单立人，是个母亲（柳雪飞）在他身上倾注了无比多的心血的好学生。可他交往最密切的两个朋友，其中一个，白令涛，杀死了自己的老师肖老师——一个信奉严师出高徒的老师，竟然被自己的学生杀死（现实中的确有这样的真实事件）。这件事对单立人刺激很大，他失踪了，无非是躲到一个网吧里，花了九十七天，玩穿了白令涛向他介绍过“滴血一剑”的网络游戏。而这个游戏，本身就是对白令涛杀人事件的隐喻，和杀人者的一种心理投射。在单立人失踪的日子里，父亲单方向、母亲柳雪飞的绝望，失子后的相互埋怨进而动手，甚至还想过能不能取下子宫里放的节育环，再生一个。还夹叙带出了柳雪飞当年曾经被自己的熊同学（现在的熊县长）睡过又抛弃、单方向被自己的恋人张同学背弃的过往。单立人失踪的日子里，柳雪飞所有寻找他的方式，各种担心——担心儿子被倒卖活体器官的坏人已经加害，单方向修车铺生意不好、夫妻二人生活的种种捉襟见肘，等等，每一样生活片段，都是在我们身边发生过或者正在发生着的现实。所以，读者读曹军庆的小说，很有代入感和身临其境之感。小说中，曹军庆用了很多先锋叙事的手法，但是，你一点也不会觉得虚空，更不会有叙事圈套、叙事游戏或者作家自己的独语、一个人的自言自语——这样的阅读感受。能够令先锋叙事更丰赡展现的现实，在曹军庆的小说里，是一个鲜明的气质，这也是当下的社会现实所赋予的，但同时也需要作家体会生活和观察生活以及写生活的能力。

《我们曾经山盟海誓》，用的是第一人称“我”叙事，“我”是一个女人，“我”的丈夫赵文化。“我”对自己与丈夫之间曾经山盟海誓、种了蛊的感情，深信不疑。实情却是，赵文化设计了骗局，诱骗“我”离了婚，他好和会计吴艳艳结合。这样的故事，屡见不鲜，现实中发生着，时光往前倒推三十几年，这个小说中所需要的种种现实——经商、官员腐败、设计虚假的民俗村，等等，就不会有。没有对应这样的一个先锋小说叙事的种种现实要件，整个小说叙事也将不成立——由此，亦可见现实丰赡，充满现代性乃至后现代主义的种种，对于先锋叙事生动呈现的重要性。当然，小说所涉的现实和作家对纷繁繁复现实的书写、呈现，也让人惊诧作家曹军庆记取生活和体察生活的能力。

中短篇小说集《向影子射击》中的8个短篇小说，细细读来，同样也是让人毫不怀疑近一二十年，尤其近年的社会和生活现实，对于小说的先锋叙事能够成立、同时又具有逼近和直抵现实能力的重要性。《向影子射击》中的云嫂，是个由小院里的“夫人”选定，给“先生”提供奶水的奶娘。诡异的是，这个“先生”是个重要而神秘的人物，而不是婴幼儿。《请你去钓鱼》中，有跑路的“小三儿”方小惠和她的哥哥——开鱼池的鱼老板，瞿光辉有兴致被请去钓鱼，似乎是为了对方小惠的那份牵系。《和平之夜》里中学生林之前倾羡黑社会，在他的真真假假、亦幻亦真的种种猜度里，是对县城里可能存在的黑帮的“寻觅”和表现。《一桩时过境迁的强奸案》，开篇首句即是：“四十三岁的刘晓英把十八岁的张亚东给强奸了。”实际讲述了一个在现实中已经颇有点屡见不鲜的青少年被强奸的故事，只不过这个小说里是被作家设置成——刚刚成年的青少年强奸了一个年长女性的情节，而且这个少年还是品学兼优的传统意义上的“好孩子”。他的品学兼优，才成为年长的刘晓英宁可牺牲自己的声名，也要说是自己强奸了张亚东、以保护下这个孩子的前途的理由和根由。《时光证言》中，是为官的何思凡猝死，引出的是他包养的两个女人之间的互掐、对峙的故事，和续娶的妻子与前妻所生之女的交锋和纠葛故事。《风水宝地》《胆小如鼠的那个人》和《请温先生喝茶》等，每个短篇小说里，都汇聚那些近年我们的社会和生活现实当中，正在发生着的一桩桩真实的事件。每一桩，都那么真实和具“现实”性——呈现现代性、现代主义乃至后现代主义先锋性的现实，在近年来尤其是当下，如此广泛而真实地存在着。作家曹军庆有着一双善于观察、记录生活和文学书写的眼睛。这些，是先锋手法超越于形式主义极致性探索之上，能够如此真实和贴切地表现和书写现实的一个牢固的基石。离开现实的基石，小说很有可能不可避免会陷于纯粹的文体实验乃至一种叙事的游戏。曹军庆尊重现实，记取现实，反过来，现实也成就了曹军庆的小说创作。

二、文体实验的限度和有效性：先锋“续航”以及现实抵达

20世纪80年代先锋派文学所积聚的文学经验，其实影响到此后文学发展的走向、轨迹和演变，并一直影响到当下文学的方方面面。哪怕是宏大叙事文学作品的创作，也同样会汲取当年先锋派作家文体实验所积累的文学经验。当下仍在从事先锋手法写作的作家，有当年成名的先锋派作家在新世纪重新“续航”之作，比如苏童、余华、格非、北村、吕新等人；有如陈晓明所言的，仍然在有意进行一些先锋探索的“50后作家”，比如莫言、贾平凹和阎连科等人；还有仍然比较执着于先锋手法探索、似乎更为接近当年先锋派文学文体实验写作方式的作家，比如李浩、黄孝阳等作家。当年的马原、格非、孙甘露等人，“实验小说”的努力做了很多，以致于吴俊这样评价马原：“他貌似不再对现实的冲突感兴趣了，他想建立的是小说文体的观念系统，建立小说的主体性。叙事方式成为小说的核心并构成小说的推进逻辑和文体形态。等走到极致之后，显然不是外在的威权力量而是他的‘叙述圈套’堵住了他的去路。”[①]——当对现实的冲突不再感兴趣，或者推而广之，对表现、逼近和抵达现实，不再那么感兴趣，文

① 吴俊：《先锋文学续航的可能性——从吕新〈下弦月〉、北村〈安慰书〉说开去》，《文学评论》2017年第5期。

体实验走向极致，“叙述圈套”难免会堵住先锋作家的去路——还不是堵住马原一个人的去路。这种堵住，其实是对所有的先锋手法写作的作家都具有适用性。

我倒是觉得，先锋手法创作的作家，文体实验要有限度。有限度的文体实验，才能令作家的文体实验和叙事探索，具有有效性。个人浅见，惟有如此，先锋才能真正“续航”和真正抵达现实，令先锋作家处理不好文学与现实的成见——成为过去时。很幸运，作家曹军庆可能是对于文体实验要有限度，他有着作家的一种主观自觉。他在喜爱先锋手法和把弄叙事技巧方面，很克制、很节制，他知道喜爱文体实验和形式探索，是一回事；他也知道文学书写现实，又是另一回事。两者皆不可少，亦不可偏废。先锋手法是他喜欢的，但是他从来没有忘记观察现实、记录现实和文学书写的重要性。他常常不动声色地借用不同人物的限知视角来叙事，在用人物限知视角和限制性叙事时，他扔掉了作家主体心性的一些东西。他小说的隐含作者，常常是尽可能地贴近人物视点来叙述，从而避免了先锋作家常易罹患的一种弊病——用人物的口吻，却是在诉述作家本人的一些主观心理乃至作家本人的个人呓语……

《云端之上》这个中篇小说，写的是一个大学毕业、不找工作，“宅”回父母家的宅男，先后把父亲、母亲“宅”死了，最后，把自己也“宅”死了。作家运用了不同的叙事线索，焦之叶在西房小空间里“宅”自己，是一个空间结构的叙事；这个房间之外，焦之叶的父亲母亲焦东升、潘桂花的生活，又是一个叙事结构，更加呈具现实性。两个叙事结构彼此嵌套，通过紧闭的窗上那个方形小洞而关联。对于焦之叶的“宅”，作家没有停留在人物主观心理的宣泄，隐含作者很注意在采用焦之叶这个宅男的叙述视角、采用第三人称全知叙事和西房外的父亲母亲的叙述视角之间的一种灵活转换。焦之叶的“宅”不是无事可做，他其实是很忙的，在自我囚禁的房间里折叠衣服，是他的一大爱好：

囚禁的房间太小，他却能在里面自得其乐。没事找事做，无聊有无聊的好处，越无聊越兴致勃勃。从无聊当中获得满足，并能沉醉其间那可是一种能力，是与生俱来的能力。虚度光阴，把无聊过得花样百出。焦之叶有这种能耐，无聊在他手上是一把折叠扇，“哗”一下打开，再“哗”一下收拢。他把衣柜里叠好了的衣服一件件在床上抖散，又一件件折好，重又放回衣柜。这是件细致活，需要漫长的时间。好在焦之叶有时间，他手上变换出兰花指，把衣服折出各种形状。折成风筝，折成灯笼，上衣的袖子和袖子打上结，裤管跟裤管缠在一起。或者，折成某种小动物。他经常以叠衣服来消磨他的想象，消磨一分一秒的时间，他的想象无穷无尽，时间也无穷无尽。衣柜里摆放着的衣服因此奇形怪状，他把很多时间都花在这里。打开衣柜，它的上层有可能飘着某个国家的国旗。但它并不真是国旗，它只是有着旗帜的形状，他把衣服扯开，故意绷成旗的样子。至于它的中层和下层，有的衣服叠成了动物，有的叠成了风筝和灯笼，还有冬天的厚衣服，被他折叠成了某种一眼就能认出的塔，还有的干脆折叠成了电视机或冰箱。折叠这些东西需要技术，更需要耐心，焦之叶在床边一待就能待上很久。他在较劲，顽强地跟时间较劲，就让时间从他手上一厘米一厘米地磨掉。①

不禁惊诧于一个男性作家，有这样的叙事耐心，在细节化叙述中，让一种现代性的，或者说后现代的空虚、孤寂、无聊体验，这样来表现。这里没有叙事圈套，而是更加真实可感的生活实感，也就让小说更加有可读性，是讲究故事性和情节的小说。焦之叶不只是叠叠衣服，他更加主要的是，活在网络的世界里。优秀的作家或者说隐含作者，只说他如何迷恋网络，只把沉迷网络一笔带过，可以吗？曹军庆可没有只这么简单地交待一下。他给焦之叶搭建了一个无比丰富多彩、异彩纷呈的虚拟生活空间："折叠完衣服，再磨蹭一下别的事，大约到了晚间十点，焦之叶又要精神抖擞地准时坐到电脑前。他雷打不动地要在这个时间回到网上的家里去，和他的妻子琴见面。琴棋书画梅竹兰，焦之叶在网上一共娶了七个妻子，还有三个情妇两个红颜知己。"作家的巧心或者说叙事功力在于，要把焦之叶在网上与不同的人所形成的婚姻关系、情感关系以及她们分别的身份、现实生活，都穿插得当，叙述自如，这非常不容易。不止对于隐含作者来说不容易，对于焦之叶这个人物，又何尝容易？围绕他，是迷宫一样的人物关系，当然要捋清，绝对不能混淆。这迷宫式的人物关系和小说叙事，是先锋性的，但应该是有限度的，无论作家、隐含作者，还是人物自己，都该对此有一种有限度的认知。焦之叶这样对待他复杂的网络身份，他甚至为自己列了一份表格，贴在墙上，举目可见：

① 曹军庆：《向影子射击》，天津人民出版社，2018，第13-14页。

但是一定要避免混淆，不能说错了话。混淆如同病毒，如同多米诺骨牌，不能在任何一个环节上出错。身份和话语形态无法切割，是怎样就是怎样。为了时刻提醒自己，焦之叶做出了一份表格，表格不光存在电脑里，他还把它贴在墙上，抬头就能望见。望着墙上的表格一目了然，焦之叶没事就端详它。这也是焦之叶背靠着窗户坐的原因，他需要盯着墙壁而不是窗外。

表格上这样写着：琴夫人处：官员，正处或副厅。以副厅为宜。衣着整洁高档。性格沉稳。谈吐松弛，间或幽默。擅处理大事难事，解危难如拾草芥。棋夫人处：海员，可能大副。强壮。长时间离家漂泊铸就沉默。手不离刀，枕刀而眠。疯狂做爱，释放积存的苦闷。基本不说话，大多以单字单词应对。书夫人处：国际医生，极少回国。文雅。对话时偶尔出现外文单词或短句。谈论疾病死亡。经常诟病国内医疗体系，骂医院。画夫人处：黑老大，个头瘦小。表面上弱不禁风，骨子里冷血残暴、多疑、善猜疑、易妒、话多、嬉笑怒骂，真正的大哥，黑白通吃。之所以喋喋不休地说话，实际上是在选择性地掩饰自己。梅夫人处：商人，房产大佬。有钱，钱多到他自己都不知道有多少。慈善家。素食。吃斋信佛。说话时常捂住胸口。最爱回忆小时候的贫穷。饥饿的记忆越说越甜蜜。但是遇到折迁丝毫不会心慈手软。竹夫人处：骗子，掮客。以放高利贷为生。强奸过前来借款的单身女人。手和背上均有文身。粗暴。嗜酒，有时吸

> 食大麻。可能有酒精依赖，动辄恶语相加。竹夫人怕他，唯唯诺诺。兰夫人处：教授。此处有些面目模糊。……[①]（省略号为笔者所加）

形式探索要有限度，文体实验需要具有有效性，即便是虚拟空间的叙事，也要故事性、可读性兼具。更况，与焦之叶的虚拟空间支撑起的人生，是他的父亲母亲的人生。在焦东升和潘桂花的世界里，要更加具有现实性，更为贴近你我生活的日常，才会与焦之叶的人生和日常生活形成一种参差的对照和叙事上的互补。潘桂花的故事里，有她曾经做为环卫工人，被单位想刻意将其树成劳模，她却因自己嫌脏的秉性，在“摆拍”掏脏物时、旁边都是等候的摄影师和记者，她却以控制不住的哇哇地狂吐，白白错过了成为劳模、改变命运的机会。她真正活得像一个有尊严的人，是她退休后做了广场舞的领舞。可连这也岌岌可危乃至失去，就是因为剧团里退了休的旦角萧玉玲的加入。而萧玉玲，又勾连起她与老曾的旧情未了……这些世俗的、有滋有味的故事，把先锋小说一贯的飘在半空，书写现实也往往是现代、后现代的辞气浮露，彻底地脱离和抹去。作家对生活，对人心，表现得丝丝入微。你似乎可以从叙述人、从潘桂花视角的叙事里，感受到潘桂花的困惑，潘桂花的不甘，潘桂花的委屈，潘桂花的伤心……曹军庆是一个有着高度的叙事自觉，并且对生活善察，对语言掌控自如的作家。他的小说叙事，无论借用了多少的先锋叙事手法，很少纽结和牵绊的地方，语势连贯自然，言简意畅，常常有语言

---

① 曹军庆：《向影子射击》，天津人民出版社，2018，第20-21页。

自始至终如瀑布般倾泻奔跃向前、整个小说具有一气呵成之感。

短篇小说《向影子射击》中，使用了很多先锋叙事的手法。小说开篇的云嫂回到小院的场景和小说叙事，作家极具叙事智慧，一切的可知，不可知；可说，不可说——被隐含作者掌控得刚刚好。从旁观者视角的叙述，女人视角的叙述，两个保安视角的叙述及对话，那辆驶过的加长的黑色轿车……被像垃圾一样拖到很远的路边并且被扔掉的女人，然后隐含作者笔锋一转，“云嫂醒来的时候，已经躺在医院里了。”——看似是接叙她的遭遇，实际上是接叙了按线性时间顺序的话，应该是此前、至少一年前发生的故事——所以其实又算是内部倒叙了云嫂难产被李医生救，却被李医生介绍成为在小院有着特殊任务的奶娘的一段过往经历。保姆或者佣人的故事，是很多小说家所乐于表现的题材。但却鲜见像曹军庆这样运用了那样多的先锋手法，来表现这种诡异的给成人供应奶水的“奶娘”的故事。笔者以前曾经讲到过，乡下女孩进城做保姆经历各种各样的遭遇和故事，是很多小说家都乐于表现的题材。比如贾平凹的《阿秀》，是表现进城做保姆的阿秀一些前后的变化，和她如何对待昔日恋人山山的故事。小说非常写实，是道地的现实题材。再比如严歌苓的《草鞋权贵》，小说由乡下来城里做保姆的小姑娘霜降的所见所闻，细述了曾经声名显赫的程司令一家的不同于寻常人家的生活和种种不为人知的内情：夫妻关系诡谲而不和谐，孩儿妈（程妻）与男秘书曾经扑朔迷离的私情与程司令总疑心有个儿子是私生子的矛盾和冲突贯穿始终。程司令是个日渐颓颓老矣却好似仍然心不老的让人捉摸不透的一家之长，孩儿妈犹如魂灵般幽幽地存在于这家的院子里，影影绰绰如《雷雨》中的繁漪，却连繁漪那份泼辣都不能也

不敢有……霜降仿佛是程司令一家在新的时代生活当中走向分裂和衰败的见证者[①]。如果说《草鞋权贵》中有对人的非常态的表达，那么可能主要集中在孩儿妈、四星身上，四星不只身体上是被父亲“软禁”的“犯人”，他的心灵也是萎靡、不健康的，是被现代生活侵蚀的生命个体。

但与《向影子射击》中云嫂的故事相比，《阿秀》和《草鞋权贵》等所做的故事讲述，是更偏于现实主义题材的一种小说写法。《向影子射击》却在一种满是悬疑、不失玄幻，各种现代生活的匪夷所思的胶着、甚至可以说是交战状态当中，展开小说叙事，而一切又那么真实，具有直逼现实的力量。作家对先锋手法、文体实验所刻意保持的一种有限度的表达，让这个小说很有故事性、可读性。有些在现实中未必会真实发生的情节、细节，因为作家的叙事耐心和叙事真诚，而让人一点也不会产生惶惑和怀疑之感，反而是觉得颇为真实、可信。比如对先生吸云嫂奶水的细节化叙述一段的小说叙事（207 页）。生活经验告诉我，成人直接吸乳娘的乳头、嘬奶，是不容易做到的，绝对不是吸奶瓶那样的方式可以吸出奶水。但是作家在这里所做的并不写实、并不符合现实情况的——成年男人，还是一个老男人，吸着女人的乳头、直接嘬奶，却显得那么真实，丝丝入扣。我倒是从这段更加体会出了，文体实验的限度和有效性，叙事耐心和叙事真诚的加入，现实生活细节化叙述能力的辅助，令先锋“续航”以及现实抵达，成为一种可能。你甚至可以从中真切地感受到一个女人再也回不到自己过去生活的一种无助和无奈，一种痛苦。曾经出现过的吃奶粉

---

① 参见刘艳：《贾平凹写作的古意与今情——以贾平凹几个短篇小说和散文为例》，《扬子江评论》2018 年第 2 期。

（劣质）导致“大头娃娃”的社会现象，也在这个小说里云嫂的儿子身上出现，让云嫂的命运更显可怜和不幸。太多真实、现实的注入，先锋便不再有飘在半空、无法落地之虞。曹军庆中短篇小说集《向影子射击》里，几乎每一篇小说，都有这样的叙事耐心、叙事真诚以及为先锋手法奠基的现实基石。

另一个方面，本有可能是纯粹的现实题材，很容易陷于一种贴地式书写，很难向文学性书写转化和转换的题材，在曹军庆这里，因了作家先锋手法的加入，而伸展出文学性的魅力和更多发人深思的思考。比如《一桩时过境迁的强奸案》，作家将青少年强奸犯罪的俗常题材，翻转成了一个善意的谎言——四十三岁的刘晓英为了挽救这个已经高考完、马上要踏进大学之门的男孩子张亚东，她“灵机一动”，向撞破现场的人说是自己强奸了张亚东，并为此背负了不好的名声。已经失去丈夫、养子也不知所终的情况下，她本就处于命运多舛、精神也昏昏然的状态，却又担了这样一个坏名声。她后来的人生，乞讨也被人唾弃，各色龌龊的男人都想来她这里占便宜，占不到便合力来几乎是“无主名的杀人团”（鲁迅语）一样来虐杀她——她最终倒毙在自己家门口。作家曹军庆没有止步于这样一个线性时间顺序的小说叙事，他甚至书写了刘晓英与丈夫顾大忠（在世时）的情感与过往故事。顾大忠生前的著名一卦，是算给妻子的，而这卦好像在刘晓英、张亚东的故事上应验了。刘晓英对强奸她的张亚东，有着稀里糊涂的情感寄托；张亚东也并未从强奸的对象“翻转”当中得到解脱，他读了大学，事业发展得很好，“但是张亚东虽然没有关进监狱，却被囚禁在了另一个地方，他被囚禁在他自己的内心里面，一生都不能释放。从这个意义上说他的刑期可能是无期，一直到他生

命终结”。一个短篇小说，作家能够把情节演绎地这样丰赡，甚至探究到人的一种“罪”的自责，与有罪者永远无法逃脱的心牢的层面，从而令现实题材因了先锋手法和先锋精神的融入，而在文学性的层面伸展，腾跃并且脱离开现实的地面，也带来更加丰沛的文学性和艺术性。

三、乡土之外的先锋精神

前面已经说了，现代主义在20世纪90年代以后，逐渐不了了之。很多人未去探求其中根由，我倒是觉得对应先锋探索精神和先锋文体实验的中国现实，远没有后来尤其是当下这么丰赡，是一个重要的原因。现代主义在90年代以后，有点不了了之，陈晓明专门讲过这个问题：“20世纪80年代中国的现代主义不了了之，90年代中国文学转向传统，乡土叙事构成了主流，也取得瞩目的成就。很长时间当代文学已经遗忘了现代主义这类艺术上的探索。莫言在2003年发表的一篇小说《木匠和狗》，看上去乡土味十足，内里却包含着诡异多变的手法，那些转折、钻圈和穿越，以略微的‘歪拧’讲述乡村的故事，这类故事包含着对乡村伦理的尖锐挑战，只有在乡村自然史的意义上才能理解其合法性。这篇小说以其十足的乡土味却包含了诸多的现代主义的观念和方法，由此表明，中国的现代主义可能是在传统、民间和乡土构成的大地上自然而然地完成的，因而它具有在地性。这也让我们去思考中国当代文学的真正的创造性何在？它与世界文学经验构成的连接方式究竟如何理解？它在今天预示的路径在哪里？”[①] 陈晓明还在其他文章中，也详细论述过莫言、贾平凹、阎连科等人，如何在乡土中国的写作中，依然保持着一种先锋探索精神，在做着先锋、现代与传统融会的努力。他也表达过对中国当代小说在 20 世纪 90 年代以后有一种回归传统的趋势，他对此深表忧虑。在他看来，中国当代小说，还远未获得成熟、圆融的现代经验，如果一味在传统的路径上越走越远，中国当代小说形式的探索和创新，又该如何？[②] 金宇澄的《繁花》在被他肯定和赞美的同时，其实也在传达着他的忧虑。

我很佩服陈晓明先生对莫言《木匠和狗》的解读，很同意他对现代主义之类的艺术探索在 20 世纪 90 年代以后，更多地转向乡土叙事的判断。即便是如贾平凹这样的高产作家，《带灯》《老生》《极花》和最为晚近的《山本》，莫不如此。即便有现代主义的艺术探索，即便有对中国现代化过程中现代性的反思，也是包蕴在“乡土中国”的叙事框架里面。乡土叙事之外的先锋探索在哪里？能够提供先锋探索所需要的现实和人心焦虑以及现代性惶惑与现代性反思的文学叙事，难道不应该在城市题材的小说当中，更多地具备并被加以呈现吗？我们的作家，对城市生活里，更易于被先锋性探索和表达的题材，充耳不闻吗？大量的易于被先锋性艺术探索所表现的现实，就被无视、被虚置和被白白地浪费掉了。原因为何？当代作家尤其是当下作家，更多地陷于一种书斋式写作，他们被现代性的生活所包围，但他们观察生活、体会生活和对生活加以文学性转换的能力，却是不升反降了。

① 陈晓明：《“歪拧”的乡村自然史——从〈木匠和狗〉看中国现代主义的在地性》，《文学评论》2017 年第 1 期。

② 参见刘艳：《叙事结构的嵌套与“绾合”面向——对严歌苓〈上海舞男〉的一种解读》，《文艺争鸣》2017 年第 5 期。

我曾经在自己的文章当中，指出过这个问题：有研究者已经注意到，2000年之后出现了不少根据新闻报道改写的小说，作者包括一些名作家，甚至闹出了雷同或抄袭之事，以致掀起了抄袭风波。这种写作上的题材撞车、乃至被人误以为是抄袭，其实是因为作家拿同一个新闻题材来构思他的小说叙事，但又因为文学性转换能力的不够，而产生了抄袭的风波与误会……即便是没有发生被怀疑是抄袭的误会，也同样会因为停滞在现实表象层面的简单记录，而让小说叙事在一种辞气浮露当中，难以深入人心。与其说这部分作家是“虚构意识不够”“文学才华被过于具体的现实压制了”，不如说是他们文学虚构的意识和能力不够、他们面对的是他们不熟悉的生活或者说他们不了解故事背后所涉及的人与生活——仅凭想象、根据新闻素材来闭门造车式“虚构”故事，当然也可以说这样的“虚构”是一种缺乏生活有效积累的、比较随意地编造故事的“虚”构[①]。正如我在评论刘诗伟长篇小说《南方的秘密》时所说的：“作家刘诗伟能够出离这些作家改编新闻素材成故事易罹患的写作困境，较好地处理现实感很强、具纪实性的写作素材，让人对小说所讲的故事信以为真、被小说叙事牵动心怀和勾起阅读的欲望，很大的原因是作家背后深厚的生活积累。”[②]这样的生活积累和化生活的能力，作家曹军庆也具备，而且他还更多地喜欢将先锋手法打散揉碎、无痕迹融入他的小说叙事。在曹军庆中短篇小说集《向影子射击》里的4个中篇小说、8个短篇小说当中，处处可见曹军庆写生活、化生活的能力，和

---

① 参见刘艳：《〈南方的秘密〉的“立”与“破”——论刘诗伟〈南方的秘密〉》，《当代作家评论》2018年第1期。

② 参见刘艳：《〈南方的秘密〉的“立”与“破”——论刘诗伟〈南方的秘密〉》，《当代作家评论》2018年第1期。

先锋手法与先锋文体实验被他灵活使用、自如使用却又是有限度地加以使用的情况。丰赡的生活方面的细节化叙述，人心幽微的零距离逼视，被他把握地达致羚羊挂角又“大音希声，大象无形”的境地。中篇小说《我们曾经山盟海誓》，以一个女性“我”的第一人称叙述，以人物女性“我”的视角来叙述，竟然让人完全体察不出这是一个男性作家的写作。不禁惊异于作家对城市生活、女性生活的了解，以及对女性心理、处事与言行等方方面面的细致周到的了解和把握。短篇小说《风水宝地》所写的，是“正在写一篇名叫《声名狼藉的秋天》的小说”的“我”，为了身体上的一些预警症状和创作能够顺利完成，而住到乡下去的一段经历和故事。故事将我如何与毛支书打交道，已经死去的小果母亲孙素芬如何伫立在小果坟前，她与丈夫苏正新曾经的婚姻和家庭故事……包括以鳝鱼闹洞房闹新娘的婚俗、民俗，等等，悉数展现。小说结尾，竟然是自然而然揭示出毛支书其实已经死了六七年了，小果的母亲孙素芬也早死了，上吊死的——这一切，让整个小说叙事——小说前半部分非常写实、现实的故事和小说叙事，一下被置入了一个悬疑的、不可思议的境地。这细思极恐的小说结尾，却又合情合理，小说叙事本身就是一个隐喻：柳林村已经被城市化的进城裹挟，并且消失——柳林村再没有一个人，柳林村也是“中国最后的农村”之其中的一个象征。

曹军庆的中短篇小说集《向影子射击》，所展现出的，是现代主义的艺术探索和先锋文体实验，在城市文学叙事之中，仍然得以留存和继续“续航”。从曹军庆小说这里，我们可以看到，先锋文体探索和先锋精神在乡土叙事之外，仍然保持不灭，而且独具艺术魅力与艺术的生发能力。

第五章

“70后”创作与批评代际研究

第一节 “70后”创作与批评的尴尬及突破

一、“70后”文学创作与批评的尴尬

2014年6月，山东文艺出版社出版了《身份共同体·70后作家大系》，主打是将一些代表性的“70后”作家的作品结集出版，是一批“70后”作家的整体亮相。这套书的序言中，开宗明义就是：“当我们决心要把一群‘70后’作家装入一个笼子的时候，发现这是一件难事。因为这些人的创作确乎很难从总体上做出涵盖与评价。除了年龄相近，他们在文学上几乎再没有更多共同之处。”在主编者看来，“‘60后’与‘50后’作家之间没有太明显的界线或差异，因为他们都有着接近的历史经验与公共记忆”，而“80后”“几乎可以说没有什么‘集体记忆’”，于是“没有历史负担的这代人几乎可以为所欲为无所不能”，“‘70后’就夹在这两代人之间”。照此话语体系，主编者很自然地将“50后”“60后”命名为“历史共同体”，在其看来，“50后”“60后”“他们有共同的历史记忆，以及大体相似的对于历史的认知方式和情感方式，

在大体相似的历史经历中，完成了一代人的文化塑形”；在其看来，“80后”是一个以话语方式与关注对象形成的“情感共同体”，特殊的情感认同是这一代人近似的文化性格特征；在其看来，“70后”竟然既无法形成“历史共同体”，也无法形成“情感共同体”，只落得一个代际的“身份共同体”。这样的概括、分类以及命名，是否合适、合理和站得住脚，姑且不论，“70后”作家的代际尴尬，已经被再次明确表达了出来。而2017年8月13日，在北师大召开的、由北京师范大学和山东文艺出版社共同举办的“70后：通向经典化之路——‘身份共同体·70后作家大系’出版发布会暨研讨会”上，与会专家（“50后”“60后”批评家为主）在讨论发言中的各种闪烁其词，各种“勉为其难”，各种难以言说……再次印证了“70后”文学创作尴尬的代际状态。

据说，“70后”作家的被遮蔽，是由来已久而且早就被评论家所意识到和发现了的。关于“70后”作家的特征，宗仁发、施战军、李敬泽很早即发表过对话《被遮蔽的“70年代人”》。据说十几年前他们就发现了这一代人“被遮蔽”的现象，其中一些发现，是有价值的，比如认为他们完全在“商业炒作”的视野之外这样的原因，主编者又忍不住补充“但现在看来，之所以会有这些看法，一个很重要的原因，就是‘50后’这代作家形成的‘隐形意识形态’对他们的压抑和遮蔽”。在我看来，这样的寻根究源，并不充分。“70后”所曾遭受的“被遮蔽”，其中也有部分来自批评家的原因。1998年前后开始，“70年代人”中一些女作家对现代都市中带有病态特征的生活的书写，是不是也曾被一只“看不见的”“批评的手”，先打造成名然后被带向了无法为继和后来彻底休克的境地呢？曾经鼓噪一时的卫慧、棉棉们，早已经偃旗息鼓乃至离开了文坛。何平在《“新作家”应当追求“年轻而不同”》中，锐敏地提出了固化的文学观也影响到今天的文学现场，尤其是年轻作家的成长，他对写得并不坏的“80后”“90后”乃至更年轻的写作者，会否会因为因袭已经成为文学惯例的所谓的“我们的文学观”而只是生产着“旧文学”，提出他的忧虑。而我要进一步说的是，固化的文学观，是不是也是我们的“50后”“60后”文学评论家们应该反思的问题？今天的文学批评，虽然已经不像20世纪80年代文学批评的“黄金时代”时候那样，可以直接、大力地影响文学创作，可以直接引领和制造创作的风潮——像“50后”“60后”批评家和一批文学评论刊物对于先锋派文学形成和推动发展所起的巨大作用，像王干等批评家对于“新写实的”潮流形成的贡献，等等。文学批评虽然已经不像80年代那样可以实打实地引领创作潮流和俨然时代的弄潮儿，但时至今日，“50后”“60后”评论家，依然掌握理论批评乃至创作引导的话语权，他们对于“70后”作家和其他代际作家各持何种姿态和如何引导，依然非常重要。不能不承认，他们拥有一只“看不见的”“批评的手”……“70后”文学创作之“尴尬”与近二三十年“看不见的”“批评的手”之间的关系，值得细细推敲、梳理和分析。

评论家对“70后”的代际命名，显得各种勉为其难，就是“70后”作家们本人，也不愿意或者说更加不愿意被同一化到“70后”作家这样一个类属。作家的个性，是更被所有作家包括“70后”作家乐于认同和接受的。笼统地以“70后”作家命名，用这种代际命名，的确有抹煞差异性之嫌。其实不止是“70后”，像其他的“50后”“60后”作家这样的命名，也无不面临同样的问题，没有作家喜欢自己被笼统地归为“50 后”或者“60 后”，即使是同一个代际的作家，也有“前辈”与“后辈”和他们自己都认为彼此不属创作同一代的情况。一个有趣的现象就是，即便是同代人作家，有的人也会因为自己比对方“出道早”，而自认为自己是对方的“前辈”……这种情况，甚至已经波及到了学者、评论家那里，尤其是波及到了关注文学现场的评论家那里。比如谢有顺，1972 年生人，出道和成名较早，他会自觉不自觉地把自己同贾平凹、莫言、陈晓明等视为一代人，至少是将自己与余华、苏童、格非等“60 后”视为一代人。很多的作家和评论家，即使面对同代“70 后”，在他或她看来，对方其实是“晚辈”的——这种情况，实际上广泛地存在着。

的确不可能用一个代际的概念来掩盖和抹煞所有作家的个性、差异性和作家自己的特色，但是，我们又必须承认，有时候它确实是在做一种学术研究或者是评论的时候一个有效的手段。同一个代际的作家，包括“70 后”作家，总还是有大致相近和可以沟通的时代经验和历史记忆、教育背景，等等。从一个代际的作家身上发现的一个理论批评或者创作特征的问题，很多时候，是可以为细化的、进一步的作家个案研究，提供依托和承载的。谢有顺《“70 后”写作与抒情传统的再造》（《文学评论》2013 年第 5 期）、翟文铖《大众文化影响的焦虑——“70 后”作家创作的“通俗化”倾向探讨》（《文学评论》2014 年第 5 期），这样的总论式作家作品论，并不会无视作家的差异和个性，这种能够总体性呈现整整一个代际作家创作特色和艺术特征的研究和评论，其实反而可以令进一步的、细化式的作家个案研究，成为可能。比如翟文铖这篇文章，就分析了大众文化日渐展露霸权的压力之

下，“70后”作家所发起的一场以吸纳通俗文学叙事元素为核心的雅文学实验。他们仍眷恋“深度”，但“快感”更是受到空前重视，由此也呈现诸多问题，比如美学“折中主义”、中产阶级趣味、雅俗冲突等弊病已日渐突出……我们做作家个案的研究，离不开对前代、同代作家的了解，从这个角度讲，“70后”作家甚至可以说所有代际的作家对于自己代际的身份，毋需过分排斥。

追寻一下近年流行起来的作家、批评家代际命名及其被频繁使用的来由，亦可见“70后”代际命名背后的尴尬。其实，近年被频繁使用的代际的概念不是从“70后”和其他代际来的，近年流行的代际的概念和命名，最初应该是来自“80后”作家和批评家的概念和命名之被推出和频繁使用，然后时下流行使用的所谓的“50后”“60后”“70后”“90后”乃至“00后”的代际概念，基本上都是从“80后”倒推和正推（补推）出来的。

我2016年写过的一篇理论批评文章——《学理性批评之于当下的价值与意义》当中，专门讲过这个情况。20世纪80年代，那时候是写作和批评的“黄金时代”，20世纪80年代以来，文学批评虽则一度繁荣，但这种繁荣并没有一直保持直线上升的态势。80年代，的确是文学批评的一个“黄金时代”，文学批评所培育的大批评论家和学者，今天依然置身在我们的大学、科研机构和作协系统，仍然是从事文学研究和文学批评的重要力量（文学研究所就先后有李洁非、陈晓明、孟繁华等有名的评论家），掌握批评的话语权和引领着批评的风潮，甚至直接影响到年轻的评论家队伍的素质。80年代之后，文学批评也有过相对低迷和沉落的时期，所以连吴亮这样的批评家前辈，也会对张定浩、黄德海的文学批评显得兴奋不已，以“你们的写作，缓解了我长期以来的焦虑”，来表示对新晋为批评家的年轻人的嘉许。而且，近年文学批评的再度繁盛和批评家们尤其“80后批评家”们的崛起，已经不是一种自发的行为，而是有着国家各部门尤其作协相关机构来共同做推手、助益形成的态势和力量。近几年来这种情形尤甚：2013年，被称为“80后”批评家元年，因为在这年年底，中国现代文学馆客座研究员第二批启动，金理、黄平、何同彬、刘涛、傅逸尘等入选（“80后”杨庆祥第一届已经入选）；这年5月，中国作协举办“青年创作系列研讨·‘80后’批评家研讨会”，是首次高级别的针对“80后”批评家的研讨会；云南人民出版社也首开先河地推出《“80后”批评家文丛》，与出版人（周明全）在背后的大力推动恐怕是分不开的；《南方文坛》从1998年开始，多年来一直持续推出“今日批评家”栏目，声声势势，有学者（黄发有《“今日批评家”的特色与意义》，《扬子江评论》2015年第5期）已经开始试图从中窥见文学批评场域的变换和文学批评风尚的迁移了……作协、政府宣传部门的介入和有意培育、推举，显而易见，比如，2015年5月8日，由中国作协创研部、上海作协、上海市委宣传部文艺处、南方文坛四家单位主办“上海批评家研讨会”，集中研讨张定浩、黄德海、金理、黄平四位年轻人的评论创作，学院和出版的支持，也紧随其后，陈思和先生主编的“火凤凰新批评文丛”也会由北岳文艺出版社推出新的一辑，推出他们四位。各方推手，共通推出和打造了四位上海新锐批评家。在文学批评新一波繁荣如火如荼之际，甚至连“80后”自己都觉得，“80后的命名在各种争议和纷扰中出炉，十几年来收编了一众写作者（不管是顺从还是反抗者），攻占了无数媒体版面”，“由80后的概念往后补推出‘70后’‘60后’‘50后’的概念”，

甚至连最近的“70后”都成了“这个概念的最严重的受害者，并且产生了他们的焦虑和尴尬”。[①]

需要补充说明的一点是，有学者对“70后”“80后”概念系何时出现，作了细致考究。据学者查证：“80后”这一概念是2003年恭小兵在网上发布题为《总结“80后”》的帖子，然后开始流行，2004年北京作家春树登上《时代》周刊亚洲版封面，《周刊》将春树、韩寒作为中国“80后”的代表。首届新概念作文大赛也是1998年开始的。而“70后”的概念早得多，最迟在1996年就开始了。而我的答复是：不是说有了“80后”概念，才开始使用“70后”概念，是指这些代际概念的规模使用和大范围代际分化，始自“80后”（批评家）的强推和抱团式代际关系[②]。所以说，在这种情况下，“70后”和“50后”“60后”一样，其实都是由“80后”的概念被逼倒推出来的概念——这一说法，依然有效。对这个问题，其他代际的评论家，包括在中国作协担任一定领导职务的一些评论家，也常常表达其深有同感——评论家其他各个代际的命名，几乎都是由“‘80后’青年批评家”的概念补推出来的，或者是为了彰显“‘80后’青年批评家”的光芒而出现、存在和使用着。如此看来，“70后”作家与“70后”学者和批评家，等于几乎被人为地造成了一种代际生存的尴尬，慢慢应该会形成一定的代际焦虑。且不说“70后”作家创作实绩，确实是“80后”“90后”目前所远不能比，就是文学史和历史，也都不可能绕过一代而往下发展，尤其如果是过多地由人为因素而非特殊的时代和历史原因所造成。可以说，“70后”没有被格

① 参见刘艳：《学理性批评之于当下的价值与意义》，《文艺争鸣》2016年第6期。

② 陈国和与笔者2017年12月25日的微信交流。

外培养、助推，未经过充分的长成期，就被有意虚置或者冷待，是不正常的。“50后”“60后”的长成，是因为没有前代作家和批评家在对待后代作家、批评家方面，像“50后”、60年代前半期出生的人那样，绕过“70后”直接助推“80后”。从这个意义上说，“70后”是不幸的。我们今天为“70后”做多少工作，都不为过，都是在完成对于文学创作发展和文学批评的补课任务。“推新人”的工作，永远重要，但推新人不等于揠苗助长，文学批评无论如何甚嚣尘上，文学创作有她自身的发展规律，不会因为文学批评和文学批评从事者以及组织者的主观意图，而改变文学自身发展的客观规律。写作和文学，需要天赋和才华，但也都是在积累和历练当中一路前行的，文学批评其实也是如此，违背作家创作和文学自身的发展规律，伤害的只能是文学本身。

我们已经深切感受到了，“身份共同体·‘70后’作家大系”这套书系序言里面，把“80后”称为“情感共同体”，是非常准确的。我参加过的一个学术会议，我做学术发言的点评人，发现一个问题，年轻的“80后”学者，已经在做“新世纪文学史书写中的‘80后’写作”这样的选题和研究，其中也包括“80后”批评家怎么被纳入批评史的情况……那么，“70后”的作家、学者和批评家呢？“80后”学者、评论家，格外重视对同代际作家的评论和研究，甚至急于将刚刚起步的“80后”作家写作来经典化。这就会造成一个现象，想要“50后”“60后”的成名、知名评论家来关注“70后”作家的写作，他们主观上是否有足够的积极性遑且不论，就是关注到了，他们能不能悉心和认真地对待“70后”作家的作品，恐怕也是个问题。而且，他们似乎已经形成了自己的评论偏好——发现新人、推新人和形塑新人。“80后”

的批评家和学者，从“情感共同体”的角度，他要先研究自己代际的作家，然后才去研究你——似乎有这么一个问题。很多有名气的“70后”的批评家，他们在最初的时候、在很多活动当中，其实都是被裹挟到“80后”批评家的一些研讨和很多的学术活动当中去的。这已是不争的事实。

二、“70后”历史定位与文学经验的尴尬

相对于“50后”“60后”乃至“80后”，“70后”作家作为一个代际作家的生存状态，确实比较“尴尬”，说其很难找到自己的历史定位，也是有一定道理的。不止“70后”作家曹寇说过：“在早已成名的‘60后’和‘80后’作家之间，确实存在一个灰色的写作群体，说白了，他们就是‘70后’。虽然写作者大多讨厌将自己纳入某个代际或某个类别中去，但‘70后’作为‘60后’和‘80后’之间的那一代亦为客观事实。而且考虑到每代作家的成长环境、知识结构对他们写作的影响，剔除清高和矫情而接受中间代这一说法也未为不可。此外，‘70后’与上下两代人的差异也是有目共睹的。迄今没有一位‘70后’能像‘60后’作家那样获得广泛的文学认可，在‘60后’已被誉为经典之际，‘70后’仍然被视为没有让人信服的‘力作’的一群。”①而“身份共同体·‘70后’作家大系”的主编者孟繁华、张清华更是在总序《“70后”的身份之“迷”与文学处境》里，更加深刻尖锐地指出：“显然，如果从一般性的常识来看，‘70后’作家的多

① 曹寇：《曹寇谈70后作家：适逢其时的“中间代”》，《南方都市报》2012年3月30日。

样性是一个非常大的优点，问题就在于他们迄今‘经典化’程度的严重不尽如人意。到了应该‘挑大梁’的时代，到了应该登堂入室的年纪，到了应该有普遍代表性的时候，一切却似乎还在镜子里，是一个‘愿景’。中国文学中占据主要地位的仍然是‘50后’和‘60后’的一帮中年作家。究其原因，在我们看来，当然有各种难以言喻的外在因素，但如果从内部讲，恐怕就是因为个人经验书写与共同经验与集体记忆的接洽问题。在现阶段，否认个人经验或者经验的个人性当然都是幼稚的，但一代作家要想成为一代人的代言者，一代人的生命的记录者，如果不自觉地将个体记忆与一个时代的整体性的历史氛围与逻辑，与这些东西有内在的呼应与‘神合’，恐怕是很难得到广泛的认可的。”①

曹寇与孟繁华、张清华的话，已经分别过去了五六年和三四年，在过去的这数年里，“70后”作家譬如乔叶、徐则臣、东君、黄孝阳、鲁敏、付秀莹、石一枫等人，都有新的长篇问世，一度也分别产生了程度不一的影响，甚至可能也上了一些荐书排行榜，斩获了一些奖项……但是对于“70后”作家整体而言，“‘70后’仍然被视为没有让人信服‘力作’的一群”的现象依然继续着，在“60后”已被誉为经典之际，迄今“经典化”程度的严重不尽如人意。到了应该“挑大梁”的时代，到了应该登堂入室的年纪，到了应该有普遍代表性的时候，一切却似乎还只是一个“愿景”。孟繁华和张清华的总序说“70后”是“一个没有集体记忆的一代”，这有失偏颇了，只是他们的“集体”记忆当中，没有负载像前辈作家所曾经历过的那种类型的急风暴雨般的社会变革与文学变革

① 参见孟繁华、张清华：《“70后”的身份之“迷”与文学处境》，“身份共同体·70后作家大系”总序，山东文艺出版社，2014。

就是了。他们的童年，或者说他们记事起，那种类型的急风暴雨的社会大变动已经濒近结束或者已经结束，一般都接受了正规的小学、中学、大学的科班教育，一般不会像“50后”“60后”作家那样在特殊年代里为了能够读到书，尤其读一些文学的书籍而充满了各种冒险的行为和经历，熟悉贾平凹、莫言、严歌苓、苏童等人创作经历和个人成长史、阅读史的读者都会知道，他们为了能够读到书籍尤其文学书籍，是如何地颇费周折，甚至还由此在他们的作品里多有相关的故事情节的演绎……他们的个体记忆与“与一个时代的整体性的历史氛围与逻辑”是有内在呼应和神合的，从这个意义上而言，并不裕如的读书经历，反而是一种很好的可书写的个体记忆。这些情形对于“70后”而言，是不存在的或者业已变化，“读书”等很多方面对“70后”来说都已经不再成为问题，一切都变得日常化、正常化——这样的日常化、正常化，通俗地说就是个人成长经历比较地趋同化，而这趋同化，又以物质上的相对富足和满足与自己以及周围人、社会人的命运脱离多舛趋向平顺为典型特征。要求“70后”作家个体记忆里有没有书读、饱受饥饿煎熬、童年曾经目睹过非常时期非常状态下人性的大起底式展露等因素，是不大现实的，也不符合实际情况。但是，话说回来，经历的日常化、正常化，又兼具物质的充足和人生经历的相对平顺，对于个人的创作来说，就未见得是好事。

比如苏童曾坦言“香椿树街”和“枫杨树乡”是他“作品中两个地理标签”，苏童绵延、可以说延宕了30余年的有关“香椿树街”和“城北地带”的小说叙事，以“枫杨树乡村”“城北地带”和“香椿树街”少年眼睛的逼视，以及有关家族、暴力、逃亡、死亡和欲望乃至人性书写，勾勒出了一条从20世纪二三十年代一直逶迤到今天的“南方”的文化经济和人文历史的脉络，打着“南方”浓重印记的人物的命运沉浮和精神心理变迁，所集结起来的文本的总体氛围和内部情势里，彰显出一种南方地域文化特性的整体性表征[①]。能将个人记忆与一个时代的整体性氛围和逻辑神合地这么好，可能不得不归功于苏童童年经历和童年经验的赐予。苏童曾多次讲过童年对他创作的影响，他在《创作，我们为什么要拜访童年？》中，曾结合作品具体阐释：“马尔克斯是如何拜访消失的童年，利用一些确定的和不确定的童年记忆，抵达了一个非常明确的文学命题的核心，人的恐惧感。”苏童作品中“香椿树街”和“枫杨树乡”的故事，恰恰是苏童沉溺于童年经验，“回头一望，带领着大批的读者一脚跨过了现实，一起去暗处寻找，试图带领读者在一个最不可能的空间里抵达生活的真相”[②]。独具地域性特征和时代特征的童年，在众多“50后”“60后”作家那里，几乎是一种普遍性的存在。“70后”作家则缺乏这样的个人经历与历史特殊性，1985年前后开始先锋派文学以及随后的一波又一波的文学主潮——新历史主义、新写实、后新写实、晚生代/新生代等的写作，他们顶多赶上了最后的尾巴。“70后”尴尬的历史定位，几乎是与生俱来的。他们开始崭露头角和成名的时候，文学与文化早已不是20世纪80年代那个文学和文化，80年代作为“批评的黄金时代”也已经一去不复返，文学与批评几乎是同时的“祛魅”当中，要求“70后”有

① 参见刘艳：《〈南方的秘密〉的“立”与“破”——论刘诗伟〈南方的秘密〉》，《当代作家评论》2018年第1期。

② 苏童：《创作，我们为什么要拜访童年？》，小说月报微信公号《我们为什么要拜访消失的童年》【小说公会】2014年8月3日；摘自《中国比较文学》2012年第4期。

多么特别的、足够震撼人心的个人记忆，要求他们个人经验书写与共同经验与集体记忆的接洽接洽出怎样地繁花似锦，似乎有点不切实际。

这就很好解释为什么要求“70后”作家对历史与时代的某个时期作出反思，是多么地让人勉为其难，比如乔叶的近作《认罪书》，很多人抱着希望小说是对特定历史时期反思叙事的目的去读，甚至还藉此阅读期待而挑出种种不满足——认为小说反思地不够。其实小说叙事更大意义上是一个复仇叙事，复仇的缘起，是由于金金被“始乱终弃”这样一种女性的情感仇怨，后来才转向对梁家家族罪恶和历史之恶、普通个体身上“平庸的恶”的揭示和反省，而这一切，经历了一个叙事逻辑的转换，就是对于恶的揭示，让位于一种复仇叙事[①]。故有研究者认为：“小说以金金为主线进行的叙事，偏重的是对复仇行为、复仇过程和复仇结局的展现，而行为主体因复仇所形成的罪，以及由此可能产生的灵魂的激荡和道德的焦虑并未得到丰沛的呈示”；“当金金的复仇目标达成后，小说也以善必胜恶和因果报应的逻辑匆匆结尾，小说中的人物面对罪行而进行的自省、挣扎和承当的叙述空间、长度和深度被大大挤压。”[②]对于“70后”作家而言，事件和那个时期之于他们来说并没有能够亲历，仅凭资料材料的写作，想让他们在有关特定历史时期以及特定选题的写作当中，写得达到乃至超越“50后”“60后”作家，显然并不现实。再说“50后”“60后”在相关方面的反思和写作，就是无可挑剔的吗？他们不也曾

---

① 参见刘艳：《无法安慰的安慰书——从北村〈安慰书〉看先锋文学的转型》，《当代作家评论》2017年第3期。

② 沈杏培：《〈认罪书〉：人性恶的探寻之旅》，《文学评论》2015年第5期。

经在达到一定写作层面和深度的同时，也曾经不可避免地罹患了很多写作的疾患、存在很多的问题吗？新历史主义所存在的问题及其后来的滑向，便是一例。

“70后”作家创作的代际尴尬，还有一个他们如何面对既有的文学经验的问题。其中，最为重要的一条，可能就是他们应该怎样面对20世纪80年代中期以来的文学经验的问题。20世纪80年代是20世纪中国文学史上第二次的引入西方文艺思潮的高峰时段，“50后”“60后”作家普遍享受了这种文学福利，莫言就曾经说过，20世纪80年代，他们那批作家，“有一个两三年的疯狂阅读时期”[①]，“恶补”西方文学[②]。当时译介条件有限，莫言“恶补”的渠道主要是《世界文学》《外国文艺》及上海文艺出版社的“外国文艺丛书”等。与之相比，“70后”作家接触西方文学的条件，是好多了，但“恶补”的时代氛围和文化与文学氛围已过。时下很多的作家，一年能读十本书的，都屈指可数，不惟“70后”存在这个情况，可以说时下几乎各个代际的作家几乎都存在这个情况，这是我们文学的幸或不幸？不再恶补的时代氛围、难以心无旁骛、勤奋写作的个人创作状态，“70后”作家也不能免俗。严歌苓与笔者在2017年5月10日的通信中这样写道：“敬泽嘱我写得慢一点，你看我还是写得太快！尽管还穿插着影视创作。我不知道国内作家六七年写一本书是怎么写的，大概各种应酬会议太多吧？”记得曾经听她讲过她几乎杜绝一切应酬、保持每天写五千字左右的良好写作习惯。在近年很有成绩的

---

① 莫言：《大江健三郎与莫言在中国》，载《碎语文学》，莫言文集，作家出版社，2012，第48页。

② 莫言：《我为什么写作》，载《用耳朵阅读》，莫言文集，作家出版社，2012，第278页。

四川乡土作家贺享雍的那里，也是每天四五千字的写作习惯……“70后”作家能否出“力作”，在写作的勤奋程度层面，恐怕也需要不断地努力。

如何看待先锋文学的文学经验的问题。这其实是整个当代文学目前都需要面对的问题，对于“70后作家”而言就尤须重视。先锋派文学几乎是直接催生了20世纪90年代的长篇小说热，先锋派文学的文学经验一直留存到了今天，更是有迹可循的，而且影响深远。是在先锋派文学经验里汲取有益元素，还是在时过境迁之后仍然一味倾慕和摩仿？是个不容忽视的问题。新世纪以来，当年的先锋作家，皆有新作问世，苏童的《河岸》《黄雀记》、余华的《兄弟》《第七天》、格非的《江南三部曲》《望春风》、北村《安慰书》和吕新《下弦月》等，虽已经不是先锋小说，却在提示我们，先锋文学经验在今天是否还可能存在，并且以何种方式在继续生长和变异。先锋派作家转型或曰续航的新作，向我们展示了一种新的可能性。错过了20世纪80年代中期开始的先锋派文学大潮的“70后”作家，更是面对一个如何批判地继承、转化80年代以来先锋派文学经验并加以创新的问题。一个不能回避的问题是，有的“70后”作家还滞步于类似20世纪80年代中期先锋派作家所作的形式和叙事探索，似乎这是很个性的、很文学的，当历史已经翻过当年的先锋派文学那一页之后，我不知道那种常常片面乃至追求极致的形式和叙事的圈套的写作手法，是带给我们对仍然痴迷于此的那些“70后”个体作家写作及其未来走向的希望，还是失望。曾经就面对过这样的“70后”作家的小说文本，很好的语言质地，却追求叙事的圈套和线索的杂乱纷呈，叙事目的也是意图制造读者的不可阅读性，不只我要费了很大劲去条分缕析里面叙事的线索，说白了，小说要写什么？而本身就是作家的林那北甚至直接直言她看不懂。这对于连当年先锋派文学代表作家们在当下都已经写作转型，开始高度重视文学与现实的关系，并且在兼顾可读性、故事性前提下再考虑保持适度的先锋精神和先锋叙事策略的当下，如果“70后”作家不能够很好地面对先锋文学经验的问题，恐怕会是“挑大梁”还没有挑起，就先已经作茧自缚、再难走出自设的叙事泥淖。

对于“70后”作家而言，近年回归传统、向传统借镜的探索，也颇有所获，像乔叶的《藏珠记》、付秀莹《陌上》等。但回归传统中，的确不能忘却汲取西方现代小说的优质经验。像陈晓明等学者评论家针对《老生》《繁花》等小说已经表现得很明显的回归传统的态势，不无忧虑地指出20世纪90年代以来中国小说恢复传统的趋势，在他看来这是中国当代小说与世界（尤其是西方）的现代小说经验愈离愈远的一个表现，他认为中国的汉语小说还未获得现代形式，今天的汉语小说要突破自身的局限性，要有新的创造，“可能还是要最大可能的汲取西方现代小说的优质经验”。我们看近些年内地和海外华文作家优秀的长篇小说，多是极为灵活圆融运用西方现代小说优质经验的佳作，譬如严歌苓的《妈阁是座城》《上海舞男》、张翎的《流年物语》《劳燕》等，或者是向中国古典传统文体资源取镜借鉴与叙事结构叙事策略的先锋性探索并重的佳作，比如陈河的《甲骨时光》、赵本夫的《天漏邑》等。“70后”作家对于先锋文学经验，如何批判地加以继承、转化和创新，其中就含有如何回归传统、向传统借镜的问题，或者说也需要面对如何回归传统、向传统借镜的问题。如果能够处理好了当下中国文学尤须解决的——回归和取镜传统、保持叙

事的先锋性探索——这两翼，相信“70后”写作会有所突破乃至飞升。

三、“70后”同代人研究与批评的突破

对于“70后”作家，缺少“70后”学者和评论家来研究的现实情况，我自己的感受是除了以上的原因，“70后”学者和评论家在自己此前的评论和研究当中，偏于对“50后”“60后”乃至更老的作家的研究，偏于对已经比较经典化的作家的研究。与“80后”“90”后尤其“80后”学者和评论家，特地在评论和研究当中，格外关注同代人和作同代人的讨论会和专辑文章相比，“70后”学者，把过多的精力放在了已经充分经典化或者已经比较经典化的“50后”“60后”作家的研究上面。与其他代际相比，兼又一直在研究和评论领域格外承受挤压，“70后”更像是尊敬师长和前辈的好孩子、好学生……“70后”作家一直缺乏足够的被研究、被评论尤其亟缺被学理性评论的窘境，其实“70后”作家自己也责无旁贷。很多“70后”作家过多地被人情评论所累，结交也多是走人情评论乃至红包评论路线的所谓的“评论家”，收获的往往也是速生速死的即时性评论，一时的喧嚣很快归于沉寂，于自己的作品能被真正地认识到价值和能够被充分经典化、在文学史上留下印记，徒劳无益。记得有一位比较有名的“70后”作家，风风火火做自己新作长篇的讨论会，却对能够写出好的学理性评论的“70后”学者和评论家，绝大多数都不认识，只识天天泡在文学现场里的所谓的评论家。而“70后”作家如果年少成名，就更加意识不到同代人对自己的创作加以研究的

重要性，假以时日，却突然发现“80后”作家都已经被同代人学者和评论家早早地经典化和格外助推，已经声名鹊起，甚至有直逼和掩盖、淹没“70后”作家之势……“70后”作家缺乏同代人评论和研究的情况，“70后”学者有责任，而“70后”作家自己更有责任。至于“70后”整整这一代人所格外承受的挤压和掩埋，就更毋须讳言了。

“70后”作家不重视“70后”学者和评论家对自己的关注和研究，“70后”学者也一直较为忽视对同代作家的评论和研究，今后恐怕要适当调整，把对同代作家的评论和研究，放到一个比较重要的位置和研究视阈中来。同代的学者和评论家，基于相同或者相近的时代背景、成长经历、历史记忆和情感经验等，研究同代作家其实更加得心应手和得天独厚，理应把更多的精力放到“70后”作家的作家论、作品论的研究上面去。须格外重视学理性评论和研究在推进“70后”作家经典化当中的重要性和作用。

的确要格外重视学理性批评对于推进“70后”作家评论和研究的重要性。口水式文章、吹捧式文章、各式各样的酷评，对于“70后”作家的研究，作用恐怕不大，且会有各种各样的负面效应。应该充分重视学院派、学理性的批评文章，在推进“70后”作家研究当中的价值、作用和意义。学理性评论，对于作家的个案研究，同样重要。我们即使在写一个作家的作家论作品论的时候，恐怕要了解同代的很多作家的创作情况及其作品，可能还要了解前代和后面的作家的创作情况，文学史视阈不可或缺，而且还要具有问题意识。这种学院派、学理性的评论文章如果能够越来越多，针对“70后”作家个案研究的作家论、作品论做得越多，其实就自动生成对“70后”作家、作品的一种经典化的过程——

亦即遴选出了优质的比较经典的作品。我觉得这个工作，越来越重要和显得迫切。文学史也好、学术史也罢，不可能越过“70后”这整整十年——同时也是一个代际，而且“70后”的人生经历和创作积累以及文学素养底蕴，与前代优秀的作家们其实更加接近，更何况其历史机遇和时代经验也都是很丰富的。

我对“70后”的作家抱以很高的期望，这期望，是有充分的事实依据的——那就是愈来愈历练和成熟的“70后”作家的创作，以及他们俨然已经蔚然壮观的写作实绩。魏微、朱文颖、戴来、乔叶、金仁顺、李师江、徐则臣、鲁敏、盛可以、计文君、付秀莹、路内、李修文、哲贵、石一枫、东君、朱山坡等，已经构成“70后”小说家的主力群体。今天，我们，尤其我们“70后”学者和评论家，应该多为“70后”作家做一些工作，这本身也是文学发展和当下的文学批评向我们提出的一个要求。而“70后”作家，如果真的有紧迫感和危机感，就应该尊重和重视同代人学者对自己的评论和研究。这尴尬的一代，想突破束缚超越壁垒，惟有彼此支持、共同书写一代人的文学史和批评史。

第二节　戴来中短篇小说论

戴来的中短篇小说，多为出色的篇章和佳构，颇具叙事的自觉、艺术自觉、精神向度和思想深度。作家以感性与智性兼具的笔触，截取生活的横截面，在现代社会男男女女林林总总并不复杂的生活故事和俗世生存当中，窥见人物内心和彼此之间的情感纠葛、生存焦虑与精神难题，看似写的是小人物，笔下装下的却是“大时代”。戴来以她的中短篇小说反映社会问题和人的精神难题的能力，是非同寻常的，同时兼具深度和力度。在反映社会问题的新闻和消息铺天盖地的当下中国的社会历史语境当中，你从戴来的中短篇小说中，可以看到小说与这些社会问题新闻素材的关联性，但作家又远远超出并且避免了新闻素材改编成故事容易落入的窠臼，戴来以她叙事的才华和艺术的自觉能力，引读者穿越新闻消息的层面，抵达文学的层面。写实能力之外，戴来虚构故事的能力和叙事的自觉，也同样了得。在戴来的中短篇小说当中，负载着不同年龄段人的喜怒哀乐、困惑、纠结和情感、生活与精神难题，而这些中短篇小说所折射出的，却毫无疑问是整个的时代和社会生活。

中短篇小说尤其短篇小说，往往最能够代表一个作家的写作

能力和文学水平，极其考验作家的艺术天分、艺术自觉能力和后天的写作训练成绩，等等。“70后”作家作为在“50后”“60后”与“80后”的“夹缝”中生长的一代，尴尬的代际据说似乎是也造成了他们创作上的困难，被遮蔽的“70年代人”（宗仁发、施战军、李敬泽十几年前的对话《被遮蔽的“70年代人”》）似乎成为许多人的共识。作家是时代生活的记录者，文学是反映社会生活的晴雨表，戴来以她的中短篇小说，记录和反映的是时代和社会生活的流转变迁。戴来以她的中短篇小说反映社会问题和人的精神难题的能力，是非同寻常的，同时兼具深度和力度。在反映社会问题的新闻和消息铺天盖地的当下中国的社会历史语境当中，你从戴来的中短篇小说中，可以看到小说与这些社会问题新闻素材的关联性，但作家又远远超出并且避免了新闻素材改编成故事容易落入的窠臼，戴来以她叙事的才华和艺术的自觉能力，引读者穿越新闻消息的层面，抵达文学的层面。写实能力之外，戴来虚构故事的能力和叙事的自觉，也同样了得。能以区区中短篇乃至只是短篇小说的体量，折射出人物的生存与精神难题，写出人物内心的种种纠结与困局，并让读者读后仍然一直纠结于小说中人物所纠结的种种，这本身就是记录生活和写时代的能力……从戴来的中短篇小说，我们可以毫不费力地窥见作家的情感立场、价值观和作家身上及其写作所具有的时代性和历史性。这样的作家，已经不能简单以“女作家”来作性别区分，也不能够以“被遮蔽的‘70年代人’”来将其盲目遮蔽并作代际区隔。在戴来的中短篇小说当中，负载着不同年龄段人的喜怒哀乐、困惑、纠结和情感、生活与精神难题，而这些中短篇小说所折射出的，却毫无疑问是整个的时代和社会生活。

一、直击社会问题和人的生存本相

"70 后"作家处于一个长篇小说处于绝对强势的时代，每年中国长篇小说的出产量，足够惊人，很多中短篇体量的小说，有时候也会被作家有意注水、拉长成为一个长篇，顾彬的当代文学盛产垃圾之说，虽然为许多人所不能够赞同，也有偏谬之处，但是，近年长篇数量过大而质量并没有足够的保证的现象，却是不容回避的。在这种情况下，在中短篇小说上面努力较多哪怕成绩斐然，恐也难引起别人的注意。并不是每个人都有足够的幸运，能够以中短篇就引起评论界和知名评论家的注意。当然，也有例外，石一枫作为优秀的青年作家，孟繁华就从他的中短篇小说，概括出了"当下中国文学的一个新方向——从石一枫的小说创作看当下文学的新变"。在他看来，社会问题小说是自新文学以来最为重要的文学流脉，也是自 1978 年以来文学成就最大、最具影响力的文学现象。即便经过"欧风美雨"的沐浴之后，这个文学流脉仍然焕发着巨大的活力，在他的解读里，这与中国的社会环境和作家对文学功能的理解有关。他认为石一枫对新时期以来社会生活所曾遭遇的精神难题和有效的文学表达，也为讲述"中国故事"、积累文学的"中国经验"，提供了新的可能性……在孟繁华看来，石一枫能够直面青年遭遇的精神难题，承继了法国的"局外人"、英国的"漂泊者"、日本的"逃遁者"、中国现代的"零余者"等这样的青年形象，续写了青年文学形象的家族谱系。而这些之所以能够实现，靠的就是石一枫近年来的中短篇小说，"石一枫引起文学界广泛注意，是他近年来创作的中、短篇小说，尤其是几部中篇小说。这几部作品，从不同的角度深刻揭示了一段时间

以来中国社会巨变背景下的道德困境”。①

如果说，孟繁华更多地注目石一枫所塑造的青春形象，石一枫中短篇小说的确在反映青年所曾遭遇的精神难题方面具有代表性和典型性；那么，读戴来的中短篇小说，会发现她关注到了社会生活的方方面面和城市生活的各色人等，这里面，有女人，也有男人，甚至关及各个年龄段的男人和女人。《在卫生间》，写的是十九岁就来到城市的老叶，几十年也没有习惯城市里的如厕习惯，即便 1986 年终于从单位分到了一套单元房，他竟然创造性地发明、实际上是依然保持着他旧有的如厕习惯——他蹲在马桶上。小说截取了老叶在卫生间磨蹭不出来的一个片段，包蕴进了老叶、王娟夫妇几十年的生活变迁，胡同里公厕的如厕经历、公厕里老叶曾将王娟的疑似情人小白脸摁到粪坑里、夫妇多年的不睦，等等。一个短篇《在卫生间》，写尽了社会生活几十年的流转变迁和生活与情感上一辈子的纠结和不能释然。《我看到了什么》中的安天，本名安乐，“他已用这个名字安然地生活了二十五年”，却没有想到有一天周围的人会全部冲他乐——“安乐牌卫生巾”。他为了这个名字还丢了女朋友，为此他改了名字……个人的人生中折射出时代和社会生活的面影。《五月十二号的生活》当中，一起生活了二十九年的老夫妇，在 5 月 12 日这一天的平平常常的生活，887 公里之外是他们唯一的女儿与男友的同事偷情被抓个现形而发生着激烈地冲撞。《前线，前线》中的石松及其一家三口的一个日常生活场景里面，揉进了父亲老石突然被确诊得了性病，原来他在老太婆拒绝夫妻生活后，曾经

① 孟繁华：《当下中国文学的一个新方向——从石一枫的小说创作看当下文学的新变》，《文学评论》2017 年第 4 期。

去过一个不少老年男性常常光顾的、被他们称为“前线”的理发店，接受过性服务。在看似家庭问题和矛盾起伏当中，戴来也不忘简述了这个家庭几十年的生活史，实际也探讨了一个极为严肃的、虽然小说也并没有提供答案和解决办法的老年人合理的性需求的问题。看似是家庭和个人生活问题，实际上也是社会问题。《红烧肉》中的妻子，为了照顾跳楼瘫痪的前妻生的女儿，下岗了，生活拮据，丈夫痴迷于写诗、写了二十来年诗，却从来没有发表过，反而是烧了二十来年锅炉。丈夫写了足有三箱子的诗——那种装红富士的纸箱，结果只能是每年黄梅雨季前翻出来晾一晾。在妻子好不容易在菜市场讨得一块免费的猪肉想给孩子解解馋、炖了红烧肉后，竟然被丈夫下了毒，小说结尾，是毒发的儿子和妻子——原来是丈夫也下岗了，他觉得日子没法过了，就在红烧肉亦或是酒里下了老鼠药。如此惨烈的家庭悲剧，背后是整个社会的大背景，下岗、失业等各种社会问题，夫妻的情感、家庭的生活问题，甚至还有文学爱好者和执念者的生计问题，等等，无一不与社会问题紧密勾连，而且它们本身也是社会问题的构成部分。

戴来就是这样擅长在普通人的日常生活当中，折射复杂的社会面影，反映大大小小的社会问题。人与人之间的情感难题，精神难题，概莫例外，更不要说《红烧肉》中这样的家庭惨剧、同时也是社会悲剧。我们知道，布迪厄等人对“世界的苦难”的研究，就是从探访普通个体的日常生活故事开始的。通过一个个似乎卑微琐细的有关痛苦的讲述，研究者以洞若观火般的感受力和想象力，发现个体遭遇和社会结构及其变迁之间的复杂关系。揭示个人苦难的社会性，是布迪厄等人重要的方法论主张：个人性即社会性，最具个人性的也就是最非个人性的。个体遭遇的困难，看似主观层面的紧张或冲突，但反映的往往是社会世界深层的结构性矛盾。“许多最触及个人私密的戏剧场面，隐藏着最深的不满，最独特的苦痛。男女众生但凡能体验的，都能在各种客观的矛盾、约束和进退维谷的处境中找到其根源。这些客观外在的因素到处都是，体现于劳动力市场和住房供应市场的结构之中，表现于学校体制毫不手软的约束之中，铭刻在经济继承与社会继承的机制之中。”“社会苦难”或“社会疾苦”(social suffering) 在医学人类学重要代表人物克莱曼的研究中也是一个核心概念。克莱曼也同样对苦难的社会性给以突出的强调。他指出，“社会痛苦，引入一个集中了人类问题的独特领域，其中包含了那些对人类经验造成毁坏性伤害的起因和结果”，“各类的人的问题打破了作为心理学或医学事项的范畴，进而也超越了个体范围，而经常体现了人的问题与社会问题的紧密联系。它还揭示了痛苦的人际关系基础：换言之，痛苦是一种社会经历”。①

个体无法从社会层面的分析中分离，个人的健康、痛苦乃至自杀（在涂尔干等人看来自杀更是一种社会事实）等，更是无法从社会问题中分离。在《向黄昏》中，看似是老童和陈菊花夫妇的老年退休生活及其不睦的情感，实际上牵涉了整个社区乃至整个社会的老年人“向黄昏”的家庭、情感和心理健康与身体健康等的社会问题。在《茄子》中，看似是老孙给儿子小龙盘下彩扩店的故事，儿子与所钦慕的姑娘小梅、父亲与儿子的父子关系和生活，隐约中来冲洗胶卷的人当中可能暗蕴了一个婚外情的故事，

① 参见郭于华：《作为历史见证的“受苦人”的讲述》，《社会学研究》2008年第1期。

等等，这些都是无法从社会层面分离出的问题。短篇《给我手纸》《潘叔叔，你出汗了》《两口》《亮了一下》、中篇《甲乙丙丁》《对面有人》等中的婚姻和家庭及情感问题，无不显示了戴来写生活和反映社会现实、社会问题的能力。

石一枫的“陈金芳”（《世间已无陈金芳》）续写了青年形象这一文学形象家族谱系，戴来则让你看到了无论是青年还是中年、老年以及不同生存境遇的男男女女，在社会中所遭遇的生存难题、精神难题、情感与道德的困境以及人物是如何无以突破种种难题和困局。戴来很多反映社会问题的短篇，都是写在石一枫这个年纪甚至比他更加年轻的时候，戴来的中短篇很多都写作和发表在二十几岁的时候。代表作中篇《对面有人》（原名《我们都是有病的人》），完成和发表于戴来 28 岁的时候（完成于 2000 年 10 月，发表于《钟山》2001 年 2 期），小说中，几乎人人都“有病”，罹患各种心理和行为的疾病。每个人的“病”，同时又是社会的病。被人偷装摄像头、被人偷拍自己的日常生活、流传到网站上导致个人隐私的全泄露，等等，这戴来小说中的故事，时隔多年、在今天，竟然成为时常发生的、真实存在的社会新闻和消息，成为任何人都无法回避的社会问题——从这个意义上讲，小说几乎是预言和寓言性地反映了今天社会里会泛滥成灾的社会问题。而作家在近二十年前，就对这样的社会问题作了有效的文学表达、文学书写，作家的文学书写竟然呈现了不可思议的超前性，这不能不说是作家具有非常了得的文学表达能力。难能可贵的是，戴来一直保持对于人的生存本相的描摹能力和对于社会问题的反映能力，从她近些年来的中短篇当中即可见。

戴来的中短篇小说所体现出的作家直击社会问题和人的生

存本相的能力，不只显示了作家本人的写作实力和创作实绩，同时也为“70后”作家正名。在有的评论家看来，“‘60后’与‘50后’作家之间没有太明显的界线或差异，因为他们都有着接近的历史经验与公共记忆”，而“80后”“几乎可以说没有什么‘集体记忆’”，于是“没有历史负担的这代人几乎可以为所欲为无所不能”，就出现了“‘70后’就夹在这两代人之间”的尴尬。于是，“50后”“60后”被命名为“历史共同体”——“50后”“60后”“他们有共同的历史记忆，以及大体相似的对于历史的认知方式和情感方式，在大体相似的历史经历中，完成了一代人的文化塑形”；“80后”则因是一个以话语方式与关注对象趋同，而被命名为“情感共同体”；“70后”竟然既无法形成“历史共同体”，也无法形成“情感共同体”，只落得一个代际的“身份共同体”的称谓[①]。如果能够认真读戴来的中短篇小说，持此见者，当能修正自己的看法，遑论还有其他多位以中短篇见长的“70后”作家，他们身上，可以看到他们敢于面对各种社会问题和精神难题的勇气，在对个体的关注当中，记录社会生活、反映时代，体现他们的一种历史和责任担当。

二、抒情传统的赓续

1961年，沈从文在《抽象的抒情》中写道：生命的发展，“惟转化为文字，为形象，为音符，为节奏，可望将生命某一种形式，某一种形态，凝固下来，形成生命另外一种存在和延续，通过长

① 参见孟繁华、张清华:《“70后”的身份之“谜”与文学处境》，“身份共同体·‘70后’作家大系”（总序），山东文艺出版社，2014。

长的时间，通过遥远的空间，让另外一时一地生存的人，彼此生命流注，无有阻隔。”陈世骧《中国的抒情传统》英文稿首发于1971—1972年，提出了“抒情传统”的概念。陈世骧指出西方文学源于荷马史诗和希腊悲喜剧，而“中国文学的荣耀并不在史诗；它的光荣在别处，在抒情诗的传统里”……普实克则指出现代中国文学的特色在于以小说为代表的叙事文学的兴起，在他看来，中国新文学的演变呈现了由抒情（诗歌）过渡到史诗（叙事）的过程。可以说，近几十年，沈从文、陈世骧、普实克已经先后在论并创造了“抒情传统”的语境，加上唐君毅、徐复观、胡兰成、高友工等人的论述，不止是20世纪中国文学史的一场重要事件[①]。而且，已经“在古典文学、美学研究领域形成了一个互有关联、又有差异的学术话语谱系”[②]，谢有顺借用普实克有关抒情和史诗的区分，认为“70后”作家群中较少茅盾、莫言这种以表现广阔的社会画面为中心的“史诗的”写作，而更多是一种“抒情的”写作。但是他在分析和论证众多“70后”作家之再造抒情传统的的写作时候，恰恰忽略和漏掉了戴来，我觉得这是他不小心的一个疏忽而已。

戴来被评论者认为有“古典艺术精神的小说家”（李敬泽语），根柢大致也不出乎她小说写作中的抒情性。戴来的中短篇小说具有直击社会问题和人的生存本相的力量，却同时避开了误入极端抽象和极端写实的两端。她关注普通人的日常，却没有拘泥于日常生活的事实形态，她小说的日常性书写和语言中，是饱蕴情感

① 参见王德威：《抒情传统与中国现代性：在北大的八堂课》，北京三联书店，2010，第6-63页。

② 谢有顺：《“70后”写作与抒情传统的再造》，《文学评论》2013年第5期。

和记忆的，是富有作家情感和精神想象力的日常性细节化书写。“一个小说家，如果只屈服于事实，只在事象层面描绘和求证生活的真相，他就会成为一个实证主义者（而非现实主义者），而小说最可贵的品质之一，是呈现事实背后的心灵跋涉。”①《红烧肉》一篇中，并不见“新写实小说”那种曾经已经把一只脚跨在了通往纪实文学的门槛上的情形，在非常贴近寻常生活的日常性书写里，是小军妈艰难的心灵跋涉。在惨剧发生前，她其实始终也没有放弃对生活积极而为的态度。小军妈在菜市场的早市“手里握着一张五块钱的钞票，已在菜市场里来来回回转了好几圈了”，她的家庭需要菜、她正在长身体的儿子已嚷了好一阵要吃肉，“十七岁的孩子正是长身体的时候，瘦得像一根竹子似的在你眼前晃荡，你能不心疼吗？”为了买肉，她在想办法得到不用花钱的菜：

> 菜市场里闹哄哄的。小军妈看见一个少妇模样的女人正背着摊主狠狠地频率很快地把青菜叶子往下掰。她急步上前，从口袋里掏出随身携带的马夹袋，把地上的菜叶捡起来，装进去。这么好的菜叶。少妇扭过脸来，很不屑地瞟了她一眼，然后频率更快地掰着。
>
> ……
>
> 摊主愣了一下，然后一把抓过小军妈手中的马夹袋，拎起底，往地下一抖，菜叶们全倒在了地上。
>
> 真没见过你们这种城里人，真是的，真是的。

① 谢有顺：《“70后”写作与抒情传统的再造》，《文学评论》2013年第5期。

小军妈把马夹袋叠好，重新放回口袋，慢慢往肉摊走去。这种事碰得多了，也就不像一开始那么尴尬了。她的男人写了那么多的句子，只有一句，她记住了，那就是：时间是改变一切的罪魁祸首。[①]（省略号为笔者所加）

在当代城市生活中，竟然还有这样的细节存在，要知道，小军妈捡别人掰了扔在地上的菜叶，不是因为贪小便宜，而是因为贫穷，这样的细节与青春和梦想无关，却是作家心怀悲悯情怀、关切普通人生存真相的具有典型意义的细节描写。同样是写为了儿女吃上猪肉的母亲，苏童的《白雪猪头》，写的是“我母亲”怎样在那个物质紧缺的年代想法设法让我们吃上凭票才能购买的猪头的故事。故事也牵涉经济拮据，但那是在整个社会的物质供应都要凭肉票糖票布票等各种票的年代，整个的社会氛围就是物质紧缺的。卖猪头和买猪头的两位母亲由于对彼此所能提供的物件的需要，而关系由冷到热，借《白雪猪头》中的故事，苏童修复和还原了一个记忆中的南方。与戴来《红烧肉》中所揭示的在物质极大丰富的年代依然经济拮据的人的由屈辱到惨烈的生存本相不同，苏童《白雪猪头》整个短篇小说的基调是不乏浪漫性和唯美基调的。而中国现代时期的萧红，在《商市街》许多篇章，比如《欧罗巴旅馆》《雪天》《饿》等里面写到了贫穷、饥饿和寒冷，《饿》中对于饥饿的体验和描写，让萧红对于饥饿的书写，在现代作家当中极具典型性，林贤治说她：“在中国现代作家中，

① 戴来：《红烧肉》，《一、二、一》，中国言实出版社，2014，第49页。

没有一个人像萧红这样被饥饿、寒冷、疾病逼到无可退避的死角而孤立无援。”[①]当代的莫言也擅长描写饥饿的体验，但那到底是特殊的历史时期和高密东北乡乡村生活里的事情——即便如此，也同样让人印象深刻。而到了《四十一炮》里，莫言几乎是动用了比喻、夸张、象征等所有荒谬怪诞的手法、寓言性质地把“高密东北乡”变成了罗小通回忆中的“屠宰村”，展示了贫穷饥饿怎样强化了人们的欲望、欲望又怎样加剧了人们为了自我满足的自私自利……谢有顺称之为“感觉巨型化和象征化”“超感觉的象征世界”[②]——作家涉及饥饿的这样的写作方式是否可以打动人、引人心灵的悸动姑且不论，像戴来能在摹写就存在于当代城市生活中、发生在我们身边的经济的拮据时，描写一个母亲对于如何省钱买到肉的种种隐忍，却能够让人印象深刻、不能忘怀，恰恰显示了作家在写现实时候所倾注的情感，这里面没有不少当代作家惯有的油腔滑调，写实当中可以看到作家在人物身上投寄的情怀和一种隐忍的力量，对于戴来这样的作家而言，“他们热爱现实，但在现实面前没有放弃想象的权利，在看到现实的残酷的同时，也学习在情感上如何把隐忍变成一种力量”[③]。

正是由于戴来在现实和写实当中，寄寓了自己一种情怀乃至一种隐忍的力量，她非常擅长把一些冷峻和似乎有些残酷的情节和细节，以近乎抒情性的笔触来点染和晕开。《我看到了什么》的小说结尾，安天中午突然回家，却意外撞见了妻子与前夫共同

① 林贤治：《前言：萧红和她的弱势文学》，载林贤治编注《萧红十年集》（上），人民文学出版社，2009，第4页。

② 谢有顺：《感觉的象征世界——〈檀香刑〉之后的莫言小说》，《文学评论》2017年第1期。

③ 谢有顺：《“70后”写作与抒情传统的再造》，《文学评论》2013年第5期。

躺在自己家床上的情形，作家这样描写这一幕场景：

> 中午是这栋楼一天中最安静的时候。安天静静地站在卧室门口，手中那包鸡杂的袋不知什么时候破了，正一滴一滴往下滴着卤汁。床上的两人肩挨肩躺在一条桔黄色的毛巾被下，光看那姿势，安天觉得跟他在于玲的旧相册里的一张五寸彩照上看到的没什么两样，只不过这会儿他俩没穿婚纱礼服。可是他俩的脸上都泛着淡淡的红晕。依安天看，比相片上的化妆自然多了也迷人多了。如果此刻手上有照相机，安天真想给他俩拍上一张。他们不知道，这一刻他们的样子真是棒极了。①

在戴来近乎一种抒情性的场景描写中，谜底逐句揭开，妻子与前夫偷情，前面种种的细节，像不是星期天却换洗了床上物品，等等，在这里都觅到了答案。戴来在一种足够节制的近乎抒情性的描写当中，表达了人物情感和心理上所遭遇的意外、尴尬和不能忍受等凡此种种体验，也展示给读者一个几乎可以达到“震惊”体验层面的出人意料的故事结局。而小说结局之前，作家围绕安天和于玲分别展开的叙事线索当中，也不乏抒情性的笔致，其中还埋藏了作家很多的叙事智慧，这许多的叙事智慧，不仅呈现生活的无限可能性，而且产生了足够的虚构性，而小说结局又是一如其他篇章中那样——出人意料。《一、二、一》中的安天，是由于相信了自己所恋的任馨伊电话里泣不成声说自己的丈夫死

① 戴来：《我看到了什么》，《一、二、一》，中国言实出版社，2014，第72页。

了，而发生了一连串的既波折又寻常的故事，小说最后才揭开谜底，是任馨伊给他开的愚人节玩笑、他却信了，由愚人节玩笑而发生的小说故事，本身就放飞了一种诗性和抒情性的人性，戴来几乎是把一种灵魂的秘密和情感的奇迹，写了出来。《一、二、一》这个小说，写出了每个人心里都或多或少会存有的对于自己所恋之人的那份牵挂。可以说，戴来中短篇小说中的人物，有情感、有梦想、有秘密，有很多的可能性，这样的小说，本身就是诗性的、抒情性的，这其实是一种有价值想象力的小说写法，自然是与就事论事的小说写法，拉开了距离的。戴来很多中短篇当中抒情性的呈现，其实都是与作家的虚构能力和非同寻常的叙事智慧分不开的。

三、虚构能力和出人意料的叙事智慧

李敬泽这样评价戴来和她的小说："戴来是个具有古典艺术精神的小说家，她的小说中没有'我'，对她来说，取消'我'是写作的首要程序，因为'我'是世界的杂质，这个词本身就是人类的绝对软弱的表征。作为小说家，戴来希望让世界在'我'之外生长、呈现，为此她遮蔽自己的痕迹，她甚至遮蔽性别。"[①] 李敬泽这极为精准又极为感性的评价——她的小说中没有"我"、取消"我"，"作为小说家，戴来希望让世界在'我'之外生长、呈现，为此她遮蔽自己的痕迹，她甚至遮蔽性别"——其实一语道出了戴来小说所具有的不同寻常的虚构能力，也是戴来小说结尾乃至小说通篇都

---

① 李敬泽荐语，戴来作品《外面起风了》封底，参见孟繁华、张清华主编"身份共同体・70后作家大系"，山东文艺出版社，2014。

常常具有各种出人意料的叙事智慧的原因之所在。

小说家在小说中没有“我”、取消“我”和遮蔽自己的痕迹，为什么对于成就好的小说这么重要呢？笔者曾在一篇文章中专门讲过作家主体过多融入小说叙事对小说的故事性和虚构性的伤害：中国文学自现代以来，凡是作家主体较多融入叙事的小说，往往要么因为作者思想意识侵入小说叙事太多太盛而伤害了小说的文学性，要么多令小说呈现情节性、故事性削减和散文化、抒情性增强的特征，这种情况，自五四时期即已肇始。个性主义思潮和民主自由意识的催生，独白式小说，包括日记体、书信体小说，曾经是五四作家最为热衷和喜爱的小说形式。但是独白的过剩，便是小说情节性大受冲击，很多小说比如《狂人日记》根本无法还原为完整的故事或者改编为讲求故事性、情节性的戏剧和电影。郁达夫、郭沫若、王以仁、倪贻德等人的小说，全以小说结构松散著称，微末之小事，也要大发一通议论，甚至痛得死去活来，他们实在是在夸大并欣赏着、甚至津津有味咀嚼着自己的痛苦，以致于忘却了小说的艺术。作家主体过多地融入小说叙事，对小说形式的伤害是明显和严重的，一个极端的例子，便是郁达夫，在他从《银灰色的死》到《出奔》五十篇左右的小说中，属于自叙传小说的有近四十篇。其小说主人公无论以什么样的身份出场，都熔铸了作家太多的主体形象和心理体验，连主人公的长相、穿着、气质、心理，简直就是郁达夫本人的翻版。郁达夫小说的典型特征便是作家本人的感情毫无节制，叙述者和人物沦为作者和隐含作者的传声筒。[①] 即便不是典型意义的郁达夫自叙传类型的

① 参见刘艳：《限知视角与限制叙事的小说范本——萧红〈呼兰河传〉再解读》，《华中师范大学学报（人文社会科学版）》2017 年第 6 期。

小说，也难免作家主体融入而伤害小说虚构性和故事性的情形。夏志清和陈晓明都曾对巴金如何对小说《憩园》作结构上的歪拧，所显示出的作家内心的纠结和思想的矛盾、痛苦与思考方面所具有的价值和意义，作出思考。但谁也无法否认小说主人公黎先生“我”和作家本人的相关性，作家主体融入小说叙事，直接影响了小说叙事的走向、减弱了小说的故事性和虚构性，《憩园》仍然是带有“自叙传”意味的小说。

而对于不带有自叙传意味的小说，作家主观性的过多介入，伤及的往往是小说的真实感和艺术性。要知道，小说是典型的虚构叙事文本（非虚构作品不在此讨论之列），对虚构性、情节性和可读性有着较强的要求，小说求真求的是艺术的真实。如果将小说叙事应该尽量没有作家主体“我”、取消“我”和遮蔽作家自己的痕迹，放到新文学发展的谱系当中，自然格外凸显小说当中“我”之取消的意义和价值。中国古代小说中已见限制叙事的情形，但实在不能与西方现代小说的限制叙事技巧等同。20世纪初西方小说大量涌入中国以前，中国小说家、理论家从未形成突破全知叙事的自觉意识。一个自现代以来一直到当代、当下，中国的小说写作都始终没有解决好的一个文学的遗产和遗留问题就是——过多受到作家主体干扰的小说叙事，比比皆是。小说的叙述者和人物，往往过多带有作者本人的烙印甚至沦为作者和隐含作者的传声筒，你总是很容易从字里行间读出作家本人的气味、作家的所感所思所想——作家代人物发声，作家常常以自己的叙述视角和叙事声音，来取代、至少是融入了本该是人物的限知视角和限制叙事的小说叙事。比如，有的小说采取儿童视角，使用了一个儿童叙述人，虽为儿童叙述人而叙事眼光和叙事声音，并不是儿童的或者受成人视角过多渗透和干预的情况，处处可见——也就是常见的人物、叙述人是儿童却用成人的视角和声音叙事的“小大人”现象，伤害的只能是小说的真实感和文学性。

戴来在她的小说中，将“我”取消和隐匿得很好，你常常无法嗅到作者本人的气味、也无法感觉到她自己的痕迹。《在卫生间》《给我手纸》《前线，前线》《两口》《剧烈运动》等很多篇章当中，你难觅戴来本人的踪迹，你所体会和感受到的，都是人物的体会和感受。读戴来的小说，常常有身临其境感，人物所苦的，你会为其所苦，人物所窘迫的，你也为其所窘怕，甚至常常有与人物一起受苦和感受窘怕的压迫感和紧张感。《在卫生间》《给我手纸》《前线，前线》等很多小说，是以男性为主人公，甚至是以男性人物的视角和叙事声音来叙述和作小说叙事的，你从中几乎完全感觉不到戴来本人的影子，也完全无法体察这是一个女性作家的写作，所以说其实可以说戴来的小说写作在某种意义上是隐去作家本人她自己的性别的——这就是她在小说中没有“我”、取消“我”、不见“我”的一个具体表现。《前线，前线》中以男性人物石松开篇，在有关父亲老石的叙述中，兼用了老石一个老年男性的视角和叙事声音，戴来将第三人称全知叙述和以石松、父亲老石作为叙述人的限知视角和限制叙事，自如剪接、衔接、拼接为一体，读者在小说中读到和真切感受到的就是男性的生存本相。

戴来在不少小说中，是以男性人物作为主要人物乃至叙述人的。戴来在中篇小说《甲乙丙丁》中，甚至采用了不同的、有男也有女的四个人物的不同视角来完成小说的叙事。小说不分上篇和下篇，直接以“甲：费珂”“乙：格子”“丙：郑海蓉”“丁：

小东”“老陶啊老陶”“甲、乙、丙、丁”来作为各小节的标题。其中，“甲：费珂”（女）、“乙：格子”（男）、“丙：郑海蓉”（女）、“丁：小东”（男）。“甲：费珂”“乙：格子”“丙：郑海蓉”“丁：小东”这几小节里，分别以第一人称“我”来叙事，甚至另外还有“老陶啊老陶”中的“老陶”（穆树林与郑海蓉夫妇的邻居）一个老年男性的视角来叙事，篇幅很短的“甲、乙、丙、丁”一小节中则用了第三人称全知叙事。以不同的人物（男性人物和女性人物）为第一人称“我”叙述人，对任何作家包括戴来，都不啻为一种挑战，而这种叙述视角和小说叙事的方式，本身也给《甲乙丙丁》这个小说带来丰富的虚构性和故事性。不同人物视角的叙述，才令小说叙事得以完成和完整呈现。从这个意义上说，戴来在这个小说中所采用的不同人物的叙述视角，是戴来有意采用的一种叙事策略，是写作主体的叙事姿态。“叙述视角是小说叙述学中重要的问题。它不仅仅只是叙事的角度或者‘切入点’，实际上，它是叙事策略，写作主体的叙事姿态。它甚至直接地决定着作品的整体框架结构，作者的叙事伦理、价值取向和精神层面的诉求，都能够由此显示出来。因此，选择一种叙事视角，就意味着选择了某种审美价值和写作态度。一句话：叙事视角就是小说写作的政治学。这是当代作家重新认识存在世界可能性的新途径。”[①] 这个小说中，性别不同、身份不同、年龄不同、阅历不同的甲乙丙丁不同人物的叙事视角的有意采用，或可以说，就是戴来小说写作的政治学。

---

① 张学昕：《小说政治学：中国当代小说的“疾病隐喻视角”——以贾平凹、莫言、苏童、阿来、阎连科为例》，在香港浸会大学“疾病志——中国现当代文学与电影国际学术研讨会”上的发言，2016 年 12 月 8—9 日。

以上仅是几例，戴来在自己的小说中，“她遮蔽自己的痕迹，她甚至遮蔽性别”。没有“我”、取消“我”的小说叙事的虚构能力和她的小说“总是充满了各种出人意料的叙事智慧”（洪治纲语），是有相关性的，常常是相伴相生的。《在卫生间》让读者似乎如同人物老叶一样身处卫生间这个闭塞、但是王娟在外面随时可能当众打开这个卫生间的窘怕当中，老叶当年在公厕把王娟的疑似相好“小白脸”摁到粪坑里，整个过程也是悬念重重，并和老叶的公厕如厕史、当下正蹲在卫生间马桶上的情境穿插叙述。《在卫生间》是一个很短的短篇，却充满了作家的各种叙事智慧，展现了一个家庭乃至整个社会几十年的生活变迁史、人物之间的纠葛和矛盾，充满了现场感和可读性、故事性，这与作家极好的虚构能力和叙事智慧是分不开的。《给我手纸》的紧张感和可读性，绝不亚于《在卫生间》。《一、二、一》直到小说结尾，才揭出原来是一个愚人节的玩笑，可是安天为了这个玩笑已经受尽周折。《红烧肉》的结局，出人意料又合情合理，因其惨烈又令人久久不能释怀。《我看到了什么》，安天和于玲夫妻两条叙事线索，在故事很难预知会通向何方的时候，小说戛然而止在安天中午回家意外撞上床上并肩躺着的于玲和她的前夫……《五月十二号的生活》里老年夫妇躺在家传的雕花大床上回忆过去的时候，是 887 公里之外女儿红梅与男友的同事偷情、被捉了现形后的激烈冲突的一天。《茄子》中的彩扩店里，让一个女孩和一个已婚男人的恋情在一种颇为暧昧的叙事手法中，渐次浮出水面，似真非真，作家好像什么都没告诉你，又好似什么都告诉你了。《后来》中“我”给老婆王馨讲路遇小舅子和“他”纠缠的故事，我们随着听者王馨一起紧张于她的弟弟是不是有“同志”倾向的

时候，小说结尾突然揭出“他”原来是个留着超短头发的女人……《潘叔叔，你出汗了》，如果不是作家的叙事智慧和极好的叙事能力，一个缺少戏剧化冲突的小说怎会有如许的可读性？正是由于作家极具叙事智慧和叙事能力，令她的小说充满了可读性和现场感。阅读当中的身临其境感和读后的久久不能释怀，乃至持久地与她小说中的人物、与她的小说一起备感内心纠结的情况，恐怕都是与她那种几乎是与生俱来的叙事智慧是分不开的。

戴来在她的中短篇小说当中，借用和取材了很多的社会新闻乃至消息来作为素材。但是由于她在叙事上面的虚构能力和富有叙事智慧，令她有效避免了很多当代作家在依靠新闻资料来写作的时候所出现的问题和弊病。就连余华的《第七天》也被研究者认为是将现实事件乃至新闻事件“以一种‘景观’的方式植入或者置入小说叙事进程”、以现实“植入”和“现实景观”的方式来表象现实①。这种新闻事件以“景观”式植入小说叙事的方式，让人似乎再度重温先锋文学曾经的叙事游戏态度，新闻事件的无深度拼贴当中，后现代主义的戏谑情调再度浮出字里行间②。《红烧肉》不知是否取材于社会新闻，但类似的社会新闻比如贫穷的母亲亲手杀死了自己所有的孩子然后自杀，是如此惊人地相似、让人痛心和无法面对。《准备好了吗》中的老万为了挽救痴迷于行为艺术的儿子，假装跳楼，被儿子劝下，儿子却跟警察解释这是一项“围观·致命的高度”的行为艺术，老万以自己的差点失足坠楼、差点弄假成真的跳楼未遂，竟然又帮儿子完成了一项行

---

① 徐勇：《以象征的方式重新介入现实——论苏童〈黄雀记〉的文学史意义》，《文学评论》2014 年第 2 期。

② 参见拙作：《无法安慰的安慰书——从北村〈安慰书〉看先锋文学的转型》，《当代作家评论》2017 年第 3 期。

为艺术，小说的素材显然来自于相关的行为艺术的社会新闻。《自首》结尾直接以一则社会新闻来揭出谁是真正的杀人凶手，悬念迭起的小说才真正谜底揭开。《对面有人》里的主要事件和小说构成要件是“偷拍”，素材当然是来自社会新闻，却不落窠臼，小说一直在各种悬念当中展现它的故事性和可读性。

戴来的中短篇小说是极富虚构能力和各种叙事智慧的。毕飞宇在谈到他曾为《玉秀》中的玉秀之死所纠结的时候，曾言：“小说家最基本的职业特征是什么？不是书写，不是想象，不是虚构。是病态的、一厢情愿地相信虚构。他相信虚构的真实性；他相信虚构的现实度；他相信虚构的存在感；哪怕虚构是非物质的、非三维的。虚构世界里的人物不是别的，就是人，是人本身。”① 毕飞宇是在强调作家本人相信他自己所作的虚构，我倒要说的是，作家如果能让我们哪怕是“病态的、一厢情愿地相信虚构”，让我们能够“相信虚构的真实性”“相信虚构的现实度”“相信虚构的存在感”，那么我认为，这个作家就是成功的、非常优秀的小说家。戴来无疑做到了这一点。

① 毕飞宇：《反哺：虚构人物对小说作者的逆向创造》，载《小说课》，人民文学出版社，2017，第140页。

后 记

为这本书取名《智性批评与文学之心》，其实是有一点典故的。2018 年 9 月 1 日，与陈晓明老师说起马上要在武汉大学出版社出版的拙著《批评的智慧与担当》，晓明老师百忙当中不嫌繁冗地给我指点，怕文字说不清楚，后来还发来好多段的微信语音。他说出了他的担忧，如果以《批评的智慧与担当》作为新书书名，会不会令个别人觉得著者不够谦虚？会不会让极少数人有意或者无意、甚或故意而致有望文而产生歧义的可能？他给出了他的建议："比如《小说的灵性与批评的智性》，是否能概括？切题？"而我也匆匆忙忙地找出版社的责编，询问有无改书名的可能，责编告与："合同签了，不好改。"后只能据实告与晓明老师，并坦承此书书名出自吴俊教授评论我的评论文章《批评的智慧与担当——关于刘艳的文学批评》，而且"批评的智慧与担当"，系"学理性文学批评的智慧与担当"，非自诩也。于是，平素忙得无法静坐写字的晓明老师，在戊戌中秋夜这样一个特殊的日子里，为拙著《批评的智慧与担当》作了序言《追求学理无止境——序刘艳新著》，其中有："刘艳这本书的书名是标举她的学术追求，得益于吴俊先生对她期许。文学批评要做到有‘智慧’，又有‘担当’，这是谈何容易！也可说是大多部分做批评的人都想追求的境界，可也只能‘心向往之’，实不能至也。刘艳以此自勉，也属可贵！”“通读这本书稿，可以看到吴俊教授对刘艳期许在很大程度上切合刘艳的批评追求。吴俊教授目光如炬，他看到了刘艳在批评实践方面的成绩，也看到了她在学术追求方面的理想，从而给予路径的鼓励。当然，‘智慧与担当’，既然是应该是当下所有文学从业者的理想，刘艳的追求就永远在路上。”——这些，都是晓明老师怕我的书名被人误会，而在文字间特地作解，以护佑之心为我撑起的一片蓝天。这其中的暖意，是会永远记在心里的。

这便是书名特地提出和标举（其实文学批评本身也应该是一种智性批评）“智性批评”的来由。这是了解我的批评路数和批评风格的晓明老师，对我做当代文学批评和研究的一种良好期许。在“智性批评”之外，我以为，文学批评应该是怀有一颗“文学之心”去做的。这不光是一种对于文学批评的理念，而且，也是近年我在文学批评的道路上摸索，而始终不愿意丢失和舍弃分毫的。文学之心，是我在勉力前行中，时时不断检视自己，希望自己能够一直都具有的一样东西。有了虔诚的文学之心，可以不被坚硬甚至僵硬的理论引入它途；有了感性的文学之心，可以通过作品文本，去触摸人心的温度，感知人性的冷暖；有了虔敬的文学之心，走在世事烦扰乃至荆棘丛生的人生路上，也依然能够拥有一份坚定、一份淡定、一份执着，再或者是能够自然心生足以慰藉身心的安全感。

因缘际会，《长江丛刊》（文学评论版）2018 年第 11 期，

推出了“体现真诚的人心温度——刘艳的文学批评”专题。栏目主持人是陈晓明老师，他的“主持人语”题目就是《体现真诚的人心温度——刘艳的文学批评》。而这个栏目所收吴俊教授的文章《批评的智慧与担当——关于刘艳的文学批评》一文，中有：“她的文学批评是一种全力以赴、以诚信和诚心相见的文学写作行为”，“正因如此，她的文学批评能够体现出真诚的人心温度。她是一个能够让人体验到人心善意的批评家。别以为她的批评文字会像她的某些谈吐那样率性，相反，她下笔极为小心，极为专注，而且非常愿意放低自己的姿态，她看到的都是文学中的暖意。紧贴着文学落笔，像是要抱团取暖。很体谅作家的苦心和用心，总有点惺惺相惜。看她评论严歌苓、迟子建而到评论萧红的文章，既有了解之同情，更见心心相印的独到睿智和独特心证。显然，她是一个愿意且本能地把自己放进批评文字里的评论者。所以，她面对的不仅是作家和文学，她也同时面对自己。更恰当的说法是，她通过文学批评的方式实现自己的倾吐欲望，并且真的把自己的体温刻度也带进了文字中。她在文学批评中实现自己、完成自己”。——字句之间，都是前辈学者携掖后进之情，虽然自己还远未达到他们的期许之境，但是他们共同指出和强调的文学批评应该“体现真诚的人心温度”，其实就是我心念兹在兹、始终记得、不敢稍忘的“文学之心”。

感谢陈武先生邀约，参加谢冕先生主持的“新文艺观察”丛书。在《智性批评与文学之心》当中，计有“理论批评”“智性批评与文学之心”“乡土书写新维度”“先锋的转型及续航”和“‘70后’创作与批评代际研究”几章。在“理论批评”一章，特地谈了文本细读、回到文学本体，文学批评的“远”（离作家适度地“远”）和“近”（距离文本尽可能地“近”）的问题。新世纪以来“中国故事”的讲述方式问题——传承传统和探索创新，可以说是讲好中国故事能够打开乃至双向打开的路径和方法维度。接续传统，其实自 20 世纪 90 年代即已发轫，可视作先锋文学在形式主义和叙事圈套的极致实验和体验之后的一种有意的回调，而近年来这条脉络也很清晰。有学者譬如陈晓明教授就认为 20 世纪 90 年代以来中国小说有一个恢复传统的趋势，但在他看来这其实会离世界尤其西方的小说经验愈离愈远，在他看来，中国现代小说仍未获得现代形式，而当代中国小说应该对传统与创新有更深刻的认识，“汉语小说创作不只是要从旧传统里翻出新形式，也能在与世界文学的碰撞中获得自己的新存在，从而介入现代小说的经验”。的确，对先锋文学经验的当下可能性和开辟汉语文学新的可能性，可能是今后很长一段时间里，我们的创作与批评都需要思考和面对的问题。近年来，文学的现实性和现实主义文学的再讨论，也是一个颇受瞩目的话题。在《对潇潇暮雨洒江天，一番洗清秋——文学的现实性与理想性、审美性》一篇里，就思考了文学怎样在现实性、理想性和审美性之间，所曾历经的辗转和其实应该求得一种平衡和兼擅的问题。

这册书的章节多已作为单篇文章发表，是从 2016 年迄今的文章，尤其集中在 2017、2018 和 2019 年（发表于 2016 年的，仅《文本细读：回到文学本体》一篇）。其中多数篇章，大多已先后发表在《文艺争鸣》《当代作家评论》《当代文坛》《南方文坛》和《探索与争鸣》等刊物及报纸《人民日报》和《文艺报》。本书再次做了一些修订。文学批评应该重视和重申作家论作品论的重要性，似已是共识，所以“智性批评与文学之心”一章，可以

看到对 2017 年以来出版的一些长篇小说新作的评论——对严歌苓《芳华》、赵本夫《天漏邑》、刘诗伟《南方的秘密》、徐兆寿《鸠摩罗什》和刘醒龙《黄冈秘卷》的评论（以评论写成和发表的先后顺序为序）。通过对有代表性、有独特价值和意义的作家新作来作文学批评，理应是“文艺新观察”的一个面向。

贾平凹曾以《带灯》等乡土小说，表达出对乡土中国面临现代性社会转型所遭遇的经济亟速发展乃至无数畸形现实所怀有的深刻思考和危机感，再或者是书写乡村文化传统是如何在文化消费主义面前不堪一击……而晚近的力作《山本》，也让我格外注目《山本》所投射出的文学“史”观问题。“素材如何进入小说，历史又怎样成为文学”，的确是《山本》写作和解读都需要面对的一个重要而复杂的问题。有人认为《山本》是写战争，贾平凹本人则认为自己重点不是写战争，而是写“林中一花，水中一沙”，“《山本》不是写战争的书，只是我关注一个木头一块石头，我就进入这木头和石头中去了”。贾平凹认为《红楼梦》教会了他怎么写日常生活；《三国演义》《水浒》讲究传奇的东西，特别硬朗，故事性强，教会了他怎么把小说写得硬朗。细读《山本》就能真切体会到贾平凹的确是“在写法上试着用《红楼梦》的笔调去写《三国演义》《水浒传》的战事会是怎么样”，而“现代性、传统性、民间性”的融合，也是清晰可见的。而在《抵达乡村现实的路径和新的可能性》一篇中，通过四川作家贺享雍《乡村志》系列小说，可以看到柳青及《创业史》的写作成就在当下的最好继承、传承以及新的生长点。改革开放以来的乡土小说写作可谓丰赡，但似乎都与柳青式文学书写——将写实的传统、文学为人生的传统和文学表现社会历史相结合的书写方式，有着或多或少显在的差异性。一个老老实实写作的作家贺享雍，写作技巧上或许是稍嫌稚拙的，甚至是有点笨拙的，但他的“乡村志”系列小说，却能够很好地继承、传承并且创造性发扬柳青《创业史》式书写传统和文学成就，这到底是为什么呢？这恐怕与作家深深扎根于乡村生活、小说内置的乡村视点与预期受众密切相关。而在当下如何才能够书写出传统乡村伦理当下依然存续以及新的可能性的小说，呈现“新乡土中国”的整体性审美书写向度，可能是今后一段时间我们的乡土文学写作应该尤须重视和思考的问题。

我一直很认真地观察和思考着文学代际研究中文学创作与文学批评的问题，当然最为不容回避的一个方面，恐怕是“‘70后’创作与批评的尴尬与突破”问题。相对于“50后”“60后”乃至“80后”，“70后”作家作为一个代际作家的生存状态，确实比较“尴尬”，说其很难找到自己的历史定位，也是有一定道理的。“70后”作家具有历史定位和文学经验双重的尴尬处境。“70后”作家不重视“70后”学者和评论家对自己的关注和研究，“70后”学者也一直较为忽视对同代作家的评论和研究，这其实对“70后”作家的创作和“70后”批评家、学者的评论和研究，都是有害无益的。同代的学者和评论家，基于相同或者相近的时代背景、成长经历、历史记忆和情感经验等，研究同代作家，很重要也亟需受到重视。而如果缺乏同代人的关注，“70后”作家就很难收获更多更好的作家论、作品论。今后恐须格外重视学理性评论和研究在推进“70后”作家经典化当中的重要性和作用。而《戴来中短篇小说论》只是我在同代作家研究方面的一个开端，希望以后可以写出更多、更好的同代作家的作家论作品论。

与这套丛书其他著者的熠熠光辉相比，实在自惭与忐忑于自

己的浅陋。唯有努力，让自己的追求永远在路上……一直记得陈晓明老师为拙著《批评的智慧与担当》所作的序《追求学理无止境》里，最后所嘱那些话的关键词：“钟情于学术”“勤奋执着”“沉着”和“做到对文学的谦卑体贴”……祈盼自己以日复一日的努力，唯愿能不辜负师者所殷殷期望的——能够在文学批评和研究方面做出更好的成绩。如果想“穿透一些坚硬的难题”，当然离不开“智性”批评；若是要体现真诚的人心温度，不秉持“文学之心”恐怕也是不行的。“智性批评与文学之心”，应该是自己一直行走在路上的——爱文学、读文学的方式。

2019 年 1 月 6 日